QUANDO ELA SE FOI

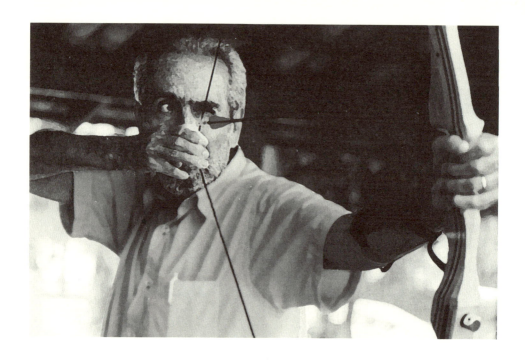

O Arqueiro

GERALDO JORDÃO PEREIRA (1938-2008) começou sua carreira aos 17 anos, quando foi trabalhar com seu pai, o célebre editor José Olympio, publicando obras marcantes como *O menino do dedo verde*, de Maurice Druon, e *Minha vida*, de Charles Chaplin.

Em 1976, fundou a Editora Salamandra com o propósito de formar uma nova geração de leitores e acabou criando um dos catálogos infantis mais premiados do Brasil. Em 1992, fugindo de sua linha editorial, lançou *Muitas vidas, muitos mestres*, de Brian Weiss, livro que deu origem à Editora Sextante.

Fã de histórias de suspense, Geraldo descobriu *O Código Da Vinci* antes mesmo de ele ser lançado nos Estados Unidos. A aposta em ficção, que não era o foco da Sextante, foi certeira: o título se transformou em um dos maiores fenômenos editoriais de todos os tempos.

Mas não foi só aos livros que se dedicou. Com seu desejo de ajudar o próximo, Geraldo desenvolveu diversos projetos sociais que se tornaram sua grande paixão.

Com a missão de publicar histórias empolgantes, tornar os livros cada vez mais acessíveis e despertar o amor pela leitura, a Editora Arqueiro é uma homenagem a esta figura extraordinária, capaz de enxergar mais além, mirar nas coisas verdadeiramente importantes e não perder o idealismo e a esperança diante dos desafios e contratempos da vida.

HARLAN COBEN
QUANDO ELA SE FOI

Título original: *Long Lost*
Copyright © 2009 por Harlan Coben
Copyright da tradução © 2011 por Editora Arqueiro Ltda.

Todos os direitos reservados.
Nenhuma parte deste livro pode ser utilizada ou reproduzida sob
quaisquer meios existentes sem autorização por escrito dos editores.

tradução: Marcelo Mendes
preparo de originais: Sheila Til
revisão: Luis Américo Costa e Taís Monteiro
projeto gráfico e diagramação: Valéria Teixeira
capa: Elmo Rosa
impressão e acabamento: Associação Religiosa Imprensa da Fé

CIP-BRASIL. CATALOGAÇÃO NA PUBLICAÇÃO
SINDICATO NACIONAL DOS EDITORES DE LIVROS, RJ

C586q   Coben, Harlan
         Quando ela se foi/ Harlan Coben; tradução de Marcelo Mendes.
         São Paulo: Arqueiro, 2019.
         256 p.; 16 x 23 cm.

         Tradução de: Long lost
         ISBN 978-85-8041-967-2

         1. Ficção americana. I. Mendes, Marcelo. II. Título.

19-56339   CDD: 813
                                              CDU: 82-3(73)

Todos os direitos reservados, no Brasil, por
Editora Arqueiro Ltda.
Rua Funchal, 538 – conjuntos 52 e 54 – Vila Olímpia
04551-060 – São Paulo – SP
Tel.: (11) 3868-4492 – Fax: (11) 3862-5818
E-mail: atendimento@editoraarqueiro.com.br
www.editoraarqueiro.com.br

Para Sandra Whitaker

PARTE UM

Espere um pouco.
Isto doerá mais do que qualquer outra coisa já doeu.

– WILLIAM FITZSIMMONS, "I Don't Feel It Anymore"

1

— *VOCÊ NÃO CONHECE O SEGREDO DELA – disse-me Win.*
– E deveria?
Ele apenas deu de ombros.
– É grave? – perguntei.
– Muito.
– Então talvez eu não queira saber.

Dois dias antes de descobrir o segredo que ela havia guardado a sete chaves por quase uma década, algo aparentemente pessoal demais, que nos devastaria e mudaria nosso mundo para sempre, Terese Collins me ligou às cinco da manhã, transportando-me de um sonho quase erótico para outro. Sem rodeios, ela disse:

— Venha para Paris.

Fazia uns sete anos que eu não ouvia sua voz. Além disso, a ligação estava ruim e ela dispensou qualquer preâmbulo, sequer se dando o trabalho de dizer um "alô, como vai?". Virei na cama e disse:

— Terese? Onde você está?

— No D'Aubusson. É um hotelzinho aconchegante na margem esquerda do Sena. Você vai adorar. Tem um voo da Air France que sai às sete da noite.

Terese Collins. Recostei-me na cabeceira enquanto as imagens invadiam minha mente: o olhar hipnotizante, o biquíni que faria qualquer um perder a cabeça, a praia na pequena ilha particular com areias douradas pelo sol, o biquíni que faria qualquer um perder a cabeça...

O biquíni merece dupla menção.

— Não posso — falei.

— Paris — provocou ela.

— Eu sei.

Uns 10 anos atrás, nós dois fugimos juntos para uma ilha. Depois daquilo, pensei que nunca mais nos veríamos, mas estava enganado. Alguns anos mais tarde, ela ajudou a salvar a vida do meu filho. E depois, *puf*, desapareceu do mapa. Até agora.

— Pense bem — insistiu ela. — É a Cidade Luz. A gente pode fazer amor a noite inteira.

Engoli em seco e disse:

– Tudo bem, mas e de dia? A gente faz o quê?

– Se não me falha a memória, você vai precisar de um pouco de descanso.

– E de vitamina E para ajudar no desempenho – emendei, sorrindo sem querer. – Não posso, Terese. Estou com outra pessoa.

– A viúva do 11 de Setembro?

Fiquei me perguntando como Terese poderia saber disso.

– É – falei.

– Mas não tem nada a ver com ela.

– Eu acho que tem.

– Você está apaixonado?

– Faria alguma diferença se eu dissesse que sim?

– Na verdade, não.

Passei o telefone para a outra mão e disse:

– O que é que está acontecendo, Terese?

– Não está acontecendo nada. Só queria passar um fim de semana romântico e sexy com você. Liberar as fantasias.

Engoli em seco novamente.

– Há quanto tempo a gente não se fala? Uns sete anos?

– Quase oito.

– Eu liguei para você – comentei. – Muitas vezes.

– Eu sei.

– Deixei recados. Mandei cartas. Tentei encontrar você.

– Eu sei – repetiu ela.

Seguiu-se um silêncio. Não gosto de silêncio.

– Terese?

– Quando você precisou de mim – disse ela –, quando precisou de verdade, eu não deixei você na mão, deixei?

– Não, não deixou.

– Venha para Paris, Myron.

– Assim, de uma hora para outra?

– É.

– Por onde você andou esse tempo todo?

– Quando você chegar eu conto.

– Não posso. Sou um cara comprometido.

Silêncio outra vez.

– Terese?

– Você se lembra de quando a gente se conheceu?

Havia sido logo depois da maior tragédia da minha vida. Acho que o mesmo poderia ser dito dela. Assim como a mim, um amigo bem-intencionado a havia levado a um evento beneficente. No momento em que nossos olhares se cruzaram, foi como se a dor de um tivesse o efeito de um ímã sobre o outro. Não sou desses que acreditam que os olhos são a janela da alma. Já conheci uma quantidade mais que suficiente de psicopatas para saber que não se pode acreditar em uma balela dessas. Mas a tristeza era mais do que evidente nos olhos de Terese. Na verdade, emanava do corpo inteiro. E, naquela noite, em que minha própria vida estava despedaçada, era exatamente disso que eu precisava.

Um amigo de Terese tinha uma pequena ilha no Caribe, não muito longe de Aruba. Fugimos naquela mesma noite, sem dizer a ninguém para onde íamos. Acabamos passando três semanas lá, fazendo amor quase sem dizer nada, desfazendo-nos e desaparecendo um no outro, porque isso era tudo.

– Claro que lembro – falei.

– Nós estávamos arrasados. Não falamos disso um com o outro em nenhum momento, mas ambos sabíamos.

– É verdade.

– Seja lá o que aconteceu com você – disse Terese –, você conseguiu ir em frente. O que é natural. A gente cai e levanta. É destruído e se refaz.

– E você?

– Não consegui me refazer. Acho que nem quis. Eu estava despedaçada e talvez fosse melhor continuar assim.

– Não sei se entendi.

– Achei que... – ela quase sussurrou. – Quer dizer, *ainda acho* que não quero saber como será meu mundo depois de reconstruído. Acho que não vou gostar do resultado.

– Terese?

Ela não respondeu.

– Quero ajudar – falei.

Mais silêncio.

– Esqueça que eu liguei, Myron. Se cuida.

E desligou.

2

– AH – DISSE WIN –, A FASCINANTE Terese Collins. Aquilo, sim, é um *derrière* de primeira linha. Qualidade internacional.

Estávamos sentados nas frágeis arquibancadas do ginásio da Kasselton High. O cheiro habitual de suor e desinfetante pairava no ar. Como em qualquer ginásio de escola, todos os sons ali eram distorcidos e os ecos funcionavam como uma barreira, uma cortina entre nós e o restante das pessoas.

Adoro ginásios como este. Cresci dentro deles. Muitos dos meus momentos mais felizes aconteceram em lugares abafados como este, com uma bola de basquete nas mãos. Adoro os ruídos dos dribles. O suor que brota na testa dos jogadores durante o aquecimento. A sensação da textura da bola. Aqueles momentos em que nossos olhos se fixam no aro e arremessamos a bola, ela alça voo girando e é como se o resto do mundo deixasse de existir, uma experiência quase religiosa.

– Que bom que você se lembra dela.

– Um *derrière* de primeira linha. Qualidade internacional.

– Não precisa repetir.

Win havia sido meu colega de quarto na Universidade Duke e depois se tornou meu sócio. Ele e Esperanza Diaz eram meus melhores amigos. Seu nome completo era Windsor Horne Lockwood III e se encaixava como uma luva à sua aparência: cabelos louros e finos divinamente partidos, olhos azuis, um rosto bonito de pele rosada e feições nobres e um bronzeado em V no pescoço, resultado das muitas horas jogando golfe. Usava calças cáqui caríssimas, com vincos tão meticulosos quanto a linha que dividia seus cabelos. Hoje vestia um blazer da Lilly Pulitzer azul de forro rosa e verde e um lenço no bolso combinando. Parecia aquelas flores de palhaço que espirram água.

Roupa de fresco.

– Quando Terese aparecia na TV – disse Win, o sotaque esnobe adquirido em escolas de elite dando a impressão de que ele estava explicando o óbvio a uma criança meio lerda –, não dava para saber. Ela ficava sentada atrás da bancada do telejornal.

– Sei.

– Mas depois, quando a vi naquele biquíni...

Para os que estão prestando atenção, esse seria o biquíni que mencionei antes, o que faria qualquer um perder a cabeça.

– Bem, trata-se de um patrimônio e tanto. Um desperdício para alguém que fica escondido atrás de uma bancada. Uma tragédia, por assim dizer.

– Como o dirigível Hindenburg – falei.

– Muito engraçada a sua comparação – disse Win. – E, sobretudo, muito atual.

Havia sempre uma expressão de arrogância no rosto do meu amigo. As pessoas olhavam para ele e logo percebiam aquele aspecto elitista e esnobe de quem é muito rico há gerações e gerações. E não se enganavam de todo. Mas ele não era só isso. Havia também outro lado, não tão visível, que poderia deixar um homem gravemente ferido.

– Vamos lá – disse ele. – Termine sua história.

– Já terminei.

Win arqueou as sobrancelhas.

– Então, quando é que você vai para Paris? – perguntou.

– Não vou.

Na quadra, começava o segundo quarto do jogo de basquete dos alunos do quinto ano. Jack estava no time. Ele era o caçula dos dois filhos de Ali Wilder, minha namorada (a palavra é um tanto esquisita, mas não creio que "caso", "cara-metade" ou "companheira" sejam melhores). Jack não jogava muito bem. Não digo isso para julgar ou depois dizer que o garoto pode ter muito sucesso no futuro (Michael Jordan só conseguiu virar titular do time da escola no penúltimo ano), mas apenas a título de observação. Jack era grande para sua idade, forte e alto, o que em geral causa certa lerdeza e falta de coordenação. Ele se movia de modo pesado.

Mas adorava jogar, e para mim isso bastava. Jack era um bom garoto, aficionado por computador (no melhor sentido possível) e sobretudo muito carente, como poderíamos esperar de alguém que havia perdido o pai tão cedo e de maneira tão trágica.

Ali só poderia chegar mais tarde, no terceiro quarto, e eu, no mínimo, sou um cara prestativo.

Win ainda estava com as sobrancelhas arqueadas.

– Deixe-me ver se entendi direito – começou ele. – Você recusou o convite para passar um fim de semana em um charmoso hotel em Paris na companhia da fascinante Sra. Collins e de seu *derrière* de primeira linha?

Era sempre um equívoco falar de mulheres com o Win.

– Isso mesmo – respondi.

– Mas por quê?

Win se virou para mim. Parecia genuinamente inconformado. De repente suavizou a expressão.

– Espera aí.

– Que foi?

– Ela engordou, não é?

Coisas do Win.

– Não faço a menor ideia.

– Então qual é o problema?

– Você sabe. Estou namorando.

Win me olhou como se eu estivesse usando a quadra como vaso sanitário.

– Que foi? – perguntei.

Ele se recostou na arquibancada.

– Você parece uma mocinha! – bufou.

O jogo foi interrompido e Jack tirou os óculos, movendo-se pesadamente até a mesa dos juízes com seu adorável meio sorriso inocente. Os garotos da Livingston High estavam jogando contra os arqui-inimigos da Kasselton. Eu fazia o possível para não rir diante de tamanha seriedade – nem tanto a dos garotos, mas a dos pais nas arquibancadas. Não sou de generalizar, mas acho que posso dizer que as mães se dividiam em dois grupos: as tagarelas, que aproveitavam a oportunidade para socializar, e as histéricas, cujo coração vinha à boca sempre que seus rebentos tocavam a bola.

Os pais muitas vezes eram mais problemáticos. Alguns conseguiam conter o nervosismo, resmungando por entre os dentes ou roendo as unhas. Outros berravam a plenos pulmões, reclamando de juízes, técnicos e jogadores.

Um desses, sentado duas fileiras à nossa frente, de tão irrequieto parecia ter síndrome de Tourette. O sujeito simplesmente não conseguia se conter: tudo e todos ao redor o incomodavam. Tenho uma perspectiva bem mais clara a respeito disso do que a maioria das pessoas. Já fiz parte daquela espécie rara de atleta realmente talentoso. O que foi uma grande surpresa para minha família, já que a maior façanha esportiva dos Bolitar, antes de mim, havia sido a vitória de meu tio Saul em uma partida de malha durante uma viagem de navio em 1974. Terminei o ensino médio na Livingston High como um astro do basquete, digno de reportagem na revista *Parade*. Fui o destaque da defesa do time da Universidade Duke e capitão da equipe em nossos dois títulos da liga universitária. Cheguei a ser selecionado, logo na primeira rodada de contratações, para jogar no Boston Celtics.

Depois... *cabum!* Foi tudo pelos ares.

– Substituição! – gritou alguém.

Jack ajustou os óculos e correu para a quadra.

O técnico dos adversários apontou para ele e berrou:

– Connor! Vai nesse cara. Ele é grande e lerdo. Sua jogada é nele.

O da síndrome de Tourette reclamou:

– O placar está pau a pau! Pra que colocar o garoto agora?

"Grande e lerdo"? Será que ouvi direito?

Olhei para o técnico da Kasselton. O sujeito tinha cabelos clareados com luzes e espetados com gel, além de um cavanhaque escuro meticulosamente aparado, como se fosse um ex-baixista de *boy band*. Só que era grandalhão – tenho 1,93m e ele devia ser uns cinco centímetros mais alto, além de uns 10 ou 15 quilos mais pesado que eu.

– "O cara é grande e lerdo" – repeti para o Win. – Dá para acreditar que o infeliz foi capaz de gritar uma coisa dessas?

Win deu de ombros.

Como ele, tentei não fazer tempestade em copo d'água. Ânimos exaltados. Deixa estar.

O placar estava empatado em 24 pontos quando veio o desastre. Foi logo depois de um pedido de tempo. A equipe de Jack estava dando a saída de bola sob a cesta dos adversários. Os jogadores da Kasselton cerraram a marcação em cima deles, mas Jack estava livre. Ele recebeu o passe e a defesa entrou em ação. Por um instante, o garoto ficou confuso. Acontece.

Jack olhou ao redor procurando ajuda. Virou-se para o banco da Kasselton, que estava mais próximo, e o técnico de cabelos espetados berrou:

– Arremesse! Arremesse!

Ele apontava para o aro. O aro errado.

– Arremesse! – berrou de novo.

E Jack, que naturalmente gostava de agradar e confiava nos adultos, arremessou.

A bola entrou. Dois pontos. Para o adversário.

Os pais que estavam na torcida da Kasselton vibraram, muitos irrompendo em gargalhadas. Os que estavam na torcida da Livingston levaram as mãos à cabeça lamentando-se e condenando o erro de um garoto do quinto ano. O técnico com cavanhaque de *boy band* cumprimentou seu assistente, apontou para Jack e berrou:

– Aí, garoto, é assim que se faz!

Jack talvez fosse o jogador mais alto naquela quadra, mas agora dava a impressão de que tentava a todo custo encolher e sumir. O meio sorriso inocente já não estava mais lá. Os lábios tremiam. Os olhos piscavam. Cada centímetro de seu corpo se retraía, assim como meu coração.

Um dos pais da Kasselton decidiu jogar lenha na fogueira. Rindo, improvisou um megafone com as mãos e gritou:

– Passa a bola pro grandalhão da Livingston! É nosso melhor jogador!

Win o cutucou nos ombros.

– É melhor calar a boca agora mesmo.

Virando-se para trás, o sujeito se deparou com as roupas afrescalhadas, os cabelos cor de palha e as feições de porcelana de meu amigo. Estava prestes a abrir um sorriso de sarcasmo e dar uma resposta qualquer, mas foi detido por algo, provavelmente o último instinto de sobrevivência daquele cérebro de réptil. Intimidado pelo olhar gélido de Win, baixou a cabeça e disse:

– Desculpe. Exagerei na dose.

Quase não ouvi o que ele disse. Sequer conseguia me mexer. Sentei-me novamente e fiquei olhando para o técnico de cabelos espetados, o sangue fervendo nas veias.

A campainha soou para anunciar o fim do segundo quarto. O técnico ainda ria e balançava a cabeça, perplexo. Um de seus assistentes se aproximou para cumprimentá-lo, seguido de alguns dos pais e espectadores.

– Agora preciso ir – disse Win.

Permaneci calado.

– Quer que eu fique? Para alguma eventualidade?

– Não.

Win se despediu com um breve meneio da cabeça e saiu. Eu ainda encarava o técnico da Kasselton. Então me levantei e desci as arquibancadas. Meus passos ribombavam feito trovão. O técnico seguiu na direção do banheiro. Fui atrás. Ele entrou, rindo como o babaca que com certeza era. Fiquei esperando do lado de fora. Assim que o sujeito saiu, falei:

– Ética exemplar.

Na camisa dele estava bordado em letra cursiva: "técnico Bobby". Ele parou e arregalou os olhos.

– Como?

– Mandar um garoto de 10 anos arremessar para a cesta errada – falei. – E, depois de humilhar o infeliz, ainda dizer "é assim que se faz!". Sua ética é exemplar, Bobby.

O técnico estreitou os olhos. De perto, ele era ainda maior. Tinha braços fortes, nós salientes nos dedos e sobrancelhas de um homem de Neandertal. Eu conhecia bem o tipo. Todo mundo conhece.

– Faz parte do jogo, camarada.

– Ridicularizar um garoto de 10 anos faz parte do jogo?

– Confundir a cabeça dele. Forçar o adversário a cometer um erro.

Não falei nada. Ele me lançou um olhar de avaliação e concluiu que podia me enfrentar. Gorilas feito ele não costumam fugir. Eu o encarava fixamente.

– Algum problema? – provocou Bobby.

– São garotos de 10 anos.

– Sim, eu sei. E você é o quê? Um desses papais molengas, esses bundas-moles que acham que todos devem ser tratados de modo igual na quadra? Que ninguém pode ser magoado, que ninguém deveria ganhar ou perder? De repente nem deveria ter placar, certo?

Um dos membros da equipe da Kasselton se aproximou. A camisa dele informava: técnico assistente Pat.

– Ei, Bobby – chamou ele. – O terceiro quarto já vai começar.

Dei um passo adiante e disse:

– Só pare com isso.

Com o sorrisinho de praxe, Bobby mandou sua réplica igualmente previsível:

– Senão você vai fazer o quê?

– O garoto é muito sensível.

– Que peninha. Se ele é tão sensível assim, talvez não devesse jogar.

– Ou talvez você não devesse ser técnico.

O assistente Pat se adiantou e ficou olhando para mim, estampando no rosto o sorriso de reconhecimento que eu vira tantas vezes.

– Ora vejam só! – disse.

– Que foi? – perguntou Bobby.

– Sabe quem é esse aí?

– Quem?

– Myron Bolitar.

Dava para ver que o técnico Bobby estava tentando se lembrar do nome. Era como se houvesse uma janelinha na testa dele através da qual se veria um hamster correndo dentro de uma roda, acionando as engrenagens. Quando as conexões se estabeleceram no cérebro, ele abriu um sorriso sarcástico tão largo que por pouco não rasgou o cavanhaque.

– O "prodígio" – disse, fazendo as aspas com os dedos – que não teve colhões para ficar na liga profissional? O mundialmente famoso amarelão da NBA?

– Esse mesmo – respondeu o assistente.

– Agora entendi.

– Olha só, Bobby – falei.

– Que foi?

– Deixe aquele garoto em paz. É só o que tenho a dizer.

Bobby franziu a testa e disse:

– Você não vai querer me peitar, vai?

– Não, não vou. Só quero que você deixe o garoto em paz.

– Sem chance, meu amigo.

Ele sorriu e deu um passo na minha direção.

– E aí, algum problema? – provocou.

17

– Um problemão.

– Então que tal a gente resolver esse problema mais tarde, depois do jogo? De homem para homem.

Meu sangue começou a ferver nas veias.

– Está me chamando pra briga?

– Estou. A não ser, claro, que você seja um banana. Você é?

– Não sou um banana.

Às vezes mando muito bem nas minhas respostas. Não deixo o nível da discussão cair.

– Ainda tenho um jogo a terminar. Mas depois a gente resolve essa questão, só você e eu. Entendido?

– Entendido.

Mais uma réplica brilhante. Estou inspirado.

Bobby apontou o dedo para a minha cara. Cogitei arrancá-lo com os dentes – é uma estratégia infalível para pôr a pessoa em seu lugar.

– Você é um homem morto, Bolitar. Está ouvindo? Um homem morto.

– Um homem mouco?

– Um homem morto.

– Ah, bom, porque, se eu fosse surdo, não poderia ouvir você. Pensando bem, se estivesse morto, também não.

A campainha tocou. Pat, o assistente, disse:

– Vamos, Bobby.

– Um homem morto – repetiu o técnico pela terceira vez.

Levei a mão ao ouvido como se estivesse com dificuldade para ouvir.

– O quê? – berrei, mas ele já havia me dado as costas.

Fiquei olhando o sujeito. Bobby andava com uma postura arrogante, os ombros jogados para trás e os braços balançando de um modo quase exagerado. Eu estava prestes a berrar mais alguma idiotice quando alguém tocou meu braço. Virei-me. Era Ali.

– O que houve? – perguntou ela.

Ali tinha enormes olhos verdes, além de um rosto largo, lindo, que para mim eram irresistíveis. Minha vontade era tomá-la nos braços e sufocá-la de beijos, mas o lugar talvez não fosse o mais apropriado.

– Nada – respondi.

– Como foi o jogo até agora?

– Estamos perdendo por dois pontos.

– Jack fez alguma cesta?

– Não, acho que não.

Ali avaliou minha expressão por um instante e encontrou algo de que não gostou. Virei o rosto e voltei para a arquibancada. Sentei-me. Ali se sentou ao meu lado. Dali a dois minutos, perguntou:

– Então, qual é o problema?

– Problema nenhum.

Tentei me acomodar melhor na arquibancada desconfortável.

– Mentiroso – disse Ali.

– Estou ligado no jogo, só isso.

– Mentiroso.

Olhei de relance para ela, admirando aquele rostinho adorável, as sardas que lhe davam um ar de adolescente e a deixavam ainda mais charmosa, e também notei algo.

– Você parece um pouco distraída.

Não apenas hoje, pensei. Já fazia duas semanas que as coisas andavam meio estranhas entre nós. Ali vinha mantendo certa distância, parecia preocupada e se recusava a se abrir comigo. De minha parte, eu andava bastante ocupado com o trabalho, portanto não tinha insistido em descobrir o que era.

Sem tirar os olhos da quadra, ela disse:

– O Jack jogou bem?

– Jogou – respondi. E fui logo dizendo: – A que horas é seu voo amanhã?

– Às três.

– Vou levá-los ao aeroporto.

Erin, a filha de Ali, estava para se matricular na Universidade do Estado do Arizona. Ali e Jack iam acompanhar a garota até o campus e ficar lá por uma semana, até que ela se instalasse por completo.

– Não precisa. Já aluguei um carro.

– Então vou dirigindo.

– Não precisa.

E com isso ela pôs fim ao assunto. Tentei relaxar e acompanhar o jogo. Meus batimentos cardíacos ainda estavam a mil. Dali a pouco, Ali perguntou:

– Por que você não tira o olho do outro técnico?

– Que técnico?

– Aquele lá, com cavanhaque de Robin Hood e cabelo de apresentador de TV que exagerou na água oxigenada.

– O que precisa de um barbeiro decente.

Ali quase sorriu.

– Jack já ficou muito tempo em quadra?

– Mais ou menos o de sempre.

O jogo terminou. Vitória de Kasselton, com três pontos de diferença. A multidão vibrou. O técnico de Jack, que era um bom sujeito, achara melhor poupar o garoto na segunda metade da partida. Ali ficara um tanto incomodada porque, de modo geral, ele dava oportunidade igual a todos os garotos, mas decidiu deixar as coisas como estavam.

As equipes se dispersaram para a conversa pós-jogo de sempre. Ali e eu ficamos esperando junto à porta do ginásio, no corredor da escola. Não demorou muito para que Bobby aparecesse, caminhando na minha direção com a mesma arrogância de antes, mas agora com os punhos cerrados. Estava acompanhado de mais três homens, entre eles o assistente Pat, todos grandes e balofos, mas bem menos intimidantes do que pensavam ser. Bobby parou à minha frente, a mais ou menos um metro de distância. Os três companheiros se alinharam e cruzaram os braços, encarando-me.

Por um momento ninguém disse nada. Eles apenas me olharam de cara feia.

– É agora que eu devo mijar nas calças? – falei.

Bobby apontou o dedo para a minha cara novamente.

– Sabe onde fica um bar chamado Landmark, em Livingston?

– Claro que sei.

– Hoje, às 10 da noite. Estacionamento dos fundos.

– Papai não me deixa sair a essa hora. Além disso, não sou um qualquer. Você vai ter de me convidar para jantar. E levar flores.

– Se você não der as caras – ameaçou ele, o dedo quase roçando meu nariz –, arrumo outro jeito de acertar as contas com você depois. Entendeu?

Não entendi, mas antes que eu pudesse pedir qualquer tipo de explicação, ele saiu pisando forte, seguido dos capangas. A certa altura, eles se viraram para trás e aproveitei a oportunidade para acenar um delicado adeusinho. Um dos capangas continuou a me encarar, então soprei um beijo na direção dele. O sujeito virou o rosto como se tivesse levado um tapa.

Soprar um beijo: meu golpe preferido contra homofóbicos.

Olhei para Ali e, percebendo a expressão no rosto dela, pensei: xiiiiii...

– Que diabos foi isso? – perguntou ela.

– Aconteceu uma coisa antes de você chegar.

– O quê?

Contei a ela o episódio com Jack.

– E você foi tirar satisfação com o técnico, é isso?

– É.

– Mas por quê? – perguntou ela.

– Como por quê?

– Você só fez piorar as coisas. Aquele cara é um metido. Os garotos sabem disso.

– Jack estava quase chorando.

– Pois deixe que *eu* cuide disso. Não preciso de nenhum macho alfa para me ajudar.

– Não se trata disso. Eu só queria que ele parasse de infernizar o Jack.

– Foi por isso que ele ficou no banco. O técnico provavelmente viu seu showzinho e foi inteligente o bastante para não colocar lenha na fogueira. Está contente agora?

– Ainda não – respondi. – Só depois de destruir a cara dele hoje à noite. Aí, sim, acho que vou ficar contente.

– Nem pense em fazer uma coisa dessas.

– Você ouviu o que ele disse.

– Não posso acreditar – disse Ali, balançando a cabeça. – Que diabos deu em você?

– Só quis defender o Jack.

– Esse não é seu papel. Você não tem esse direito. Você não...

Ela se calou de repente.

– Continue. Diga.

Ali fechou os olhos.

– Você tem razão – disse eu. – Não sou o pai dele.

– Não era isso que eu ia dizer.

Era, sim, mas deixei passar.

– Tudo bem, talvez esse não seja o meu papel – comecei. – Mas a questão não é essa. Eu teria enfrentado aquele cara mesmo que a confusão tivesse sido com outro garoto.

– Por quê?

– Porque está errado.

– E quem é você para julgar?

– Julgar? Existe o certo e existe o errado. E ele estava errado.

– Ele é um babaca arrogante. Algumas pessoas são assim. É a vida. Jack entende isso ou vai acabar entendendo com o tempo. Faz parte do amadurecimento: aprender a lidar com babacas. Você não entende?

Permaneci calado.

– E se meu filho foi tão humilhado assim – prosseguiu Ali entre dentes –, quem você pensa que é para não me contar? Eu perguntei o que vocês estavam falando durante o intervalo, lembra?

– Lembro.

– Você disse que não era nada. O que estava passando na sua cabeça? "Vou mostrar àquela mulher como se faz", é isso?

– Claro que não.

Ali balançou a cabeça e ficou calada.

– Que foi? – perguntei.

– Deixei que você se aproximasse demais dele.

Senti meu coração despencar em queda livre.

– Droga! – desabafou ela.

Fiquei esperando o que viria depois.

– Para um cara tão legal e tão observador, você às vezes é muito tapado.

– Talvez eu não devesse ter ido atrás do cara, mas se você estivesse aqui quando ele ficou zombando do Jack, se tivesse visto a carinha dele...

– Não estou falando disso.

Parei um instante, pensando.

– Então você está certa. Sou mesmo um tapado.

Ali é uns 30 centímetros mais baixa que eu. Ela se aproximou de mim e ergueu o rosto.

– Não estou indo para o Arizona para ajudar Erin a se instalar. Ou pelo menos não só para isso. Meus pais moram lá. E os pais dele também.

Eu sabia muito bem a quem se referia esse "dele": o falecido marido de Ali, o fantasma com que aprendi a conviver, que às vezes até admirava. Um fantasma que nunca ia embora. Nem sei se deveria ir, mas de vez em quando eu me pegava torcendo para que fosse. Claro, isso é uma coisa horrível de se desejar.

– Eles... quer dizer, os avós, todos vêm pedindo que a gente se mude para lá. Querem ficar mais próximos dos netos. O que não é má ideia.

Fiz que sim com a cabeça, mas só porque não sabia o que mais fazer.

– Jack e Erin... eu também, nós todos precisamos disso.

– Do quê?

– Família. Os pais dele precisam fazer parte da vida do Jack. Eles não suportam mais esse clima frio daqui. Você entende?

– É claro.

As palavras soaram estranhas a meus ouvidos, como se outra pessoa as tivesse dito.

– Meus pais encontraram um apartamento e querem que a gente dê uma olhada – disse Ali. – Fica no mesmo condomínio em que eles moram.

– É muito bom morar em condomínio – falei, jogando conversa fora. – Não precisa se preocupar com a manutenção do prédio. É só pagar as taxas mensais e pronto, não é?

Ali não se deu o trabalho de responder.

– Então – falei –, indo direto ao ponto: o que isso significa para nós?

– Você quer se mudar para Scottsdale? – perguntou ela.

Hesitei.

Ali colocou a mão em meu braço e disse:

– Olhe para mim.

Olhei e então ela disse algo que eu jamais poderia ter imaginado:

– Não íamos ficar juntos para sempre, Myron. Nós dois sabemos disso.

Um bando de garotos passou correndo por nós. Um deles esbarrou em mim e chegou até a se desculpar. Um juiz soprou seu apito. A campainha tocou.

– Mãe?

Jack, que Deus o abençoe, apareceu no corredor. Ali e eu imediatamente nos recompusemos e abrimos um sorriso. Jack não sorriu. Normalmente, mesmo que tivesse metido os pés pelas mãos durante o jogo, ele deixava a quadra saltitando feito um canguru, distribuindo sorrisos e erguendo o braço para bater na mão de qualquer um que o cumprimentasse. Era parte do charme do garoto. Mas, dessa vez, não.

– E aí? – falei, por não ter o que mais dizer.

Muitas vezes, em situações semelhantes, as pessoas dizem "Você jogou muito bem!", mas as crianças sabem que é mentira, que estão sendo tratadas com condescendência, e isso só piora as coisas.

Jack correu na minha direção, passou os braços ao redor de mim e afundou o rosto em meu peito, chorando. Mais uma vez senti meu coração se partir. Fiquei parado, amparando a cabeça do garoto. Ali observava meu rosto. Não gostei do que vi.

– Foi um dia ruim, não foi? – disse eu. – Todo mundo tem dias ruins às vezes. Não precisa ficar assim, está bem? Você deu o seu melhor e é só isso que a gente pode fazer. – Então falei algo que o garoto jamais entenderia, mas que era absolutamente verdade: – Esses jogos nem são tão importantes assim.

Ali colocou as mãos sobre os ombros do filho, que se virou para abraçá-la. Ficamos assim por um instante, até que ele se acalmou. Então eu bati palmas, forcei um sorriso e disse:

– E aí, alguém está a fim de um sorvete?

Jack não pensou duas vezes:

– Eu!

– Hoje, não – disse Ali. – Precisamos fazer as malas e preparar as coisas para a viagem.

Jack fez uma careta de decepção.

– Fica para outro dia – disse ele.

Pensei que o garoto fosse mandar o tradicional "aaaaah, mãe", mas talvez ele tivesse percebido, assim como eu, algo diferente na voz de Ali. Inclinou a cabeça para o lado e, sem dizer mais nada, virou-se para se despedir. Deu um soquinho no meu punho, como a gente sempre fazia, e saiu rumo à porta.

Com os olhos, Ali sinalizou para que eu olhasse para a direita. Para o técnico Bobby.

– Você não ouse levar essa história adiante – disse ela.

– Ele me desafiou – argumentei.

– Homem que é homem não se rebaixa a uma situação dessas.

– No cinema, talvez. Na Terra do Nunca, no País das Maravilhas. Mas, na vida real, quem não se rebaixa a uma situação dessas é considerado um grande covarde.

– Então, por mim. Pelo Jack. Não vá àquele bar hoje à noite. Prometa que não vai.

– Ele falou que, se eu não aparecer, vai me procurar depois.

– Puro gogó. Prometa.

Ela me olhou nos olhos.

Eu hesitei, mas não por muito tempo.

– Tudo bem, prometo.

Ali se virou para ir embora. Sem beijo, nem no rosto.

– Ali?

– Oi.

De uma hora para outra, o corredor me pareceu deserto.

– Nós estamos terminando?

– Você quer se mudar para Scottsdale?

– Precisa de uma resposta agora?

– Não. Mas já sei qual é. E você também.

3

NÃO SEI AO CERTO QUANTO TEMPO se passou. Provavelmente um ou dois minutos. Então saí andando para o carro. O dia estava cinza. Uma chuvinha fina me acolhia. Parei um instante, fechei os olhos, ergui o rosto para o céu. Pensei em Ali. Pensei em Terese em um hotel em Paris.

Baixei a cabeça, dei mais dois passos adiante e foi então que avistei o técnico Bobby e seus asseclas dentro de um Ford Expedition.

Suspiro.

Lá estavam os quatro: Pat, o assistente, se encontrava ao volante; Bobby, no banco do carona. Outros dois armários vinham no banco de trás. Peguei meu celular e liguei para o Win, que atendeu ao primeiro toque.

– Articule – disse ele.

É assim que Win sempre atende o telefone, mesmo vendo no identificador que sou eu quem está ligando. Sim, é muito chato.

– É melhor você voltar – falei.

– Ah! – exclamou ele, feliz como criança em manhã de Natal.

– Quanto tempo você leva para chegar aqui?

– Não estou longe. Já desconfiava que alguma coisa assim pudesse acontecer.

– Não vá atirar em ninguém – adverti.

– Sim, mamãe.

Meu carro estava próximo aos fundos do estacionamento. O Expedition foi me seguindo lentamente. A chuvinha foi engrossando aos poucos. Imaginei qual seria o plano deles – alguma coisa de macho pra valer, só podia – e decidi deixar rolar.

O Jaguar de Win surgiu e ficou esperando ao longe. Meu carro é um Ford Taurus, também conhecido como "Isca de Sereias". Win o detesta e se recusa a entrar nele.

Tirei as chaves do bolso e acionei o controle remoto. Bip-bip. Entrei. O Expedition entrou em ação. Avançou rapidamente e parou bem atrás do Taurus, bloqueando o caminho. Bobby foi o primeiro a descer, cofiando o cavanhaque. Os capangas saltaram em seguida.

Exalei um suspiro e, pelo retrovisor, vi o grupo se aproximando.

– Posso ajudar em alguma coisa?

– Ouvi o pé na bunda que você levou.

– É falta de educação ouvir a conversa dos outros, Bobby.

– Pensei que você fosse mudar de ideia, que não fosse aparecer. Então achei melhor resolver essa história logo de uma vez. Aqui mesmo.

Bobby baixou o rosto a poucos centímetros do meu.

– A menos que você vá amarelar.

– Nossa! Você comeu cebola crua no almoço?

O Jaguar de Win parou ao lado do Expedition. Bobby deu um passo para trás e estreitou os olhos. Win saiu do carro. Os quatro homens olharam para ele, surpresos.

– Quem é esse aí?

Win sorriu e acenou como se entrasse no palco de um talk show agradecendo os aplausos da plateia.

– É um prazer estar com vocês – falou. – Muito obrigado, muito obrigado.

– Um amigo – falei. – Veio para equilibrar as forças.

– Equilibrar as forças? Com isso aí?

Bobby riu, os companheiros lhe fazendo eco.

– Ah, sim, claro – continuou ele.

Win se aproximou um pouco dos três capangas. Desci do carro.

– Vou lhe dar uma surra que você nunca mais vai esquecer – anunciou Bobby.

Dei de ombros e disse:

– Manda bala.

– Aqui tem muito movimento. Tem uma clareira na mata logo atrás daquele campo – disse ele, apontando para o lugar. – Lá ninguém vai atrapalhar.

– Ah, agora fiquei curioso – interveio Win. – Como você sabe da clareira?

– Estudei nesta escola. Já quebrei a cara de muita gente por lá.

Juro que Bobby estufou o peito.

– Também fui capitão do time de futebol americano.

– Uau – disse Win, sem se alterar. – Você me empresta a jaqueta do time? Quero usar no baile de formatura.

Bobby apontou um dedo carnudo na direção de Win.

– Vai usar para enxugar o sangue do seu corpo se não fechar essa matraca.

Win fingiu que ia desmaiar.

Lembrando-me da promessa que havia feito a Ali, falei:

– Olha, nós dois somos adultos.

As palavras saíam da minha boca como se eu estivesse cuspindo cacos de vidro.

– Já estamos velhos demais para ficar por aí alimentando hostilidades – completei.

Olhei de relance para Win, que franzia a testa.

– Será que ouvi direito? – falou ele. – Você disse "alimentando hostilidades"?

Então Bobby passou para o terreno pessoal.

– Vai amarelar? – disse.

De novo essa palavra.

Mas eu era homem, e homem que é homem não se rebaixa a uma situação dessas. Tudo bem.

– Sim, vou – respondi. – Está feliz agora?

– Ouviram isso, rapazes? O cara vai amarelar!

Senti o estômago revirar, mas decidi permanecer forte. Ou fraco, dependendo do ponto de vista. Pois é. Eu sou assim: não me rebaixo.

Acho que nunca vi Win tão desapontado.

– Você se incomoda de tirar o carro agora, para que eu possa sair? – falei.

– Tudo bem – disse Bobby. – Mas depois não vá dizer que não avisei.

– Avisou o quê?

Novamente ele passou para o terreno pessoal.

– Você não quer brigar, tudo bem. Mas, nesse caso, de agora em diante o seu garoto não vai ter paz.

Senti o sangue fazer pressão nos meus ouvidos.

– Do que você está falando?

– Aquele garoto que fez a cesta contra. Pelo resto da temporada, vai ser meu alvo predileto. Toda vez que eu tiver a oportunidade de dar um golpe baixo, vou dar. Toda vez que eu puder infernizar o pateta, vou infernizar.

É possível que minha boca tenha se escancarado, não tenho certeza. Olhei para Win para saber se tinha ouvido direito. Ele já não parecia tão desapontado assim. Esfregava as mãos uma na outra.

– Está falando sério? – perguntei a Bobby.

– Tão sério quanto um infarto.

Novamente me lembrei da promessa que tinha feito a Ali. Devia haver alguma forma legalmente plausível de quebrá-la. Depois que uma lesão dera fim à minha carreira no basquete, precisei provar ao mundo que minha vida ia muito bem, obrigado. Então fui estudar direito – em Harvard. Myron Bolitar era o pacote completo: advogado e atleta, um homem instruído e atraente. Pois bem: eu tinha um diploma em direito. Portanto, devia ser capaz de encontrar uma brecha legal a meu favor.

O que eu havia prometido exatamente? Relembrei as palavras de Ali: "Não vá àquele bar hoje à noite. Prometa que não vai."

Bem, aquilo não era um bar, era? Apenas um descampado nas imediações de uma escola. Tudo bem, eu estava indo contra o espírito da lei, mas não contra a letra. E a letra era o que importava no caso.

– Vamos lá – falei.

Então saímos os seis na direção da tal mata. Win praticamente saltitava. Uns 20 metros depois das primeiras árvores, havia uma clareira. O chão estava cheio de pontas de cigarro e latas de cerveja. Adolescentes. Certas coisas não mudam nunca.

Bobby tomou seu lugar no centro da clareira. Acenou para que eu me juntasse a ele. E lá fui eu.

– Senhores – disse Win –, um momento de sua atenção antes que eles comecem.

Todos os olhos se voltaram para ele, que estava junto de uma árvore gigantesca com Pat e os outros dois armários.

– Eu estaria sendo indolente se deixasse de promulgar esta importante advertência.

– Que língua você está falando, camarada? – perguntou Bobby.

– Não foi a você que me dirigi. A advertência é para seus companheiros.

Win correu os olhos pelo rosto dos três.

– É possível que, a certa altura, vocês fiquem tentados a intervir e ajudar o técnico Bobby. Isso seria um terrível equívoco. O primeiro que der sequer um passo na direção deles será hospitalizado. Observem que não falei "detido", "agredido" ou tampouco "ferido". Eu disse "hospitalizado".

Os três continuaram apenas a olhar para ele.

– Advertência feita – concluiu Win, e então se virou para mim e Bobby. – Agora, sim, podemos voltar à contenda, tal como programada.

Bobby olhou para mim e disse:

– De que planeta ele veio?

Mas a essa altura eu não estava mais para conversa fiada. A raiva me consumia. O que é ruim. Em uma luta, é preciso manter a calma, evitar que o coração dispare, que a adrenalina nos paralise.

Bobby olhou para mim. Pela primeira vez, percebi algum indício de hesitação nos olhos dele. Mas então me lembrei de como ele havia gargalhado depois de apontar para a cesta errada e de que ainda havia zombado de Jack: "Aí, garoto, é assim que se faz!"

Respirei fundo.

Bobby ergueu os punhos como um pugilista. Fiz o mesmo, mas com uma postura bem menos rígida. Mantive os joelhos flexionados, movimentando-me sem sair do lugar. Bobby era um homem grande, um brigão de rua acostumado a intimidar os oponentes. Mas não era páreo para mim.

Algumas dicas rápidas sobre a arte da luta. Regra principal: nunca se sabe o que vai acontecer. Qualquer um pode acertar um golpe por mera sorte. Excesso de confiança é sempre um erro. Mas a verdade era que o técnico Bobby não tinha a menor chance. Não estou dizendo isso para me gabar. Apesar da crença de quase todos aqueles pais na arquibancada – que contratam treinadores particulares para os filhos e sobrecarregam os garotos com todo tipo de atividade inútil –, de modo geral os campeões já nascem assim. Tudo bem: garra, treino e experiência também contam muito, mas o grande diferencial é o talento inato.

Natureza *versus* cultura, o velho dilema. A natureza vence sempre.

Fui dotado de reflexos absurdamente rápidos e de uma excelente coordenação motora. De novo, não estou me gabando. É como a cor dos cabelos, a altura, a audição. Nascemos assim ou assado e pronto. Sequer estou me referindo aos anos de treinamento a que me submeti para aperfeiçoar o corpo e aprender a lutar. Apesar de também ser um dado relevante.

Bobby fez justamente o que eu previa. Deu um passo adiante e desferiu um gancho. Não é um golpe lá muito eficaz contra um lutador experiente, porque, para todos os efeitos, a menor distância entre dois pontos é uma reta. É sempre útil pensar nisso antes de sair por aí distribuindo socos.

Desloquei-me para a direita. Não muito. Apenas o suficiente para desviar o golpe dele com a mão esquerda e permanecer perto o bastante para contra--atacar. Ele deixara a guarda aberta. O tempo agora parecia correr lentamente. Eu tinha diversos alvos entre os quais escolher.

Optei pela garganta.

Dobrei o braço direito e o afundei no pomo de adão de Bobby, que exalou um grunhido.

A luta acabava ali mesmo. Eu sabia disso. Ou pelo menos deveria saber. Eu devia ter recuado e deixado o sujeito arfar até cair no chão.

Mas as palavras dele ainda rodopiavam na minha cabeça.

"Aí, garoto, é assim que se faz!... Pelo resto da temporada, vai ser meu alvo predileto... Toda vez que eu tiver a oportunidade de dar um golpe baixo, vou dar... Vai amarelar?"

Eu devia ter deixado que ele se esborrachasse no chão. Devia ter perguntado se ele já se dava por satisfeito e colocado um ponto final na história. Mas a besta-fera agora estava solta. Não havia como contê-la. Dobrei o braço esquerdo e girei furiosamente no sentido anti-horário. Minha intenção era plantar uma bela cotovelada no rosto do grandalhão.

Seria um golpe devastador, percebi enquanto girava. Desses que afundam os ossos da face. Que resultam em cirurgia e meses de analgésicos.

No último segundo, contudo, recobrei o juízo. Não parei, mas consegui me refrear um pouco. Em vez de acertar em cheio o rosto de Bobby, meu cotovelo atingiu apenas o nariz dele, produzindo um estalo semelhante a gravetos se partindo. O sangue começou a jorrar.

Bobby desabou no chão.

– Bobby!

Era Pat, o assistente. Virando-me para ele, ergui as mãos e berrei:

– Fique onde está!

Tarde demais. Pat avançava com os punhos cerrados.

Win quase não precisou se mexer. Apenas ergueu a perna e chutou o joelho esquerdo do infeliz, fazendo com que a patela se deslocasse de um modo nada natural. Pat deu um berro de dor e foi ao chão como se tivesse levado um tiro.

Win abriu um sorriso e arqueou as sobrancelhas na direção dos outros dois armários.

– Próximo!

Nenhum deles disse ou fez nada. Mal ousavam respirar.

Minha fúria se dissipou imediatamente. Bobby agora estava de joelhos, as mãos no nariz como se fosse um animal ferido. Olhei para ele. É impressionante como, depois de uma surra, um homem parece uma criança.

– Deixe-me ajudar – falei.

O sangue jorrava do nariz de Bobby, atravessando os dedos.

– Vá se catar! – retrucou ele.

– Você precisa pressionar um pouco para conter o sangue.

– Cai fora, já disse!

Eu já ia dizendo algo em minha defesa quando senti alguém pousar a mão em meu ombro. Era Win, que balançava a cabeça como se quisesse dizer: "Deixe para lá, não adianta." Ele estava certo.

Saímos da clareira sem dizer nada.

Uma hora depois, quando cheguei em casa, encontrei dois recados na secretária eletrônica. Ambos curtos e diretos. Não posso dizer que o primeiro me surpreendeu. Cidade pequena é assim: as notícias ruins se espalham rápido.

"Não acredito que você quebrou sua promessa", dizia Ali.

E só.

Exalei um suspiro. Violência não resolve nada. Win fazia careta quando me ouvia dizer isso, mas era verdade: sempre que eu recorria à violência – o que acontecia com certa regularidade –, a coisa nunca parava por ali. A violência irradia, se espalha, segue ecoando como se nunca fosse terminar.

O segundo recado era de Terese:

"*Por favor*, venha."

Nenhuma tentativa de disfarçar o desespero.

Dali a dois minutos, meu celular vibrou. O identificador de chamadas exibia o nome de Win.

– Temos um probleminha – disse ele.

– Que foi?

– O tal Pat, que cedo ou tarde precisará de cirurgia ortopédica...

– O que tem ele?

– É da polícia de Kasselton. Capitão, mas não vou pedir o uniforme dele emprestado para usar no baile de formatura.

– É mesmo? – falei.

– Parece que estão falando em ordem de prisão.

– Mas eles que começaram.

– Foi – disse Win. – E todo mundo na cidade vai acreditar em nós, em vez de em um capitão da polícia local e três homens que moram lá desde sempre.

Fazia sentido.

– Mas então pensei – prosseguiu ele. – Que tal passarmos algumas semanas na Tailândia enquanto meu advogado cuida disso?

– A ideia até que não é má.

– Conheço um novo clube para cavalheiros em Bangcoc, nas imediações da rua Patpong. Podemos começar nossa visita por lá.

– Hum... acho que não.

– Myron, o puritano. Seja como for, acho prudente que você desapareça por um tempo também.

– É o que vou fazer.

Desligamos. Disquei o número da Air France.

– Ainda há lugar no voo de hoje à noite para Paris?

– Seu nome, senhor?

– Myron Bolitar.

– Seu bilhete já está reservado e emitido. Janela ou corredor?

4

USEI MINHAS MILHAS PARA CONSEGUIR um upgrade. Não faço questão de bebida à vontade, tampouco de comida um pouco melhor, mas o espaço livre para as pernas é sempre uma bênção. Quando viajo na classe econômica, invariavelmente me sento entre dois brutamontes ansiosos por espaço e atrás de uma velhinha que, embora sequer consiga tocar o chão com os pés, insiste em reclinar a poltrona o máximo possível e sente um prazer quase sexual em ouvi-la esmagar meus joelhos. Ela se estica de tal modo que dá para eu passar o voo inteiro procurando caspas em seu couro cabeludo.

Eu não tinha o número de telefone de Terese, mas lembrava o nome do hotel, D'Aubusson. Liguei para lá e deixei um recado dizendo que estava a caminho. Entrei no avião e pluguei os fones do iPod. Rapidamente me deixei levar por aquela letargia dos voos. Pensava em Ali, a primeira mulher com filhos que namorei, ainda por cima viúva, e no momento em que ela me deu as costas após dizer: "Não íamos ficar juntos para sempre, Myron..."

Ela estaria certa?

Tentei imaginar a vida sem Ali Wilder.

Seria possível que eu amasse aquela mulher? Sim, seria.

Até então eu havia amado três mulheres. A primeira foi Emily Downing, uma namoradinha dos tempos da Universidade Duke, que acabou me trocando por um rival da Carolina do Norte. A segunda, o mais próximo que já tive de uma cara-metade, foi a escritora Jessica Culver. Jessica também esmagou meu coração como se ele fosse um copinho descartável – pensando melhor, talvez tenha sido eu quem fez isso com ela, já nem sei. Amei aquela mulher com todas as forças, mas não foi suficiente. Hoje ela está casada. Com um sujeito chamado Stone. Juro por Deus. Stone, de pedra.

A terceira... bem, a terceira é Ali Wilder. Fui o primeiro homem com quem ela se relacionou depois que o marido morreu na torre norte, no 11 de Setembro. Nosso amor era forte, mas também mais calmo, mais maduro, e talvez o amor não devesse ser assim. Eu sabia que o fim de nossa relação doeria, mas não seria devastador. Perguntava-me se isso também era fruto da maturidade ou se, depois de tantas desilusões, a gente naturalmente fica mais cauteloso.

Ou talvez Ali tivesse razão. Não ficaríamos juntos para sempre. Simples assim.

Há um velho ditado iídiche que, infelizmente, vem a calhar: "O homem planeja e Deus ri." Sou um exemplo vivo. Fui um astro do basquete durante toda a juventude, destinado a uma carreira de sucesso na NBA, jogando pelo Boston Celtics. Mas, logo nas eliminatórias da primeira temporada, fui atropelado pelo gigante Burt Wesson, que destruiu meu joelho. Eu lutei, tentei voltar, mas, nesse caso, querer não é poder. Minha carreira acabou quase antes de começar.

Além disso, meu destino era ser um chefe de família, exatamente como o homem que eu mais admirava na vida: Al Bolitar, meu pai. Ele havia casado com sua amada Ellen, minha mãe, e depois se mudado para o subúrbio de Livingston, em Nova Jersey, onde trabalhou duro e fez churrascos no quintal para a família. Pois assim deveria ter sido minha vida: marido exemplar, um par de pimpolhos, tardes inteiras passadas nas arquibancadas de uma quadra de basquete admirando os filhotes, talvez um cachorro, uma cesta de basquete enferrujada no quintal de casa, passeios no shopping nos fins de semana... Bem, acho que já dá para ter uma ideia.

Mas cá estou, um quarentão solteiro e sem família.

– Aceita uma bebida? – ofereceu a comissária.

Não sou muito de beber, mas pedi um uísque com club soda, o drinque preferido de Win. Precisava de alguma coisa para me anestesiar um pouco, ajudar no sono. Novamente fechei os olhos. De volta à deslembrança. Deslembrar era bom.

Então, onde Terese Collins, a mulher por quem eu estava cruzando o oceano, se encaixava nessa história toda?

Nunca pensei em Terese em termos de amor. Pelo menos não nos moldes tradicionais. Pensava em sua pele macia, no cheiro de manteiga de cacau. Na dor que emanava dela. Na maneira como fizemos amor naquela ilha, feito dois náufragos perdidos. Depois daqueles dias, quando Win por fim apareceu em um iate para me resgatar, eu já me sentia bem mais forte. Terese, não. Nós nos despedimos, mas nossa história não terminou ali. Terese me acudiu quando mais precisei, oito anos atrás, e depois desapareceu na própria dor.

Agora estava de volta.

Por oito anos, Terese Collins desapareceu não só para mim, mas também para seu público. Na década de 1990, ela foi muito conhecida, âncora da CNN, e depois, *puf*, evaporou.

O avião aterrissou e taxiou até o portão de desembarque. Peguei minha bagagem de mão (era só o que eu levava, pois não planejava passar mais que algumas noites fora) e comecei a imaginar o que estaria à minha espera. Fui o terceiro a descer e, com minhas passadas largas, rapidamente alcancei a área de imigração e alfândega. Achei que não me demoraria ali, mas três outros voos haviam chegado ao mesmo tempo e o saguão estava apinhado.

A fila serpenteava entre cordas, nos moldes da Disneylândia, mas andava rápido. De modo geral, os agentes não faziam mais que acenar para que as pessoas seguissem em frente, dando aos passaportes apenas uma olhadela protocolar. Quando chegou minha vez, a agente da imigração olhou para o passaporte, depois para meu rosto, de volta para o passaporte e mais uma vez para mim. Demorou-se um instante. Sorri para ela, mas sem exagerar na dose do charme Bolitar. Não queria que a pobrezinha arrancasse as roupas ali, na frente de todo mundo.

De repente ela desviou o olhar, como se eu tivesse dito alguma grosseria, e acenou para um colega do sexo masculino. Quando me encarou novamente, decidi aumentar a dose. Alargar o sorriso. Botar para quebrar.

– Por favor – disse ela, séria –, aguarde aqui ao lado.

Eu ainda sorria feito um idiota.

– Por quê?

– Meu colega cuidará do seu caso.

– Eu sou um "caso"?

– Um passo para o lado, por favor.

Eu estava bloqueando a fila e os passageiros atrás de mim pareciam irritados. Obedeci.

– Venha comigo, por favor – disse o outro agente uniformizado.

Eu não estava gostando nem um pouco daquilo, mas fazer o quê? Fiquei pensando: caramba, por que eu? Talvez houvesse alguma lei francesa que proibisse tanto charme. Se não houvesse, deveria haver.

O homem me conduziu até uma saleta sem janelas. As paredes eram bege e nuas. Atrás da porta havia dois ganchos com cabides. As cadeiras eram de plástico. Em um dos cantos se via uma mesa. O agente tomou minha bolsa, colocou-a sobre essa mesa e vasculhou o conteúdo.

– Esvazie os bolsos, por favor. Coloque tudo nesta bandeja. Tire os sapatos.

Obedeci. Carteira, BlackBerry, moedas, sapatos.

– Vou ter de revistá-lo.

E assim ele fez. Com muita dedicação, diga-se de passagem. Cogitei fazer alguma piada, perguntar se ele estava se divertindo, sugerir que seria mais simpático me levar para um passeio pelo rio Sena antes de me apalpar daquela forma. Mas logo me lembrei do senso de humor dos franceses: Jerry Lewis ainda era um grande ídolo entre eles. Talvez fazer uma careta engraçada fosse mais apropriado.

– Por favor, sente-se.

Sentei-me e o agente deixou a saleta, levando consigo a bandeja com meus pertences. Durante meia hora fiquei sozinho ali, tomando um chá de cadeira. A coisa parecia séria.

Dali a pouco dois homens vieram ao meu encontro. O primeiro era mais jovem, com seus 20 e tantos anos, bem-apessoado, com cabelos cor de areia e aquela barba por fazer que os garotões deixam quando querem parecer mais velhos. Usava calça jeans, botas e uma camisa com as mangas dobradas até os cotovelos. Ele se recostou contra a parede e cruzou os braços, mascando um palito.

O segundo tinha uns 50 anos e usava óculos enormes de aro de metal. Os cabelos grisalhos ralos eram partidos tão perto das orelhas que quase denunciavam uma estratégia para esconder a calvície. Secava as mãos com uma toalha de papel quando chegou. A jaqueta cinza parecia ter sido sucesso na década de 1980.

Uma afronta à elegância francesa.

Foi o mais velho quem tomou a palavra:

– Qual é o propósito da sua viagem?

Olhei para ele, depois para o mascador de palitos e novamente para o cinquentão.

– Quem são vocês? – perguntei.

– Sou o capitão Berleand. E este é o agente Lefebvre.

Cumprimentei o agente com um aceno de cabeça. Ele prosseguiu com seu palito.

– O propósito de sua viagem – repetiu Berleand. – Trabalho ou lazer?

– Lazer.

– Onde vai ficar?

– Em Paris.

– Que lugar de Paris?

– Hotel D'Aubusson.

O capitão não tomou nota. Nenhum dos dois tinha papel ou caneta.

– Ficará sozinho? – perguntou ele.

– Não.

Berleand ainda enxugava as mãos com sua toalha de papel. Parou um instante para ajeitar os óculos sobre o nariz. Vendo que eu não pretendia dizer mais nada, arqueou as sobrancelhas e perguntou:

– Não?

– Vou me encontrar com uma amiga.

– O nome de sua amiga.

– Isso é mesmo necessário? – perguntei.

– Não, Sr. Bolitar. Só estou perguntando porque sou xereta.

Os franceses e seu sarcasmo.

– O nome de sua amiga, por favor.

– Terese Collins – respondi.

– Qual é a sua profissão, Sr. Bolitar?

– Sou empresário.

Berleand ficou confuso. E Lefebvre, ao que tudo indicava, não falava inglês.

– Represento atores, atletas, escritores, artistas em geral – expliquei.

Berleand balançou a cabeça, satisfeito. A porta se abriu. O agente que me levara à sala passou a Berleand a bandeja com meus pertences. Ele a colocou sobre a mesa, junto da bolsa. Novamente enxugou as mãos.

– O senhor não viajou junto com a Sra. Collins, viajou?

– Não. Ela já está em Paris.

– Compreendo. Quanto tempo o senhor pretende ficar na França?

– Não sei ao certo. Duas ou três noites.

Berleand olhou para Lefebvre. O agente assentiu com a cabeça, despregou-se da parede e saiu rumo à porta.

– Desculpe o incômodo – disse o capitão. – Tenha uma boa estadia.

E saiu também.

5

TERESE COLLINS ESPERAVA por mim no lobby do hotel.

Ela me abraçou, mas não muito forte. Seu corpo se apoiou no meu, mas suavemente, nada parecido com aqueles abraços em que um desaba sobre o outro. Ambos fomos comedidos nesse nosso primeiro encontro depois de oito anos. Apesar disso, enquanto nos abraçávamos, fechei os olhos e tive a impressão de sentir outra vez aquele cheirinho de manteiga de cacau.

Meu pensamento voou para a ilha no Caribe ou, mais especificamente, verdade seja dita, para o sexo avassalador que fizemos lá: aqueles apertões e unhadas que nos fazem entender de um modo nada sadomasoquista como a dor – a dor metafísica – e o prazer não só se misturam como também se alimentam mutuamente. Nenhum de nós estava interessado em palavras, sentimentos, mãos dadas, gestos falsos, nem mesmo em abraços. Tudo isso parecia açucarado demais. Era como se qualquer carinho pudesse explodir a frágil bolha que temporariamente nos protegia.

Terese soltou o abraço. Continuava sendo uma mulher extraordinariamente linda. Exibia algumas marcas do tempo, mas, no caso de certas mulheres – talvez a maioria delas, nesta era de beleza artificial –, envelhecer um pouco só as favorece.

– Então, o que foi que houve? – perguntei.

– É essa a frase que você preparou para me dizer depois de tantos anos?

Apenas dei de ombros.

– A minha foi muito melhor: "Venha para Paris."

– Estou tentando conter meu charme – falei por fim. – Pelo menos até descobrir qual é o problema.

– Você deve estar exausto.

– Não, tudo bem.

– Reservei um quarto para nós dois. Um conjugado. Caso a gente queira dormir separado.

Não falei nada.

– Nossa... – disse Terese, com um sorriso. – Como é bom ver você!

Eu me sentia da mesma forma. Talvez nunca tivesse sido amor o que havia entre nós, mas o sentimento estava lá, forte, sincero e especial. Ali dissera que não ficaríamos juntos para sempre. No caso de Terese, bem, provavelmente não ficaríamos juntos todos os dias, mas havia algo que nos unia, algo difícil de definir, um sentimento que podíamos deixar em uma gaveta durante anos sem nunca duvidar de que ele continuaria lá. Talvez as coisas devessem mesmo ser assim.

– Você sabia que eu viria – falei.

– É, sabia. E você também saberia se tivesse me chamado.

De fato.

– Você está linda.

– Venha – disse Terese. – Vamos comer alguma coisa.

O recepcionista pegou minha bagagem e furtivamente correu os olhos por Terese, admirando-a antes de lançar na minha direção aquele sorrisinho de "se deu bem" que todo homem entende.

A Rue Dauphine é bastante estreita. Uma van branca havia parado em fila dupla ao lado de um táxi, ocupando quase toda a rua. O taxista berrava algo que me parecia obscenidades mas que também poderia ser apenas um modo particularmente agressivo de pedir informações.

Dobramos à direita. Eram nove da manhã. As ruas de Nova York já estariam fervilhando a essa hora, mas muitos parisienses aparentemente ainda estavam na cama. Alcançamos o Sena na altura da Pont Neuf. Ao longe, à nossa direita, viam-se as torres da catedral de Notre Dame. Terese foi seguindo o rio naquela direção, passando pelas bancas verdes famosas pelo comércio de livros antigos mas que pareciam mais interessadas em vender suvenires e quinquilharias a turistas desavisados. Na margem oposta, assomava uma enorme fortaleza com uma belíssima mansarda.

Já próximo da catedral, falei:

– Você ficaria envergonhada se eu improvisasse uma corcunda, arrastasse a perna esquerda e gritasse "Santuário!"?

– As pessoas iam achar que você é um turista – disse Terese.

– Verdade. Talvez eu devesse comprar uma boina com meu nome bordado na frente.

– Aí, sim, você passaria batido.

O jeito de andar de Terese ainda era um arraso: cabeça erguida, ombros jogados para trás, postura perfeita. Mais um ponto em comum entre as mulheres da minha vida: todas caminham com confiança. Acho sexy quando a mulher chega a um lugar como se fosse dona dele, uma fera farejando as presas em seu próprio território.

Paramos em um bistrô com mesinhas externas em Saint Michel. O céu ainda estava cinzento, mas o sol lutava para se impor. Terese sentou-se e por um bom tempo ficou apenas analisando meu rosto.

– Tem alguma coisa no meu dente? – perguntei.

Terese riu e disse:

– Nossa! Como senti sua falta!

As palavras ficaram ali, pairando no ar. Talvez ela quisesse de fato dizer aquilo, talvez estivesse apenas sendo influenciada pela cidade. Paris é assim. Muito já foi escrito sobre seus encantos e tudo é a mais pura verdade, claro. Cada prédio é uma pequena maravilha arquitetônica, um deleite para os olhos. Paris é como uma mulher que sabe que é linda, gosta de ser e, portanto, não precisa fingir nada. É maravilhosa e ponto final.

Mais que isso: Paris faz a pessoa se sentir – não há palavra mais adequada – viva. Ou melhor, faz com que *deseje* se sentir viva. Em Paris, se quer fazer, saborear, ser. A gente quer sentir, apenas sentir, seja lá o que for. Todas as sensações se ampliam. Paris dá vontade de chorar e rir e amar e escrever um poema e fazer amor e compor uma sinfonia.

Terese esticou o braço sobre a mesa e segurou minha mão.

– Você podia ter ligado – falei. – Nem que fosse para dizer que estava bem.

– Eu sei.

– Continuo no mesmo lugar. Meu escritório ainda é na Park Avenue. Ainda divido um apartamento com Win no edifício Dakota.

– E comprou a casa dos seus pais em Livingston – acrescentou ela.

Não era uma frase a troco de nada. Terese sabia da casa. Sabia do meu relacionamento com Ali. Queria deixar claro que vinha acompanhando minha vida.

– Você sumiu de uma hora para outra – falei.

– Eu sei.

– Tentei encontrá-la.

– Eu sei.

– Dá para parar de ficar repetindo "eu sei"?

– Tudo bem.

– Então, o que foi que aconteceu?

Ela puxou o braço de volta e olhou para o Sena. Um jovem casal passou por nós discutindo em francês. A garota parecia furiosa. A certa altura, pegou uma latinha amassada e arremessou contra a cabeça do rapaz.

– Você não entenderia – disse Terese.

– Isso é pior do que "eu sei".

Quanta tristeza naquele sorriso que ela abriu...

– Eu estava ferida demais. Teria arrastado você para o fundo do poço comigo. Gosto de você o bastante para não querer que isso acontecesse.

Eu entendia – e, ao mesmo tempo, não entendia – o que ela estava dizendo.

– Não quero ofendê-la, mas isso me parece uma grande bobagem, um excesso de racionalização.

– Mas não é.

– Então, por onde você andou?

– Por aí, escondida.

– Escondida do quê?

Ela apenas balançou a cabeça.

– E por que fui convocado agora? – falei. – Não vá dizer que estava com saudade.

– Não é isso. Quer dizer, senti saudade, sim. Você nem imagina quanto. Mas tem razão, não foi por isso que chamei você.

– Então, por quê?

Um garçom de avental preto e camisa branca surgiu à mesa. Terese usou seu francês fluente para fazer nosso pedido. Não falo uma palavra sequer em francês, portanto ela poderia ter pedido qualquer coisa. Uma sopa de parafusos, sei lá.

– Recebi um telefonema na semana passada – prosseguiu Terese. – Do meu ex-marido.

Eu nem sabia que ela havia sido casada.

– Fazia nove anos que eu não falava com Rick.

– Nove anos – repeti. – Pouco antes de a gente se conhecer.

Ela olhou para mim.

– Eu sei, sou fera em matemática. Esse é um dos meus vários talentos. Mas não sou de me gabar.

– Você fez as contas para saber se Rick e eu ainda estávamos casados quando fugimos para o Caribe – disse ela.

– Não é bem isso.

– Você é tão... pudico.

– Não, não sou – retruquei, novamente pensando no sexo avassalador que tínhamos feito naquela ilha.

– Verdade. Não é.

– Mais um dos meus talentos. Modéstia à parte.

– Ótimo. Mas pode ficar tranquilo: Rick e eu já não estávamos juntos quando a gente se conheceu.

– O que ele queria, afinal?

– Falou que estava em Paris. Pediu que eu viesse com urgência.

– Para Paris?

– Não, para o parque de diversões de Nova Jersey! Claro que era para Paris!

Ela fechou os olhos. Fiquei esperando.

– Desculpe. Eu me excedi.

– Bobagem. Gosto do seu pavio curto. Que mais ele falou?

– Pediu que eu ficasse no D'Aubusson.

– E?

– E só.

Eu me ajeitei na cadeira.

– Isso foi tudo o que ele disse? – falei. – "Oi, Terese, aqui é o Rick, seu ex-marido com quem você não fala há quase uma década. Venha para Paris imediatamente e se hospede no D'Aubusson. Ah, é urgente."

– Mais ou menos isso.

– E você nem perguntou o motivo de tanta urgência?

– Você está se fazendo de bobo de propósito? Claro que perguntei.

– E?

– Ele não quis falar. Disse que precisava me ver pessoalmente.

– E você simplesmente largou tudo o que estava fazendo?

– É.

– Depois de tantos anos você... Espere aí! Você não disse que estava se escondendo?

– Disse.

– E estava se escondendo do Rick também?

– Estava me escondendo de todo mundo.

– Onde?

– Em Angola.

Angola? Deixei este assunto para depois.

– E como foi que o Rick a encontrou?

O garçom voltou com duas xícaras de café e sanduíches que lembravam mistos-quentes abertos.

– São chamados de "croque monsieur" – disse Terese.

Misto-quente aberto com nome metido a besta.

– Rick trabalhava comigo na CNN – continuou ela. – Talvez seja um dos repórteres investigativos mais competentes do mundo, mas detesta ir ao ar, gosta é de trabalhar nos bastidores. Deve ter seguido pistas para me encontrar, sei lá.

Terese estava mais pálida agora, claro, do que naqueles dias ensolarados do Caribe. Os olhos azuis brilhavam menos, mas ainda se via o aro dourado em torno das pupilas. Sempre preferi as morenas, mas seu cabelo claro havia me conquistado.

– Tudo bem – disse. – Continue.

– Então fiz o que ele pediu. Cheguei aqui faz quatro dias. E ainda não tive nenhuma notícia de Rick.

– Não ligou para ele?

– Não tenho o número. Rick foi bastante específico. Falou que entraria em contato comigo assim que eu chegasse. Mas, até agora, nada.

– Então foi por isso que você me chamou?

– Foi – respondeu ela. – Você é bom em encontrar pessoas.

– Se sou tão bom assim, por que não consegui encontrar você?

– Porque não se esforçou o bastante.

O que talvez fosse verdade.

Ela se inclinou para a frente.

– Quando foi com você...

– Eu sei.

Terese não precisava dizer mais nada. Ela havia me ajudado a salvar alguém que era muito importante para mim. Não teria conseguido sem ela.

– Você nem tem certeza de que seu ex-marido desapareceu – argumentei.

Terese não disse nada.

– Ele poderia só estar querendo se vingar. Talvez ache isso engraçado. Ou, quem sabe, o que quer que tenha acontecido não fosse tão importante assim. Ou ele simplesmente mudou de ideia.

Ela apenas continuou olhando para mim.

– E, mesmo que ele tenha desaparecido, não sei como posso ser útil. Em casa, sim, eu poderia fazer alguma coisa. Mas estamos em outro país. Não falo uma palavra em francês. Win não está aqui para me ajudar. Nem Esperanza, nem Big Cyndi.

– Mas *eu* estou aqui. E falo francês.

Olhei para ela. Lágrimas começavam a brotar em seus olhos. Eu já a tinha visto arrasada, mas nunca naquele estado. Balancei a cabeça e disse:

– O que você está escondendo de mim?

Terese fechou os olhos. Esperei.

– A voz dele... – disse ela afinal.

– O que tem a voz dele?

– Rick e eu começamos a namorar no primeiro ano da faculdade. Ficamos casados por 10 anos. Trabalhávamos juntos quase todo dia.

– Certo.

– Sei tudo a respeito dele, conheço todas as emoções, entende?

– Acho que sim.

– Já estivemos juntos em diversas zonas de guerra. Descobrimos câmaras de tortura no Oriente Médio. Em Serra Leoa, vimos coisas que ser humano nenhum deveria ver. Rick sabia separar as coisas. Sempre mantinha a calma, conseguia conter as emoções. Detestava o drama que os noticiários de TV geralmente fazem. Já ouvi a voz dele em todo tipo de circunstância.

Terese fechou os olhos novamente.

– Mas nunca desse jeito.

Estendi a mão sobre a mesa, mas ela não a segurou.

– Que jeito? – perguntei.

– Havia um tremor que eu nunca tinha ouvido antes. Achei que... que talvez ele estivesse chorando. Rick parecia aterrorizado. Um homem que até então eu nunca tinha visto sequer passar perto do medo. Falou que eu devia me preparar.

– Preparar para quê?

Com os olhos já inteiramente marejados, Terese uniu as mãos como se fosse rezar e baixou a cabeça.

– Ele falou que iria me contar algo que mudaria minha vida para sempre.

Recostei-me na cadeira, preocupado.

– Foi essa a expressão que ele usou? Mudar sua vida para sempre?

– Foi.

Terese também não tinha nenhuma inclinação para o drama. Fiquei sem saber o que fazer.

– Então, onde o Rick mora? – perguntei.

– Não sei.

– É possível que seja em Paris?

– É.

– Você sabe se ele casou de novo?

– Não, não sei. Como eu disse antes, faz anos que não falamos um com o outro.

Não ia ser fácil.

– Ele ainda trabalha para a CNN?

– Acho difícil.

– Talvez você pudesse me passar uma lista de amigos e parentes, só como ponto de partida.

– Tudo bem.

As mãos tremiam quando ela levou a xícara de café à boca.

– Terese?

Ela manteve a xícara diante dos lábios, como se fosse um escudo.

– O que seu ex-marido poderia contar de tão sério a ponto de mudar sua vida para sempre?

Terese desviou o olhar.

Ônibus vermelhos de dois andares, apinhados de turistas, circulavam à margem do Sena. Quase todos estampavam na lateral o anúncio de uma loja de departamentos: uma mulher muito bonita usando uma réplica da torre Eiffel na cabeça, o que resultava em uma imagem ridícula. A torre parecia pesada e a ponto de cair, presa somente por uma fita. O pescoço de cisne, inclinado para o lado, dava a impressão de que se partiria a qualquer instante. Quem teria sido o gênio a escolher uma imagem dessas para um anúncio de moda?

O tráfego de pedestres se intensificava. A garota que arremessara uma latinha contra o namorado agora estava aos beijos com ele. Ah, os franceses... Um guarda de trânsito gesticulava para que uma van branca liberasse o caminho. Virei-me para Terese, à espera de uma resposta. Ela pousou a xícara e disse:

– Não faço a menor ideia.

Mas percebi algo diferente na voz dela. Se estivéssemos jogando pôquer, eu desconfiaria de um blefe. Terese não estava mentindo, disso eu tinha certeza. Mas também não estava dizendo toda a verdade.

– E não há nenhuma chance de que Rick esteja apenas querendo se vingar de alguma coisa?

– Não, não há.

Ela se calou, desviou o olhar e tentou se recompor.

Eu sabia que era hora de colocar o dedo na ferida.

– O que aconteceu com você, Terese?

Ela sabia o que eu queria dizer. Não ousou olhar diretamente nos meus olhos, só tentou dar um sorriso.

– Você também nunca disse nada – falou.

– Era nossa regra implícita naquela ilha.

– É verdade – concordou ela.

– Mas não estamos mais na ilha.

Silêncio. Ela tinha razão. Eu também não havia contado o motivo do meu desespero, o que me levara até aquela ilha no Caribe. Talvez fosse melhor eu dar o primeiro passo.

– Cabia a mim proteger alguém – falei. – Mas meti os pés pelas mãos. Ela morreu por minha causa. E, para piorar as coisas, reagi muito mal à história toda.

Violência, pensei novamente. O eco que não para de reverberar.

– Você disse "ela" – observou Terese. – Era uma mulher que você devia proteger?

– Era.

– Você visitou o túmulo dela. Agora eu me lembro.

Permaneci calado.

Agora era a vez de Terese. Recostei-me na cadeira, esperando que ela se sentisse pronta para falar. Lembrei-me do que Win tinha dito sobre o segredo dela, que era algo muito grave. Fiquei aflito. Meus olhos dardejavam de um lado para outro e foi então que algo chamou minha atenção.

A van branca.

Depois de um tempo, a pessoa se acostuma a viver dessa maneira. Sempre alerta. A gente olha ao redor e, quando identifica certos padrões, fica com a pulga atrás da orelha. Era a terceira vez que eu via a mesma van. Ou pelo menos parecia ser a mesma van. Ela estava perto do hotel quando Terese e eu saímos. E, na última vez que a vira, ela estava bloqueando o caminho e um guarda de trânsito sinalizava para que seguisse em frente.

No entanto, ela continuava no mesmo lugar.

Voltei os olhos para Terese, que, percebendo a expressão em meu rosto, perguntou:

– Que foi?

– Acho que aquela van está nos seguindo.

Não precisei acrescentar nada do tipo "não olhe agora". Terese era esperta o suficiente.

– O que devemos fazer? – disse ela.

Refleti um instante. O quebra-cabeça começava a se encaixar. Rezei para que estivesse enganado. De repente achei que toda aquela história poderia chegar ao fim em poucos segundos. Rick, o ex-marido de Terese, estava à nossa espreita na tal van. Era só ir até lá, abrir a porta e arrancar o sujeito do veículo.

Levantei-me da mesa e olhei diretamente para a janela do motorista. Se minha hipótese estivesse correta, não havia por que esperar. O sol refletia no vidro, mas ainda assim era possível vislumbrar um rosto com a barba por fazer e, mais especificamente, um palito.

Era Lefebvre, o agente do aeroporto.

Ele não tentou se esconder. Abriu a porta e saiu. Berleand, o agente mais velho, estava no banco do passageiro e também desceu. Endireitou os óculos e abriu um sorriso amarelo, como se estivesse se desculpando.

Fiquei me sentindo um idiota. Os caras estavam à paisana no aeroporto. Eu devia ter desconfiado. Agentes da imigração não trabalham sem uniforme. E aquelas perguntas irrelevantes só podiam ser um artifício para ganharem tempo.

Tanto Lefebvre quanto Berleand levaram a mão ao bolso. Pensei que fossem sacar armas, mas ambos retiraram braçadeiras vermelhas da polícia e as prenderam ao bíceps. Olhando para a esquerda, vi policiais uniformizados caminhando na nossa direção.

Permaneci imóvel, as mãos caídas ao lado do corpo de modo que ficassem completamente visíveis. Não fazia a menor ideia do que estava acontecendo, mas não era hora para movimentos bruscos.

Mantive os olhos fixos em Berleand, que se aproximou da nossa mesa, olhou para Terese e, dirigindo-se a nós dois, falou:

– Por favor, venham conosco.

– O que está acontecendo? – perguntei.

– Conversaremos sobre isso na central.

– Estamos sendo presos?

– Não.

– Então não vamos a lugar nenhum antes de sabermos do que se trata.

Berleand sorriu e olhou para Lefebvre, que, sem deixar o palito cair, sorriu de volta.

– Que foi? – perguntei.

– Acha que está nos Estados Unidos, Sr. Bolitar?

– Não, mas acho que estou em uma democracia moderna, com certos direitos inalienáveis. Ou será que estou enganado?

– Aqui não preciso de uma acusação formal para detê-los. Na verdade, posso prendê-los por 48 horas por mero capricho.

Berleand se aproximou um pouco mais, ajeitou mais uma vez os óculos e secou as mãos na lateral das calças.

– Portanto, repito: podem fazer a gentileza de nos acompanhar?

– Com o maior prazer – falei.

6

TERESE E EU FOMOS SEPARADOS ali mesmo, na rua.

Lefebvre foi com ela para a van. Protestei, mas Berleand olhou para mim com uma expressão de tédio, sugerindo que minhas palavras seriam, quando muito, supérfluas. Ele me acompanhou até o carro da polícia, onde um policial uniformizado esperava ao volante. Berleand se acomodou comigo no banco de trás.

– Vai ser uma viagem longa? – perguntei.

Berleand olhou para o relógio.

– Uns 30 segundos.

Ele exagerou. Na verdade, o prédio para o qual íamos era um que eu já tinha visto: a fortaleza do outro lado do rio. Suas mansardas eram feitas de ardósia, bem como suas torres em forma de cone. Poderíamos facilmente ter ido a pé. Quando nos aproximamos dela, estreitei os olhos.

– Reconhece? – perguntou Berleand.

Não era de espantar que aquele lugar tivesse chamado minha atenção. Dois guardas armados abriram caminho para que nosso carro atravessasse o imponente arco da fachada principal, uma bocarra a nos engolir. Chegamos a um grande pátio, onde ficamos cercados por todos os lados. "Fortaleza" era a palavra ideal para aquele lugar. Ali dentro a pessoa se sentia um prisioneiro de guerra do século XVIII.

– Então, reconhece ou não?

Eu reconhecia, sim, sobretudo por causa dos livros de Georges Simenon, mas também porque aquele prédio era lendário entre as forças da lei.

Eu me encontrava no pátio do número 36 do Quai des Orfèvres: o quartel--general da polícia francesa. O equivalente francês da Scotland Yard ou do FBI.

– Entãããão... – falei, olhando através da janela – seja lá o que for este lugar, é bem grande.

– Não é onde processamos multas de trânsito – ironizou Berleand.

Ah, só mesmo os franceses. A sede da polícia era uma fortaleza descomunal, intimidante e absolutamente linda.

– Impressionante, não é?

– Neste país, até os prédios da polícia são joias da arquitetura – falei.

– Espere até ver o interior.

Logo me dei conta de que Berleand havia sido irônico novamente. O contraste entre a fachada e o que havia dentro dela era estarrecedor. O exterior havia sido criado para a eternidade. O interior tinha todo o charme e o toque pessoal de um banheiro público de beira de estrada. As paredes eram gelo ou talvez tivessem sido brancas e houvessem encardido com o passar dos anos. Nenhum quadro, nenhum adorno, mas um número suficiente de arranhões no chão para sugerir que um tropel de saltos muito finos havia passado por ali. O assoalho era de um linóleo tosco que pareceria antigo mesmo em um conjunto habitacional de 1957.

Aparentemente não havia elevadores. Seguimos por uma escada larga, uma subida lenta durante a qual fiquei com a impressão de estar sendo exibido ao público.

– Por aqui – disse Berleand.

Segui o capitão através de um longo corredor. Fios expostos pendiam do teto, convidando a um incêndio. Havia um forno de micro-ondas no chão e impressoras, computadores e monitores margeando as paredes.

– Estão de mudança? – perguntei.

– Não.

Berleand me levou para uma cela de uns quatro metros quadrados. A única que se via por ali. No lugar das barras de ferro, havia vidro. Dois bancos rentes à parede formavam um V em um dos cantos. Os colchões eram finos e azuis, estranhamente parecidos com os das aulas de educação física na época da escola. Dobrado sobre o banco estava um cobertor laranja surrado, que lembrava os que as companhias aéreas chinfrins oferecem.

Berleand estendeu o braço como se fosse um maître de restaurante chique dando-me as boas-vindas.

– Onde está Terese? – perguntei.

Ele deu de ombros.

– Quero um advogado.

– E eu quero tomar um banho de espuma com a Catherine Deneuve.

– Está dizendo que não tenho direito a um advogado presente durante o interrogatório?

– Isso mesmo. Você pode falar com um advogado antes, mas ele não poderá acompanhar o interrogatório. E vou ser honesto: a presença de um advogado dá a impressão de que você é culpado. E também me dá nos nervos. Portanto, não aconselho. Agora preciso ir. A casa é sua.

Tão logo me vi sozinho, tentei refletir sobre o que estava acontecendo, para não tomar nenhuma atitude precipitada. O colchão azul parecia grudento. Melhor não saber por quê. O ambiente todo era rançoso, aquela terrível mistura de medo, suor e outros fluidos corporais. O fedor invadia minhas narinas e ali ficava. Uma hora se passou. Ouvi o som do micro-ondas. Um guarda trouxe comida. Outra hora se passou.

Eu me recostava contra o vidro em um pedaço relativamente limpo que havia encontrado quando Berleand enfim voltou.

– Espero que tenha gostado das acomodações e do serviço – disse ele.

– A comida... Eu esperava coisa melhor, em se tratando de uma prisão parisiense.

– Falarei com o chef pessoalmente.

Berleand destrancou a porta de vidro e eu o acompanhei por um corredor. Achei que estivesse sendo levado para uma sala de interrogatório, mas não. Paramos diante de uma porta com uma plaqueta ao lado, na qual se lia: GROUPE BERLEAND. Olhei para ele.

– Seu primeiro nome é Groupe?

– Muito engraçado.

Entramos. Deduzi que "groupe" significava "grupo" e, a julgar pelo que vi no interior da sala, estava certo. Seis mesas se apertavam no espaço que não seria amplo nem se houvesse uma só. Decerto estávamos no último andar, pois a inclinação da mansarda cortava boa parte do teto. Precisei me abaixar ao entrar.

Quatro das seis mesas se encontravam ocupadas, supus que por integrantes do Groupe Berleand. Havia monitores bem antigos, daqueles grandalhões que ocupam quase metade da mesa, fotos pessoais, flâmulas de times de futebol, um pôster da Coca-Cola, um calendário de mulheres peladas... A atmosfera do lugar, que abrigava o alto escalão da polícia francesa, não era lá muito diferente da de uma oficina mecânica em Hoboken.

– Groupe Berleand – falei. – Quer dizer então que você é o chefe?

– Sou capitão da Brigade Criminelle. Esta é minha equipe. Sente-se.

– Onde, aqui?

– Claro. Essa é a mesa do Lefebvre. Pegue a cadeira dele.

– Não há uma sala de interrogatório neste prédio?

– Você ainda acha que está nos Estados Unidos, não é? Todos os interrogatórios são conduzidos aqui, na sala da minha equipe.

Os outros oficiais pareciam alheios à nossa conversa. Dois tomavam café e batiam papo. Outro digitava algo em seu teclado. Sentei-me. Berleand pescou uma folha da caixinha de lenços de papel sobre sua mesa e limpou as mãos mais uma vez.

– Quero saber sobre sua relação com Terese Collins – disse.

– Por quê?

– Porque gosto de estar a par das últimas fofocas.

Apesar do quase humor, as palavras foram ditas com uma frieza ártica.

– Qual é sua relação com Terese Collins?

– Fazia oito anos que eu não a via – respondi.

– E, no entanto, estão os dois aqui.

– Sim.

– Por quê?

– Ela me ligou e me convidou para passar uns dias em Paris.

– E você largou tudo e veio?

Minha resposta se resumiu a um erguer das sobrancelhas.

Berleand sorriu.

– Então por pouco não destruí a imagem de Paris como a cidade dos amantes?

– Está me deixando preocupado, Berleand.

– Quer dizer então que você veio para um *rendez-vous* romântico?

– Não.

– Então para quê?

– Eu não sabia exatamente qual era o motivo do convite dela. Apenas intuí que Terese estivesse com algum problema.

– E se dispôs a ajudar.

– Sim.

– Você fazia alguma ideia da natureza desse... problema?

– Antes de chegar à cidade? Não.

– E agora?

– Agora, sim.

– Se importa de me contar?

– Tenho alguma escolha? – perguntei.

– Na verdade, não.

– O ex-marido de Terese está desaparecido. Ligou para ela dizendo que tinha algum assunto urgente, depois sumiu.

Berleand pareceu surpreso com minha resposta. Ou talvez com minha disposição em cooperar. Uma coisa ou outra. Acho que eu sabia qual.

– Então a Sra. Collins ligou para você porque... porque queria que você a ajudasse a encontrá-lo?

– Exatamente.

– Mas por que *você*?

– Ela acha que sou bom nesse tipo de coisa.

– Você disse que é empresário. Que representa artistas. De que maneira isso o qualifica para encontrar desaparecidos?

– Meu trabalho é bastante pessoal. Muitas vezes tenho de fazer coisas bem bizarras para os clientes.

– Entendo – disse Berleand.

Lefebvre entrou na sala. Ainda mascava seu palito. Cofiou os tocos de barba, postou-se à minha direita e me fulminou com o olhar. Senhoras e senhores, apresento-lhes o policial malvado! Olhei para Berleand como se dissesse: "Isso é mesmo necessário?" Ele deu de ombros.

– Você gosta da Sra. Collins, não gosta?

– Gosto.

Interpretando seu papel com todo o afinco, Lefebvre mais uma vez olhou torto para o meu lado. Lentamente tirou o palito da boca e, tropeçando nas consoantes, disse:

– Seu encanador de merda!

– Como?

– Você – repetiu ele, o sotaque carregado – é um encanador de merda!

– Leve em conta que não sou nenhum profissional do ramo.

Berleand não entendeu bulhufas.

– Ele queria dizer "enganador" – expliquei.

O capitão fechou a cara. Eu entendi por quê.

– Você ama Terese Collins?

– Não sei – respondi, mais uma vez optando pela verdade.

– Mas vocês são próximos?

– Como já disse, ficamos anos sem nos ver.

– Isso não muda nada, muda?

– Acho que não – respondi.

– Conhece Rick Collins?

Por algum motivo, ouvindo Berleand dizê-lo, fiquei surpreso que Terese tivesse adotado o sobrenome do marido, mas, claro, eles haviam se conhecido na universidade. Nada mais natural, imagino.

– Não, não conheço.

– Nunca o viu?

– Nunca.

– O que você pode me dizer a respeito dele?

– Porcaria nenhuma.

Lefebvre pousou a mão em meu ombro e apertou ligeiramente.

– Encanador de merda.

Olhei de volta para ele.

– Por favor, não me diga que esse palito aí ainda é o mesmo do aeroporto. Porque se for, meu amigo, isso é muito anti-higiênico.

Berleand interveio:

– A Sra. Collins estava certa?

Virei-me para ele.

– Sobre o quê?

– Você é bom em encontrar pessoas?

Dei de ombros.

– Acho que sei onde Rick Collins está – disse eu.

Berleand olhou para Lefebvre, que endireitou o tronco.

– Sabe? Então onde ele está?

– Em um necrotério qualquer – respondi. – Alguém o matou.

7

Berleand saiu comigo da sala e dobrou para a direita.

– Aonde estamos indo? – perguntei.

Ele limpou as mãos nas calças e disse:

– Você vai ver.

Seguimos por um corredor com uma abertura lateral que dava para uma altura de cinco andares. Uma tela de arame fechava o espaço entre o parapeito e o teto.

– Por que a rede? – perguntei.

– Dois anos atrás, trouxemos para cá um suspeito de terrorismo. Na verdade, uma suspeita, uma mulher. Quando passamos por aqui, ela agarrou um dos guardas e tentou se jogar com ele neste vão.

Olhei para baixo. Um vão e tanto.

– Eles morreram?

– Não. Outro oficial os segurou pelos tornozelos a tempo. Mas agora temos a tela.

Ele subiu dois degraus que conduziam a uma espécie de sótão.

– Cuidado com a cabeça – advertiu.

– Suspeita de terrorismo?

– Sim.

– Vocês trabalham nessa área também?

– Terrorismo, homicídio, as fronteiras já não são tão claras assim.

Entramos no sótão. Precisei me abaixar outra vez, agora bem mais do que antes. Havia um varal com roupas penduradas.

– Vocês lavam suas roupas aqui?

– Não.

– Então, de quem são...

– Das vítimas. É aqui que elas ficam penduradas.

– Está brincando.

– Não, não estou.

Parei um instante para examiná-las e notei uma camisa azul-escura, rasgada e manchada de sangue.

– Pertenciam a Rick Collins?

– Venha comigo.

Berleand abriu uma janela e saltou para o telhado do prédio. Virou-se para trás e acenou para que eu o seguisse.

– Está brincando – disse eu novamente.

– Temos uma das mais belas vistas de Paris.

– Mas no telhado?

Saltei a janela e... uau, ele tinha toda a razão quanto à vista. Berleand acendeu um cigarro e deu um trago tão longo que por pouco não ficou apenas com cinzas entre os dedos. Depois exalou um demorado jato de fumaça pelas narinas.

– Você costuma fazer seus interrogatórios aqui?

– Para dizer a verdade, esta é a primeira vez.

– Você pode ameaçar o interrogado e dizer que vai jogá-lo lá embaixo.

– Não é meu estilo.

– Então por que viemos para cá?

– Agora é proibido fumar dentro do prédio e eu não estava aguentando mais – disse ele, dando mais um trago profundo. – Eu até já estava me acostumando a ir fumar na calçada, sabe? Descia e subia os cinco andares para aproveitar e fazer exercício. Mas depois ficava exausto por causa dos cigarros.

– Uma coisa anulava a outra – falei.

– Exatamente.

– Você poderia ter tentado parar.

– Aí não teria mais motivo para descer as escadas e não me exercitaria mais. Entendeu o raciocínio?

– Mais ou menos, Berleand.

Ele se sentou e, admirando a vista, gesticulou para que eu fizesse o mesmo. Então lá estava eu, no telhado de uma das polícias mais famosas do mundo, diante de uma vista estupenda da catedral de Notre Dame.

– Agora olhe ali – disse Berleand, apontando por sobre o ombro direito.

Olhei. Do outro lado do Sena, lá estava ela: a torre Eiffel. Sei que é coisa de turista ficar boquiaberto com a torre Eiffel, mas não pude me conter.

– É linda, não é? – emendou o capitão.

– Da próxima vez que for preso, preciso me lembrar de trazer uma câmera.

Ele riu.

– Seu inglês é muito bom – falei.

– Na França começamos a aprender inglês muito cedo. Além disso, estudei um semestre no Amherst College e, mais tarde, participei de um intercâmbio com o FBI, um programa de dois anos em Quantico, na Virgínia. Ah, também tenho a coleção completa dos *Simpsons* em DVD, em inglês.

– Isso explica tudo.

Berleand deu mais um trago no cigarro.

– Como é que ele foi assassinado? – perguntei.

– Acho que eu deveria dizer alguma coisa do tipo: "A-ha, como você sabe que ele foi assassinado?"

– Foi você mesmo quem disse que não é aqui que vocês processam multas de trânsito.

– O que você tem a me dizer sobre Rick Collins?

– Nada.

– E sobre Terese Collins?

– O que você quer saber?

– Ela é muito bonita.

– É isso que você quer saber?

– Fiz uma pequena pesquisa. Temos CNN na França também, claro. Eu me lembro dela.

– E daí?

– E daí que, 10 anos atrás, ela estava no auge da carreira. De repente abandonou tudo e sumiu, sem deixar nenhuma ocorrência no Google para dar qualquer pista. Nenhuma menção a um novo emprego, novo endereço, nada.

Permaneci calado.

– Por onde ela andou esse tempo todo? – questionou Berleand.

– Por que não pergunta a ela?

– Porque estou perguntando a você.

– Já disse. Ficamos oito anos sem nos vermos.

– E você não faz nem ideia de onde ela estava?

– Não, não fazia.

Ele abriu um sorriso malicioso e apontou o indicador na minha direção.

– Que foi?

– Você disse "não fazia". No passado. Isso quer dizer que agora você sabe onde ela estava.

– Tudo bem, você me pegou.

– Então?

– Angola – falei. – Ou pelo menos foi o que ela disse.

Berleand assentiu com a cabeça. Uma sirene, talvez da polícia, começou a urrar na rua. A sirene francesa é diferente: mais insistente, horrível, um cruzamento de alarme de carro vagabundo com campainha de programa de televisão – aquela irritante, que alardeia quando o sujeito erra a resposta. Esperamos até que ela se afastasse, restituindo o silêncio de antes.

– Você deu alguns telefonemas, não deu? – falei.

– Alguns.

– E?

Berleand não disse nada.

– Você sabe que não matei ninguém. Nem no país eu estava.

– Sim, eu sei.

– Mas?

– Posso sugerir um cenário alternativo?

– Diga.

– Terese Collins matou o ex-marido – disse Berleand. – Precisava se livrar do cadáver, de alguém de confiança que desse um jeito nas coisas. Então ligou para você.

– E, quando atendi, ela disse: "Acabei de matar meu ex-marido em Paris. Por favor, me ajude." É isso?

– Bem, talvez ela tenha apenas chamado você até aqui. E contado o motivo do convite depois que você chegou.

Sorri. Aquela maluquice já tinha ido longe demais.

– Você sabe que ela não me contou nada disso.

– Sei? Como?

– Estava ouvindo nossa conversa.

Berleand não me olhou dessa vez. Continuou fumando seu cigarro e encarando a paisagem.

– Quando você me parou no aeroporto – prossegui –, colocou uma escuta em mim, em algum lugar. Nos sapatos, talvez. Provavelmente no celular.

Era a única coisa que fazia sentido. Eles encontraram o corpo de Rick Collins, decerto examinaram o celular dele, descobriram que Terese estava na cidade e grampearam o telefone dela. Depois que ela me chamou, eles me detiveram no aeroporto para poderem plantar uma escuta e nos vigiar.

Por isso eu havia sido tão franco com Berleand: ele já sabia todas as respostas. Minha intenção era conquistar a confiança dele.

– Seu celular – disse, enfim, o capitão. – Substituímos a bateria por um mecanismo de escuta que também é fonte de energia. Tecnologia bastante recente. De ponta, eu diria.

– Então você sabe que Terese acha que o ex-marido está desaparecido.

Berleand lentamente fez que sim com a cabeça.

– Sabemos que é isso que ela lhe contou.

– Poxa, Berleand. Você viu, ou ouviu, o modo como ela falou. Terese estava abalada de verdade.

– Parecia estar – afirmou ele.

– Então?

Berleand apagou o cigarro com a sola do sapato.

– Mas também percebi que ela estava jogando na retranca – disse. – Estava mentindo. Você sabe disso e eu também. Minha esperança era que você arrancasse a verdade dela, mas aí você viu a van – refletiu ele. – E então deduziu que estava sendo grampeado.

– Somos dois caras espertos – falei.

– Talvez nem tanto quanto acreditamos.

– Você já notificou o parente mais próximo?

– Estamos tentando.

Pensei em ser sutil, mas depois concluí que, àquela altura, não havia motivo para isso.

– Quem é o parente mais próximo de Rick Collins?

– A esposa.

– Como ela se chama?

– Aí você já está querendo saber demais.

Berleand pescou mais um cigarro do maço, prendeu-o entre os lábios, deixou que ele tombasse ligeiramente e o acendeu com a agilidade de alguém que já havia feito aquilo milhares de vezes.

– Havia sangue na cena do crime – disse. – Muito sangue. A maioria era da vítima, claro. Mas os testes preliminares indicaram pelo menos mais uma pessoa. Por isso colhemos uma amostra do sangue de Terese Collins: vamos fazer um teste de DNA.

– Terese não matou ninguém, Berleand.

Ele não disse nada.

– Tem alguma coisa que você não quer me contar – falei.

– Tem muita coisa que não quero lhe contar. Infelizmente, você não faz parte do Groupe Berleand.

– Não tem uma vaguinha para mim?

O capitão me lançou um olhar de quem não acreditava no que ouvira, depois disse:

– Não pode ser só coincidência Rick Collins ter sido assassinado logo após a chegada da ex-mulher.

– Você ouviu o que ela disse. Rick parecia assustado. Provavelmente porque tinha se metido em uma encrenca qualquer. Por isso chamou Terese.

Fomos interrompidos pelo celular do capitão. Ele atendeu a chamada e não fez mais que ouvir. Com certeza ele seria um ótimo jogador de pôquer. Então, de uma hora para outra, uma expressão sombria tomou seu rosto. Ele grunhiu algo em francês, claramente atordoado. Depois ficou em silêncio. Mais alguns instantes e ele fechou o celular, deu um último trago no cigarro e ficou de pé.

– Algum problema? – falei.

– Aproveite para dar uma última olhada na paisagem – disse ele, passando as mãos pela calça para ajeitá-la. – Não costumamos trazer turistas aqui.

Foi o que fiz. Talvez seja estranho que um prédio da polícia tenha uma vista tão extraordinária. Diante de tamanha maravilha, pensei, a ideia de um assassinato se torna ainda mais odiosa.

– Para onde estamos indo? – perguntei.

– O laboratório recebeu os resultados preliminares dos testes de DNA.

– Já?

Berleand deu de ombros de um modo ligeiramente teatral.

– A França não se resume a vinho, comida e mulheres – disse.

– Infelizmente. Então, o que eles revelaram?

– Acho que – começou ele, novamente se espremendo através da janela – precisamos ter uma conversinha com Terese Collins.

8

TERESE ESTAVA NA MESMA CELA da qual eu havia saído meia hora antes.

Seus olhos estavam vermelhos e inchados. Assim que Berleand destrancou a porta, toda a pose de mulher forte veio abaixo e Terese se jogou nos meus braços aos prantos. Esperei que ela se acalmasse. Olhei para Berleand e ele novamente deu de ombros daquele modo exagerado.

– Vamos soltar vocês dois – disse –, se concordarem em entregar os passaportes.

Terese se afastou e olhou para mim. Ambos assentimos.

– Ainda tenho algumas perguntas a fazer antes de deixá-los ir – acrescentou Berleand. – Pode ser?

– Sei que sou suspeita – disse Terese. – A ex-mulher que chega à cidade depois de tantos anos, os telefonemas, sei lá o quê. Mas não me importo. Só quero que vocês encontrem quem matou o Rick. Então pode perguntar o que quiser, inspetor.

– Obrigado pela franqueza e pela disposição em colaborar.

Berleand agora parecia mais cauteloso, como se pisasse em ovos. Algo naquela ligação no telhado o havia abalado. Fiquei me perguntando o que poderia ser.

– Você sabia que seu ex-marido se casou novamente? – começou ele.

– Não, não sabia. Quando?

– Quando o quê?

– Quando foi que ele se casou de novo?

– Não sei.

– E o nome dela, o senhor sabe?

– Karen Tower.

Terese quase sorriu.

– Você a conhece?

– Conheço.

Berleand balançou a cabeça e esfregou as mãos uma na outra. Pensei que fosse perguntar como Terese conhecia Karen Tower, mas, em vez disso, falou:

– Alguns resultados preliminares dos exames de sangue já chegaram do laboratório.

– Já? – perguntou Terese, surpresa. – Colheram minha amostra o quê? Uma hora atrás?

– Não são os resultados da sua amostra. Esses ainda vão levar algum tempo. Estou falando do sangue encontrado na cena do crime.

– Ah.

– Algo curioso.

Ambos esperamos pelo que estava por vir. Terese engoliu em seco como se esperasse um golpe.

– Boa parte do sangue, na verdade quase 100%, pertencia à vítima, Rick Collins – prosseguiu o capitão. Ele agora falava de um modo comedido, como se estivesse escorregando nas informações que estava prestes a dar. – O que não chega a ser surpresa.

Continuamos calados.

– Mas havia outra mancha de sangue no tapete, não muito longe do corpo. Não sabíamos ao certo como ela foi parar ali. Nossa primeira hipótese era a mais óbvia: Rick Collins lutou com o agressor e o feriu antes de ser morto.

– E agora? – perguntei. – O que vocês acham?

– Em primeiro lugar, encontramos alguns fios de cabelo junto ao sangue. Longos e claros. Provavelmente, femininos.

– Mulheres também matam.

– Claro.

Berleand hesitou um instante.

– Mas? – falei.

– No entanto, parece impossível que o sangue seja do agressor.

– Por quê?

– Porque, segundo o exame de DNA, ele pertence à filha de Rick Collins.

Terese não gritou. Apenas deixou escapar um gemido antes de seus joelhos falharem. Eu a amparei rapidamente, evitando que desabasse no chão. Lancei um olhar de interrogação para Berleand, que não parecia nem um pouco surpreso. Ele observava Terese, avaliando o que estaria por trás daquela reação.

– Você não tem filhos, tem? – falou, dirigindo-se a ela.

Terese estava completamente lívida.

– Berleand, pode nos dar um instante? – falei.

– Não precisa, estou bem – disse Terese.

Ela se firmou nas próprias pernas e olhou fixamente para o capitão.

– Não tenho filhos. Mas o senhor já sabia disso, não sabia?

Berleand não respondeu.

– Canalha – cuspiu ela.

Minha vontade era perguntar o que estava acontecendo, mas talvez fosse hora de ficar calado e ouvir.

– Ainda não conseguimos localizar Karen Tower – disse Berleand. – Mas suponho que a criança seja filha dela, não?

– Suponho que sim.

– E você, claro, também não sabia da existência da garota.

– Não, não sabia.

– Quanto tempo faz que você e o Sr. Collins se divorciaram?

– Nove anos.

Não me contive.

– Que diabos está acontecendo aqui? – falei.

Berleand não me deu ouvidos.

– Portanto, mesmo que seu ex-marido tenha se casado imediatamente após o divórcio, essa filha não poderia ter mais que... digamos, uns 8 anos.

Seguiu-se um silêncio.

– Portanto – disse enfim o capitão –, agora sabemos que a filhinha de Rick Collins estava presente na cena do crime e foi agredida. Onde você acha que ela pode estar agora?

◆ ◆ ◆

Decidimos voltar a pé para o hotel.

Atravessamos a Pont Neuf. As águas do rio estavam turvas e esverdeadas. Os sinos de uma igreja repicavam. Algumas pessoas paravam no meio da ponte para tirar fotos. Um homem pediu que eu o fotografasse ao lado de uma moça que supus ser sua namorada. Eles se abraçaram, contei até três e tirei a foto. Pediram que eu tirasse mais uma, contei até três novamente e bati a segunda foto. Então eles agradeceram e seguiram seu caminho.

Terese ainda não tinha dito uma palavra sequer.

– Está com fome? – perguntei.

– Precisamos conversar.

– Tudo bem.

Ao ritmo das passadas dela, largas e uniformes, atravessamos a ponte, seguimos pela Rue Dauphine e chegamos ao hotel. O recepcionista nos brindou com um simpático "bem-vindos de volta" do outro lado do balcão, mas Terese passou direto por ele, dando apenas um breve sorriso.

Assim que as portas do elevador se fecharam, ela se virou para mim e disse:

– Você queria saber qual era meu segredo, o que me fez fugir para aquela ilha, o que me manteve fugindo esses anos todos.

– Se você quiser contar... – falei, de um modo que até a meus próprios ouvidos soou condescendente. – Se eu puder ajudar em alguma coisa...

– Não pode. Mas precisa saber, de qualquer modo.

Descemos no quarto andar. Ela abriu a porta da suíte, deixou que eu entrasse e a trancou. O cômodo não era grande – até pequeno para os padrões americanos – e tinha uma escada em espiral que conduzia a uma espécie de mezanino. Lembrava exatamente o que pretendia: uma casa parisiense do século XVI, mas com uma TV de tela plana e um aparelho de DVD.

Terese foi direto para a janela, de modo que ficasse o mais longe possível de mim.

– Vou lhe contar uma coisa – disse. – Mas antes você precisa me fazer uma promessa.

– Qual?

– Prometa que não vai tentar me consolar.

– Como assim?

– Conheço você. Vai ouvir minha história, depois vai querer me abraçar e dizer as coisas certas. Porque é assim que você é. Não faça isso. Nada do que você possa dizer ou fazer poderá me ajudar.

– Tudo bem – falei.

– Prometa.

– Prometo.

Ela recuou ainda mais no canto em que se refugiara. Minha vontade era abraçá-la já, antes mesmo de ouvir o que ela estava para dizer.

– Você não precisa me contar nada – falei.

– Preciso, sim. Só não sei exatamente como.

Fiquei calado.

– Conheci o Rick no primeiro ano de faculdade na Wesleyan. Eu tinha acabado de chegar de Shady Hills, em Indiana, e era o clichê perfeito: rainha do baile de formatura, namorada do quarterback, a garota que era um doce de criatura e tinha todas as chances de sucesso. Era aquela bonitinha chata que estudava demais, ficava ansiosa, morria de medo de tirar nota baixa, depois era a primeira a terminar a prova. E colava aqueles adesivos redondinhos nas folhas do fichário. Para que os furinhos não rasgassem, lembra deles?

Não pude deixar de sorrir.

– Lembro.

– Também era a bonitinha que não queria ser reconhecida só pela beleza, que queria que as pessoas olhassem para além da superfície. Mas as pessoas só se interessavam por alguma coisa *por causa* da superfície. Você sabe do que estou falando, não sabe?

Eu sabia. Não se tratava de falta de modéstia por parte de Terese, como muitos poderiam supor. Era apenas uma constatação dos fatos. Assim como Paris, Terese tinha consciência da própria beleza e não via motivos para fingir o contrário.

– Então escureci os cabelos, para parecer mais inteligente, e lá fui eu para a universidade. Como tantas outras garotas, cheguei com o cinto de castidade firme no lugar e só meu *quarterback* do colégio tinha a chave. Estava determinada a ser a exceção: ia conseguir manter o namoro mesmo a distância.

Eu também me lembrava de garotas assim na Duke.

– Quanto tempo você calcula que isso durou? – perguntou ela.

– Dois meses?

– Um, no máximo. Conheci o Rick e ele me arrebatou feito um furacão. Era inteligente, engraçado e sexy de um jeito que eu nunca tinha visto antes. Era o radical do campus, o pacote completo: cabelos cacheados, olhos azuis penetrantes, uma barba que me espetava quando a gente se beijava...

Por um instante ela se deixou levar pelas lembranças. Depois disse:

– Não consigo acreditar que ele esteja morto. Rick era uma pessoa especial, sabe? Não estou sendo sentimentaloide. Ele era realmente um homem generoso. Acreditava na justiça e na humanidade. E alguém o matou. Alguém tirou a vida dele intencionalmente.

Permaneci calado.

– Estou enrolando, não estou?

– Não precisa se apressar.

– Preciso, sim. Preciso acabar logo com isso. Se bobear, vou ter um treco e você vai continuar às cegas. Berleand provavelmente já sabe de tudo. Por isso me deixou ir embora. Então vou dar a você o resumo da ópera. Rick e eu nos formamos, nos casamos e fomos trabalhar como repórteres. Depois de um tempo fomos para a CNN: eu na frente das câmeras e ele nos bastidores. Já lhe contei essa parte. A certa altura, quisemos ter filhos. Pelo menos, eu quis. Acho que Rick tinha lá suas dúvidas. Talvez fosse um pressentimento do que estava por vir.

Terese se voltou para a janela, afastou as cortinas lentamente e olhou para fora. Dei alguns passos na direção dela. Não sei por quê. Por algum motivo, senti a necessidade de me aproximar.

– Tivemos problemas de fertilidade. O que é muito comum, dizem. Muitos casais passam por isso. Mas, quando acontece com você, parece que todas as outras mulheres do mundo estão grávidas. E o pior é que, com o tempo, a situação só piora. Todas as mulheres que eu conhecia tinham filhos, todas eram felizes e realizadas e tudo parecia acontecer naturalmente com elas. Comecei a evitar os amigos. A ter problemas no casamento. O sexo passou a ser apenas para procriação. Você não consegue pensar em outra coisa, sabe? Lembro que fiz uma matéria sobre as mães solteiras do Harlem, essas garotas de 16 anos que engravidam num piscar de olhos, e comecei a odiá-las. Aquilo era uma grande injustiça.

Terese estava de costas para mim. Sentei-me na quina do colchão. Queria ver o rosto dela, ou pelo menos parte dele. Da cama, conseguia enxergar um pouco mais, um perfil que era como a lua nos primeiros dias do quarto crescente.

– Ainda estou enrolando – disse ela.

– Posso esperar.

– Ou talvez eu precise contar desse jeito.

– Tudo bem.

– Fomos a vários médicos. Tentamos tudo o que você possa imaginar. Um pesadelo. Tomei injeções de pergonal, de hormônios, o diabo a quatro. Demorou três anos, mas finalmente consegui engravidar. Um milagre da medicina. No início, tinha tanto medo que mal ousava me mexer. Qualquer dorzinha, qualquer pontada, eu logo achava que ia abortar. Mas depois de um tempo passei a adorar a gravidez. É muito antifeminista dizer isso, não é? Sempre me irritei com essas mulheres que ficam tagarelando sobre as maravilhas da gravidez, mas fiquei igualzinha a elas. Adorava as tonteiras. Não tive enjoos. Eu me sentia radiante. Sabia que nunca engravidaria de novo, que não podia contar com outro milagre, então precisava saborear aquele momento. O tempo passou voando e, de repente, lá estava eu, com uma filhinha de três quilos no colo. Miriam, o mesmo nome da minha falecida mãe.

Uma lufada fria perpassou meu coração. Eu já podia intuir como terminaria aquela história.

– Ela hoje teria 17 anos – disse Terese, a voz distante.

Há momentos na vida em que nos sentimos frágeis demais, com um silêncio, um vazio por dentro. Pois era assim que estávamos agora, Terese e eu.

– Acho que não houve um único dia nestes últimos 10 anos em que não fiquei imaginando como ela seria agora. Dezessete anos. Terminando o colégio, já sem aquela rebeldia toda da adolescência, aquelas incertezas... Linda, minha amiga outra vez. Preparando-se para entrar para a universidade.

Com os olhos marejados, tentei ver o rosto de Terese. Já ia me levantando quando ela se virou bruscamente para trás. Nenhuma lágrima em seus olhos, mas algo pior: uma tristeza avassaladora, dessas que o choro jamais conseguiria aliviar. Antes que eu ficasse de pé, ela ergueu a mão como se empunhasse uma cruz para afastar um vampiro.

– A culpa foi minha – disse.

Balancei a cabeça, mas ela apertou os olhos violentamente, como se meu gesto a ofuscasse. Lembrei-me da promessa que havia feito e tentei apagar do rosto qualquer traço de emoção.

– Eu não ia trabalhar naquela noite, mas no último minuto ligaram dizendo que precisavam de alguém para apresentar o noticiário das oito. Eu estava em casa. Morávamos em Londres nessa época. Rick estava em Istambul. Era o horário nobre. Puxa, como eu queria aquele trabalho... Miriam já estava dormindo, mas eu não podia deixar passar aquela oportunidade, podia? Tinha que pensar na minha carreira. Então liguei para uma amiga, madrinha da Miriam, e perguntei se podia deixar minha filha com ela por algumas horas. Ela aceitou. Acordei a Miriam e a coloquei no banco de trás do carro. Eu estava correndo contra o tempo, ainda precisava fazer a maquiagem. Então corri mais do que devia. As ruas estavam molhadas. Já estávamos quase chegando... faltavam no máximo uns 500 metros. Dizem que as pessoas que sofrem um acidente grave o apagam da memória, principalmente nos casos em que há perda de consciência. Mas eu me lembro de tudo. Do farol na minha cara. Da guinada que dei para a esquerda. Talvez tivesse sido melhor bater de frente. Eu teria morrido em vez da minha filha. Mas não, a batida foi de lado. Do lado da Miriam. Ainda posso ouvir o grito dela. Um gritinho curto, quase um suspiro. O último som que saiu da boquinha dela. Fiquei em coma por duas semanas, mas Deus tem um senso de humor doentio e deixou que eu sobrevivesse. Miriam morreu na hora.

Silêncio total.

Eu nem sequer ousava piscar. Tinha a impressão de que até as paredes e os móveis prendiam a respiração. Sem pensar, dei um passo na direção de Terese. Talvez a solidariedade tenha um traço de egoísmo e a pessoa que se mostra solidária precise tanto ou mais de ajuda do que quem ela está consolando.

– Fique onde está – disse ela.

Obedeci.

– Quero ficar sozinha. Só por alguns minutos, está bem?

Fiz que sim com a cabeça, mas ela não olhava para mim.

– Claro – falei. – Como você quiser.

Terese não respondeu. Nem precisava. Já havia deixado bem clara a sua vontade. Então caminhei até a porta e saí.

9

QUANDO SAÍ DO HOTEL PARA A Rue Dauphine, estava num estado de completo atordoamento.

Dobrei à esquerda e cheguei a um lugar onde cinco ruas se cruzavam. Havia um café, um dos muitos de Paris, o Le Buci, e me acomodei em uma mesinha externa. Gosto de observar as pessoas, mas estava difícil me concentrar. Fiquei pensando em Terese. Só agora entendia. Ter de reconstruir a vida para... para quê?

Peguei o celular e, sabendo que isso me distrairia, liguei para o escritório. Big Cyndi atendeu ao segundo toque.

– MB Representações.

O M é de Myron e o B, de Bolitar. O "representações" é porque representamos pessoas. Fui eu que bolei o nome, sozinho, mas não fico me gabando do meu talento para o marketing. Quando representávamos apenas atletas, a agência se chamava MB Representações Esportivas. Farei uma pequena pausa até que cessem os aplausos.

– Hum – falei. – Madonna na "fase inglesa"?

– Na mosca.

Big Cyndi era capaz de imitar qualquer pessoa. Ou melhor, a voz de qualquer pessoa, porque, quando se tem 1,95m e 130 quilos, fica difícil imitar Goldie Hawn ao vivo e em cores, por mais habilidade que você tenha.

– A Esperanza está por aí?

– Um segundinho.

Esperanza Diaz (que continuava sendo mais conhecida como Pequena Pocahontas, o nome que usava em sua época de luta livre profissional) era minha sócia. A primeira coisa que perguntou foi:

– E então, está pegando alguém?

– Não.

– Então é melhor que tenha um bom motivo para estar aí. Você tinha um monte de reuniões marcadas para hoje.

– Eu sei, desculpe. Olha, preciso que você levante a ficha completa de um sujeito chamado Rick Collins.

– Quem é ele?

– O ex de Terese.

– Você e suas fantasias românticas excêntricas...

Contei a ela tudo o que havia acontecido. Esperanza ficou muda do outro

63

lado da linha. Eu sabia por quê. Ela se preocupa comigo. Win é rocha, Esperanza é coração. Quando terminei meu relato, ela disse:

– Então, por enquanto Terese não é suspeita de nada, é?

– Ainda não tenho certeza disso.

– Mas tudo indica que foi assassinato e sequestro.

– É.

– Então por que você precisa se envolver? Terese não tem nada a ver com a história.

– Claro que tem.

– Como?

– Rick Collins ligou para ela. Falou que tinha algo urgente para contar, que mudaria a vida dela para sempre. Agora ele está morto.

– E você, o que pretende fazer por aí? Caçar o assassino? Deixe isso para a polícia. Ou dá umazinha ou dá no pé.

– Faça o que pedi, está bem? Veja o que consegue descobrir sobre a segunda mulher e a filha.

– Tudo bem, vai. Se incomoda se eu contar para o Win?

– Não. Pode contar.

– "Ou dá umazinha ou dá no pé", essa foi boa – disse ela.

– É, parece frase de para-choque de caminhão.

Desligamos. E agora, o que fazer? Esperanza tinha razão. Nada daquilo me dizia respeito diretamente. Se eu pudesse ajudar Terese de algum modo, aí, sim. Mas, fora evitar que ela fosse envolvida naquela história e acabasse levando a culpa por um crime que não havia cometido, eu não via muito o que fazer. Berleand me parecia um policial correto, não achava que ele fosse aprontar algo.

Minha visão periférica captou alguém sentando-se à minha mesa.

Virei o rosto e me deparei com um homem de cabelos raspados rente ao crânio, sobre o qual se viam algumas cicatrizes. Tinha uma pele azeitonada e, quando sorriu, deixou à mostra um dente de ouro que combinava com a corrente em torno do pescoço, no melhor estilo hip-hop. Bonito, até, mas de um jeito ameaçador, quase *bad boy*. Usava calça esportiva preta e uma regata branca sob a camisa cinza de mangas curtas.

– Olhe embaixo da mesa – ordenou ele.

– Por quê? Vai me mostrar a minhoquinha?

– Ou olha ou morre.

O sotaque não parecia francês. Era mais suave, mais requintado. Algo próximo do espanhol ou do inglês britânico, quase aristocrático. Inclinei a cadeira para trás e olhei. Ele apontava uma arma para mim.

Apoiei as mãos na mesa e procurei manter a respiração sob controle. Ergui os olhos e me deparei com os dele. Examinei os arredores. Havia um homem de óculos escuros na esquina, aparentemente por motivo nenhum. Fazia o possível para não deixar transparecer que nos observava.

– Faça o que eu disser ou esta arma vai cuspir fogo.

– Cuspir nunca é muito civilizado.

– O quê?

– Cuspir. Cuspir fogo. Ah, deixa pra lá.

– Está vendo aquele carro verde na esquina?

Havia uma minivan, ou algo parecido, não muito longe do homem de óculos, com dois sujeitos nos bancos da frente. Memorizei o número da placa e comecei a pensar no que fazer em seguida.

– Estou.

– Se não quiser que eu atire, vai seguir exatamente as minhas instruções. Vai se levantar devagar, depois vai entrar no banco de trás daquele carro. Nem pense em fazer nenhuma...

Foi então que arremessei a mesa contra a cara do sujeito.

Desde que ele se sentara ao meu lado eu vinha imaginando o que estaria acontecendo. Agora sabia: uma tentativa de sequestro. Se eu entrasse naquele carro, estaria frito. Todo mundo já ouviu dizer que as primeiras 48 horas do desaparecimento de uma pessoa são cruciais. O que ninguém diz, talvez porque seja óbvio, é que cada segundo que se passa torna mais improvável o resgate.

O mesmo se aplica aqui. Se eles me enfiassem naquele carro, as chances de alguém me encontrar com vida despencariam. Assim que eu me levantasse para segui-lo, elas começariam a diminuir. Ele não estava esperando nenhuma reação imediata. Achou que eu estivesse prestando atenção no que ele dizia. Não via nenhuma espécie de risco. Ainda estava proferindo o discurso que havia ensaiado.

Então aproveitei o elemento surpresa.

Além disso, ele havia desviado o olhar, por apenas um segundo, para se certificar de que o carro ainda estava lá. Era tudo de que eu precisava. Minhas mãos já estavam na mesa. Os músculos da perna se retesaram. Apenas explodi como se me erguesse em um vigoroso exercício de agachamento.

A mesa foi direto no rosto dele. E eu me esquivei para o lado ao mesmo tempo, para o caso de ele ter tido tempo de disparar a arma.

Que nada.

Aproveitei o impulso e saltei para a frente. Se o Cabeça Riscada estivesse sozinho, minha cartada seguinte teria sido imobilizá-lo: feri-lo de alguma forma ou fazer o que fosse preciso para que ele não pudesse reagir. Mas havia pelo menos outros três caras ali. Eu tinha esperança de que eles fugissem, mas não contava com isso.

Ótimo, porque eles não fugiram.

Meus olhos passearam à procura da arma. Como eu imaginava, ele a tinha deixado cair. Aterrissei bem em cima do meu adversário. A mesa ainda escondia seu rosto. Ele bateu a cabeça na calçada com uma pancada sonora.

Tentei alcançar a arma.

As pessoas gritavam e corriam assustadas. Joguei o corpo para o lado, peguei a arma e continuei a rolar. Rapidamente me apoiei sobre um dos joelhos e mirei o homem de óculos escuros que nos espreitava da esquina.

Ele também estava armado.

– Parado! – gritei.

Ele apontou para mim. Não hesitei. Atirei, acertando-o no peito, e rolei mais uma vez, abrigando-me contra uma parede. A minivan acelerou na minha direção. Vieram disparos, mas não de uma arma comum.

Era uma metralhadora.

Mais gritos.

Droga! Por essa eu não esperava. Até então, só havia levado em conta o meu lado. Mas havia os transeuntes também e eu estava lidando com lunáticos que não ligavam a mínima para a integridade física de quem quer que fosse.

Olhei para o Cabeça Riscada e vi que ainda se mexia. O de óculos estava fora do jogo. O fluxo sanguíneo martelava dentro dos meus ouvidos. Eu podia ouvir minha própria respiração.

Tinha de fazer alguma coisa.

– Abaixem-se! – gritei para os passantes.

Às vezes a gente pensa em coisas estranhas mesmo estando em situações assim. Fiquei me perguntando como se diria aquilo em francês, se as pessoas saberiam traduzir minhas palavras ou se, caramba, uma saraivada de metralhadora faria a ficha cair.

Corri abaixado na direção oposta ao movimento da van, rumo ao lugar onde até então ela estava estacionada. Ouvi pneus cantando. Mais disparos. Dobrei a esquina a mil por hora e dali a pouco cheguei de volta à Rue Dauphine. O hotel estava apenas a uns 100 metros.

E então?

Arrisquei uma olhadela para trás. A van dava ré, prestes a virar na minha direção. Procurei uma rua ou beco por onde pudesse escapar.

Nada. Ou talvez...

Avistei uma ruazinha estreita do outro lado da calçada. Cogitei correr até ela, mas nesse caso ficaria ainda mais exposto. A van agora voava na minha direção. Vi o cano de uma arma atravessando a janela.

Eu estava vulnerável demais.

Meus pés voavam. Eu corria com a cabeça baixa, como se isso fizesse de mim um alvo mais difícil. As pessoas na calçada se perguntavam o que estaria acontecendo. Algumas apenas abriam caminho, outras acabavam sendo atropeladas por mim.

– Abaixem-se! – eu gritava, mas só porque precisava gritar alguma coisa.

Outra saraivada de balas. Senti uma delas passando sobre minha cabeça, o vácuo movendo meus cabelos.

Então veio o barulho que soou como música a meus ouvidos.

A sucessão de berros curtinhos da sirene irritante dos carros de polícia franceses.

A van parou. Recostei-me contra o muro mais próximo. Ela engatou a ré, voltando em disparada para a esquina de onde viera. Eu ainda tinha a arma, mas o alvo já estava longe e muitas pessoas se aglomeravam no caminho. Já havia sido inconsequente demais.

A ideia de deixá-los escapar não me agradava, mas também não queria que aquele tiroteio na rua continuasse.

A porta traseira da van se abriu e um homem com o rosto ensanguentado desceu. Era Cabeça Riscada. Eu provavelmente havia quebrado seu nariz. Dois dias e dois narizes quebrados. Nada mau, se me pagassem para isso.

Cabeça Riscada precisava de ajuda. Olhou rua abaixo, mas eu estava longe demais para que me visse e não tinha a menor intenção de acenar para ele. As sirenes se aproximavam. Olhei para o lado e dois carros de polícia vinham na minha direção.

Os policiais saltaram com armas apontadas para mim. Por um instante fiquei surpreso, pronto para explicar que era o mocinho, não o bandido, mas de repente a ficha caiu. Eu estava empunhando uma arma. Tinha atirado em alguém.

Os policiais gritaram algo. Deduzi que se tratava de uma ordem para que eu ficasse imóvel e levantasse os braços. Foi o que fiz. Deixei a arma cair e me ajoelhei na calçada. Os policiais correram ao meu encontro.

Olhei de volta para a minivan. Queria mostrá-la à polícia, mas sabia que qualquer gesto brusco poderia ser mal interpretado. Os policiais gritaram algumas instruções, mas não entendi nenhuma delas, então permaneci exatamente como estava.

Então vi algo que me fez pensar em pegar a arma de volta.

A porta traseira da minivan ainda estava aberta e Cabeça Riscada se jogava dentro dela, com outro comparsa saltando atrás e fechando a porta enquanto o veículo arrancava. A mudança de ângulo do carro durou um segundo, talvez menos, mas pude vislumbrar o que havia dentro dele.

Eu estava a uns 70 metros de distância. Podia estar enganado. Talvez não tivesse visto direito.

Não consegui me conter e comecei a levantar. Estava desesperado, pronto para pegar a arma e atirar nos pneus da van. Mas os policiais me cercaram. Não sei exatamente quantos. Quatro ou cinco. Saltaram imediatamente sobre mim, derrubando-me de volta na calçada.

Enquanto me debatia, senti algo pontudo, provavelmente a extremidade de um cassetete, atingir meus rins. Mas não parei.

– A van verde! – gritei.

Eram policiais de mais para um homem só. Senti meus braços serem torcidos contra as costas.

– Por favor – supliquei.

Havia um terror quase ensandecido em minha voz. Tentei me controlar.

– Vocês precisam detê-los!

Mas ninguém me deu ouvidos. E a van sumiu de vista.

Fechei os olhos e tentei trazer à mente a imagem daquela fração de segundo. Porque, pouco antes de a porta daquela van se fechar, eu tinha vislumbrado uma garota loura de cabelos compridos.

10

Duas horas depois, eu estava de volta à mesma cela fétida do número 36 do Quai des Orfèvres.

Fui interrogado por um longo tempo.

Procurei ser o mais direto possível nas explicações e implorei que chamassem Berleand. Tentando manter a voz calma, pedi que localizassem Terese Collins no hotel (temia que meus algozes, fossem lá quem fossem, também tivessem algum interesse nela) e repeti o número da placa da van nem sei quantas vezes, dizendo que uma vítima de sequestro talvez estivesse lá.

Antes disso, fiquei um bom tempo onde tudo havia acontecido, o que achei estranho, mas também compreensível. Eu estava algemado e tive a companhia de dois policiais o tempo todo, segurando-me pelos cotovelos. Pediram que eu explicasse o que havia acontecido, então me levaram de volta ao café Le Buci. A mesa ainda estava tombada no chão, com uma mancha de sangue no tampo.

Contei toda a história. Não havia ninguém para confirmar que Cabeça Riscada tivesse uma arma, só testemunhas do que eu havia feito. Mas o homem em quem eu atirara havia sido levado de ambulância. Com um pouco de sorte, ele ainda estaria vivo.

– Por favor – falei pela enésima vez. – O capitão Berleand pode explicar tudo.

A julgar pela expressão corporal dos policiais, eles não só não acreditavam em mim como estavam ficando aborrecidos. Mas não se deve julgar ninguém pela expressão corporal. Uma lição que fui aprendendo ao longo dos anos. Policiais são invariavelmente incrédulos e conseguem mais informações por isso. Enquanto eles fingem que não estão acreditando, a pessoa continua a falar, tentando se defender e se explicar, e acaba revelando o que não pretendia.

– Vocês precisam encontrar a van – falei mais uma vez, repetindo o número da placa feito um mantra. – Minha amiga está hospedada no D'Aubusson.

Apontei para a Rue Dauphine, dei o nome de Terese e o número do quarto.

Durante todo esse tempo os policiais não fizeram mais do que balançar a cabeça e perguntar coisas que nada tinham a ver com o que eu dissera. Eu respondia às perguntas e eles continuavam a me encarar como se eu estivesse inventando tudo aquilo.

No final me jogaram na tal cela, que decerto não havia sido limpa desde minha última passagem por lá. Ou desde a morte do general De Gaulle. Eu estava preocupado com Terese. Para falar a verdade, também estava um tantinho preocupado com meu próprio umbigo. Eu estava fora do meu país e havia atirado em um homem, o que poderia ser facilmente provado. O que seria difícil, talvez impossível, de provar era minha versão dos fatos.

Tinha sido mesmo necessário atirar naquele homem?

Sem dúvida alguma. Ele estava apontando uma arma para mim.

Mas teria puxado o gatilho?

Em uma situação dessas, ninguém paga para ver. Então atirei primeiro. Que consequências isso poderia ter na França?

Fiquei me perguntando se mais alguém teria se ferido. Havia mais de uma ambulância na rua. A culpa seria minha caso um passante tivesse sido atingido pelos disparos da metralhadora. Se houvesse simplesmente concordado em entrar na van, a essa hora estaria com a garota de cabelos claros, que na certa estava apavorada e ferida também, uma vez que havia sangue dela ao lado do corpo do pai. O que ela estaria pensando e sentindo naquele carro?

Teria presenciado o assassinato dele?

Myron, não vamos colocar o carro na frente dos bois.

– Da próxima vez, sugiro que contrate um guia particular. Muitos turistas insistem em visitar Paris por conta própria e acabam se metendo em encrenca.

Berleand.

– Vi uma garota loura na van – fui logo dizendo.

– Foi o que me disseram.

– E Terese ficou sozinha no hotel.

– Ela saiu cinco minutos depois de você.

Fiquei esperando que Berleand destrancasse a porta de vidro, mas ele não o fez. Só então me dei conta do que ele acabara de dizer.

– Você estava nos seguindo?

– Sou um só, Myron. Não dá para seguir duas pessoas ao mesmo tempo – falou ele. – Mas me diga uma coisa: o que você achou daquela história de acidente de carro?

– Como?

Agora tudo estava claro.

– Você colocou uma escuta no nosso quarto?

Berleand fez que sim com a cabeça e emendou:

– Mas ainda não aconteceu nada interessante por lá.

– Muito engraçado.

– Ou patético – devolveu ele. – Então, o que achou da história do acidente?

– Como assim, o que achei? É uma história horrível.

– E você acreditou?

– Claro que acreditei. Quem inventaria uma coisa dessas?

Uma sombra cruzou o rosto de Berleand.

– Está me dizendo que era mentira? – perguntei.

– Não, tudo bate. Miriam Collins, de 7 anos de idade, morreu num acidente na A-40 de Londres. Terese ficou gravemente ferida. Mas pedi que mandassem o arquivo completo para meu gabinete, quero dar uma olhada.

– Por quê? Isso aconteceu 10 anos atrás. Uma coisa não tem nada a ver com a outra.

Berleand não disse nada. Apenas ajeitou os óculos. Trancafiado naquela cela de vidro, eu me sentia como uma mercadoria exposta em uma vitrine.

– Seus colegas já devem ter contado o que aconteceu na rua hoje – falei.

– Claro.

– Vocês precisam encontrar aquela van.

– Já encontramos.

Cheguei mais perto da porta de vidro.

– Foi alugada – disse Berleand. – E abandonada no aeroporto Charles de Gaulle.

– Alugada com um cartão de crédito?

– Sim, mas com um nome falso.

– Então vocês precisam cancelar todos os voos de partida!

– Do maior aeroporto do país? – argumentou Berleand. – Mais alguma ideia brilhante?

– Só estou dizendo que...

– Já se passaram duas horas. Se eles tomaram um avião, não há nada que possamos fazer.

Outro policial entrou na sala, passou um papel a Berleand e saiu. O capitão começou a ler.

– O que é isso? – perguntei.

– Cardápio. Estamos testando o serviço de entrega de um restaurante.

Ignorei a piadinha besta.

– Você sabe que não é coincidência. Eu vi uma garota loura dentro daquela van.

Ele ainda lia o papel.

– Eu sei, você já disse.

– Podia ser a filha de Rick Collins.

– Duvido – disse Berleand.

Esperei que ele se explicasse.

– Conseguimos falar com a mãe, Karen Tower. Ela está bem. Sequer sabia que o marido estava em Paris.

– E onde pensou que ele estivesse?

– Ainda não sei dos detalhes. Eles moram em Londres. Foi a Scotland Yard que deu a notícia à mulher. Parece que o casamento estava passando por uma certa turbulência.

– Mas e a filha?

– Bem, este é o problema – disse Berleand. – Eles não têm filha nenhuma. Têm um garoto de 4 anos. Que está em casa, são e salvo, com a mãe.

Tentei digerir aquilo.

– Mas o teste de DNA determinou que o sangue pertencia à filha de Rick Collins.

– Sim.

– Existe alguma possibilidade de erro?

– Não.

– E o cabelo? – perguntei. – Tinha o mesmo código genético do sangue?

– Tinha.

– Então Rick Collins tinha uma filha de cabelos compridos e claros... – falei, mais para mim mesmo que para o capitão.

Não demorei muito para levantar uma nova hipótese. Talvez porque estivesse na França, a terra dos amantes.

– Uma segunda família – concluí.

Naturalmente, isso não acontecia só na França. Não chega a ser incomum um homem ter filhos com amantes. E, acrescentando a isso a informação de que o casamento de Rick Collins andava mal, tudo se encaixava. Claro, ainda havia grandes lacunas a preencher (por exemplo, por que Collins havia telefonado para Terese, sua primeira mulher, dizendo que ela devia vir a Paris com urgência?), mas uma coisa de cada vez.

Comecei a expor minha teoria a Berleand, mas logo percebi que ele não levava fé nela.

– O que estou deixando de fora? – perguntei.

O celular dele tocou. Berleand atendeu em francês e mais uma vez eu fiquei às cegas. Precisava entrar num curso assim que voltasse para casa. Ele encerrou a ligação e imediatamente destrancou a cela, acenando para que eu saísse. Seguiu apressado pelo corredor.

– Berleand?

– Venha comigo – disse ele. – Preciso lhe mostrar uma coisa.

Voltamos à sala do Groupe Berleand. Lefebvre estava lá. Olhou para mim como se eu fosse o cocô do cavalo do bandido. Estava instalando um monitor de tela plana de umas 30 polegadas.

– O que está acontecendo? – perguntei.

Berleand sentou-se ao teclado. Lefebvre se afastou. Os outros dois policiais que estavam na sala também abriram espaço. Berleand olhou para o monitor, depois para o teclado. Franziu a testa. Puxou um lenço de papel da caixinha sobre sua mesa e começou a limpar as teclas.

Lefebvre disse algo em francês que pareceu uma reclamação.

Berleand rugiu algo de volta, gesticulando para o teclado. Terminou de limpá-lo e começou a digitar.

– A menina na van – falou comigo –, quantos anos você acha que tinha?

– Não sei.

– Tente se lembrar.

Tentei, mas sem sucesso.

– Só me lembro dos cabelos claros – disse.

– Sente-se aí.

Puxei uma cadeira. Ele abriu um e-mail e baixou um arquivo.

– Vamos receber outros vídeos – falou. – Mas, por enquanto, esta imagem congelada é o que temos de mais nítido.

– De onde?

– Da câmera de segurança do estacionamento do aeroporto.

Uma foto colorida surgiu na tela. Eu esperava algo em preto e branco, granulado, mas a imagem era razoavelmente boa. Havia centenas de carros – bem, aquilo era um estacionamento –, mas muitas pessoas também. Franzi os olhos para enxergar melhor.

Berleand apontou para o canto superior direito.

– São eles?

A câmera estava tão longe que as pessoas apareciam reduzidas. Consegui distinguir três homens. Dava para ver que um deles apertava algo branco contra o rosto – decerto uma camisa... para estancar o sangue. Era Cabeça Riscada.

Fiz que sim com a cabeça.

A menina loura também estava lá. Olhando para ela, entendi o motivo da pergunta de Berleand. Seria impossível dizer sua idade porque ela estava de costas, mas com certeza não teria 6 ou 7 anos, nem mesmo 10 ou 12, a não ser que fosse incrivelmente alta. Tratava-se de uma moça. A julgar pelas roupas, uma adolescente, mas hoje em dia nunca se sabe.

Ela andava entre os dois homens não feridos. Cabeça Riscada estava à direita.

– Sim, são eles – falei. – Mas a filha de Rick precisaria ter uns 7 ou 8 anos, não é? Acho que fiquei confuso quando vi uma pessoa de cabelo louro na van. Acabei me precipitando.

– Não sei, não.

Olhei para Berleand. Ele tirou os óculos, largou-os sobre a mesa e esfregou o rosto com ambas as mãos. Esbravejou alguma coisa em francês e os três homens, Lefebvre inclusive, saíram da sala. Agora estávamos sozinhos.

– Que diabos está acontecendo? – perguntei.

Ele baixou as mãos e olhou para mim.

– Você sabe que ninguém viu o sujeito apontar uma arma para você naquele café, não sabe?

– Claro que ninguém viu. A arma estava debaixo da mesa.

– A maioria das pessoas teria se rendido e saído discretamente. Dificilmente alguém teria pensado em arremessar a mesa, tomar a arma do agressor e atirar no comparsa dele no meio da rua.

Esperei que ele dissesse algo mais. Como não disse, falei:

– O que posso dizer? Tenho os meus brios.

– O homem no qual você atirou, ele não estava armado.

– Quando atirei, estava, sim. Os comparsas devem ter pegado a arma antes de fugirem. Você sabe que não estou mentindo.

Ficamos ali, sem dizer nada, por cerca de um minuto. Berleand encarava o monitor.

– O que estamos esperando?

– Um vídeo – disse ele.

– Do quê?

– Da menina loura.

– Por quê?

Ele não respondeu. Mais cinco minutos se passaram, durante os quais crivei-o de perguntas. Nenhuma foi respondida. Por fim chegou o e-mail com um vídeo em anexo: mais imagens do estacionamento. Berleand clicou no "play" e se recostou na cadeira.

Agora a garota loura aparecia com mais nitidez. Era mesmo uma adolescente, com seus 16 ou 17 anos. Ainda estava longe demais para que pudéssemos ver as feições, mas tinha algo de familiar – a cabeça ereta, os ombros jogados para trás, a postura perfeita...

– Recebemos um resultado preliminar do teste de DNA que fizemos com aquelas amostras de sangue e cabelo – disse Berleand.

Senti o corpo gelar e me virei para o capitão.

– A menina não é só dele – disse Berleand, apontando para a garota na tela. – Também é filha de Terese Collins.

11

LEVEI UM TEMPO PARA recuperar a voz.

– Você disse "resultado preliminar"?

Berleand fez que sim com a cabeça.

– Os resultados definitivos ainda vão demorar algumas horas.

– Então existe a possibilidade de erro – pensei em voz alta.

– Pouco provável.

– Mas já houve algum caso?

– Houve. Uma vez prendemos um homem com base em resultados preliminares como estes e, no fim das contas, o culpado era o irmão dele. Também sei de uma mulher que estava exigindo na Justiça que o ex-namorado reconhecesse a paternidade do filho dela. Os resultados preliminares do exame de DNA pareciam inequívocos. Mas acabaram descobrindo que, na verdade, o pai da criança era o pai do tal namorado.

Refleti sobre o assunto.

– Terese Collins tem alguma irmã? – quis saber Berleand.

– Não sei.

Ele fez uma careta.

– Que foi?

– Vocês têm um relacionamento bastante especial, não?

Ignorei a alfinetada.

– Bem, qual o próximo passo?

– Quero que você ligue para Terese Collins – disse o capitão. – Precisamos fazer mais algumas perguntas.

– E por que não liga você mesmo?

– Já tentei. Ela não atende.

Ele devolveu meu celular. Eu o liguei e vi que havia uma chamada não atendida. Não cliquei para saber de quem era. Também havia uma mensagem que parecia *spam*: QUANDO PEGGY LEE CANTAVA 'MAS É SÓ ISSO?', ELA ESTAVA SE REFERINDO AO TAMANHO DA SUA COBRA? SEU AMIGUINHO ANDA PRECISANDO DE VIAGRA. VISITE 86BR22.COM.

Berleand leu a mensagem por sobre meus ombros.

– O que isso significa? – perguntou.

– Deve ser alguma ex-namorada queimando meu filme por aí.

– Fazendo piada de si mesmo... Muito simpático.

Telefonei para Terese. Caixa postal. Deixei um recado e desliguei.

– E agora?

– Você entende alguma coisa sobre rastreamento e localização de chamadas de celular?

– Um pouco.

– Então provavelmente sabe que, enquanto um telefone está ligado, é possível triangular as coordenadas dele e descobrir onde a pessoa está, mesmo que nenhuma chamada esteja sendo feita.

– Correto.

– Bem, não nos preocupamos em seguir a Sra. Collins porque usamos essa tecnologia. Mas, cerca de uma hora atrás, ela desligou o telefone.

– Talvez a bateria tenha acabado – sugeri.

Berleand franziu o cenho.

– Ou talvez estivesse precisando de um pouco de paz. Não deve ter sido fácil, você sabe, falar daquela história do acidente.

– Aí ela desligou o telefone para se isolar do mundo, é isso?

– É.

– Em vez de colocar no *vibracall* ou coisa assim, ela simplesmente desligou o telefone?

– Por que não?

– Ah, tenha dó. Mas ainda temos o histórico de chamadas. Podemos saber para quem ela ligou ou quem ligou para ela. Há mais ou menos uma hora, a Sra. Collins recebeu sua única ligação do dia.

– De...?

– Não sei. O número bateu na Hungria, depois em um website, depois sumiu. A ligação durou dois minutos. Ela desligou o telefone em seguida. Estava no Museu Rodin. Não temos a menor ideia de onde esteja agora.

Permaneci calado.

– O que você acha? – instigou Berleand.

– De Rodin? Gosto muito do *Pensador*.

– Ah! Era para rir?

– Então, vou ficar detido?

– Ainda estou com seu passaporte. Pode ir, mas, por favor, não saia do hotel.

– Porque lá você pode me bisbilhotar, não é?

– Pense da seguinte forma – disse Berleand. – Se finalmente você se der bem com a Sra. Collins, quem sabe não aprendo alguma coisa?

Levou uns 20 minutos para eu ser solto.

Saí pelo Quai des Orfèvres e segui na direção da Pont Neuf. Calculei quanto tempo levaria. Claro, havia a possibilidade de que Berleand já estivesse me vigiando, mas achei pouco provável.

Adiante havia um carro com a placa 97 CS 33.

O código não poderia ter sido mais simples. A mensagem de *spam* dizia "86 BR 22". Cada letra e número valia um degrau a mais: oito equivalia a nove, B a C, etc. Eu já estava próximo do carro quando um pedaço de papel foi lançado pela janela do motorista, preso a uma moeda, de modo que não voasse.

Exalei um suspiro. Primeiro o código elementar, agora isso. Desde quando James Bond usava essa tecnologia arcaica?

Peguei o bilhete.

RUE DU PONT NEUF, NÚMERO 1, QUINTO ANDAR.
JOGUE O TELEFONE PELA JANELA TRASEIRA.

O carro arrancou assim que joguei o telefone ainda ligado no banco de trás. Eles que o seguissem. Dobrei à direita, para descobrir aonde haviam me mandado. Era o prédio da Louis Vuitton, aquele com um domo de vidro. A loja da Kenzo ficava no nível da rua. Só de abrir aquela porta, eu me senti um caipira. Entrei, tomei o elevador de vidro e subi para o quinto andar, onde havia um restaurante chamado Kong.

Quando cheguei à porta, uma recepcionista veio a meu encontro. Uma mulher com mais de 1,80m e magra como um fio de abajur, embalada a vácuo em um vestido preto.

– Sr. Bolitar? – disse ela.

– Sim.

– Por aqui.

Ela me acompanhou até uma escada que reluzia em verde fosforescente e levava ao domo de vidro. Para alguns, um lugar como aquele seria considerado ultrachique. Para mim, ele ia além: seria talvez uma versão pós-moderna do ultrachique. A inspiração do decorador parecia ter sido uma gueixa futurista. Por todo lado se viam telas de plasma com mulheres asiáticas que piscavam quando você passava. As cadeiras eram de acrílico transparente, com imagens de lindas mulheres com penteados exóticos. Os rostos de algum modo brilhavam, como se houvesse uma lâmpada em cada um. O efeito era um tanto assustador.

No alto da parede havia uma gigantesca tapeçaria retratando uma gueixa. Os clientes se vestiam... bem, quase todos estavam iguaizinhos à recepcionista: roupas pretas e elegantes. No entanto, o que fazia a coisa toda funcionar, o que dava a liga final, era a extraordinária vista do Sena, quase tão bela quanto a que se tinha do prédio da polícia. E, na melhor mesa de todas, lá estava ele: meu sócio e amigo Win.

– Pedi *foie gras* para você – ele foi logo dizendo.

– Alguém ainda vai descobrir esse nosso truque.

– Ninguém descobriu até agora.

Sentei-me em frente a ele.

– Este lugar me parece familiar – disse.

– Serviu de cenário para um filme francês com François Cluzet e Kristin Scott Thomas – disse Win. – Eles se sentaram exatamente aqui.

– Kristin Scott Thomas? Em um filme francês?

– Ela morou aqui durante anos e fala a língua fluentemente.

Win tem esse tipo de informação, sabe-se lá como.

– Pois bem – continuou ele –, talvez isso explique este seu... bem, para escolher uma palavra que combine com a ocasião, déjà-vu.

Balancei a cabeça e disse:

– Não vejo filmes franceses.

– Ou então... – começou ele, exalando um longo suspiro – talvez você se lembre de ter visto Sarah Jessica Parker comendo aqui no episódio final de *Sex and the City*.

– É isso aí.

O *foie gras* – fígado de ganso, para quem não sabe – chegou. Eu estava faminto e avancei no prato. Os defensores dos animais vão querer me crucificar, mas não posso fazer nada. Adoro *foie gras*. Win já havia pedido o vinho tinto. Dei um gole. Não sou nenhum especialista, mas tive a impressão de que uma divindade qualquer havia pessoalmente espremido aquelas uvas.

– Então suponho que a esta altura você já conheça o segredo de Terese – disse Win.

Fiz que sim com a cabeça.

– Falei que era barra-pesada, não falei?

– Como foi que você descobriu?

– Não foi difícil – respondeu Win.

– Melhor dizendo: *por que* você descobriu?

– Nove anos atrás, você fugiu com essa mulher.

– E daí?

– Você não me disse nem que estava de partida.

– De novo: e daí?

– Você estava vulnerável na época, então fiz uma pequena investigação por conta própria.

– Ou seja, meteu o nariz onde não foi chamado.

– Pode ser.

Comemos mais um pouco.

– Quando foi que você chegou? – perguntei.

– Esperanza me ligou depois que falou com você. Dei meia-volta com o jatinho e vim para cá. Quando cheguei a seu hotel, você tinha acabado de ser preso. Fiz algumas ligações.

– Onde está Terese?

Deduzi que tinha sido Win quem havia ligado para ela, para tirá-la de circulação.

– Logo nos encontraremos com ela. Agora me dê todos os detalhes.

Win não disse nada enquanto eu falava, apenas ouviu, unindo em pirâmide as pontas dos dedos das duas mãos. Ele sempre faz isso. Em mim, o gesto fica ridículo. Mas nele, com aquelas unhas feitas com perfeição na manicure, a coisa até que funciona. Assim que terminei, ele disse:

– Uau.

– É, acho que "uau" resume tudo.

– Sobre o tal acidente, o que exatamente você sabe? – perguntou Win.

– Só o que acabei de contar.

– Terese nunca viu o corpo – observou Win. – O que é um tanto estranho.

– Ela ficou inconsciente por duas semanas. Não dá para esperar tanto tempo para enterrar uma pessoa.

– Ainda assim.

Win tamborilava as pontas dos dedos umas contra as outras.

– O falecido ex... – continuou meu amigo. – Ele não disse que ia contar algo que mudaria tudo na vida dela?

Eu também já havia pensado nisso e no tom de voz estranho, a aflição com que Rick Collins tinha falado com Terese.

– Deve haver alguma outra explicação. Como eu disse, os resultados dos testes de DNA ainda são preliminares.

– Você sabe que a polícia o libertou na esperança de que você a levasse até Terese, não sabe?

– É, eu sei.

– Mas isso não vai acontecer – disse Win.

– Também sei.

– Então... e agora?

A pergunta de Win me pegou de surpresa.

– Você não vai tentar me convencer a não ajudá-la, vai? – disse eu.

– Adiantaria alguma coisa se tentasse?

– Provavelmente, não.

– Bem, então talvez a gente se divirta um pouco – disse Win. – Além do mais, há outro bom motivo para continuarmos com essa busca.

– Qual?

– Depois eu conto. Mas, enquanto isso, cara-pálida, o que você pretende fazer?

– Não sei ao certo. Queria interrogar a mulher de Rick Collins, mas ela mora em Londres e Berleand confiscou meu passaporte.

O celular de Win tocou.

– Articule – disse ele ao atender.

Detesto quando ele faz isso.

Depois de alguns instantes, ele desligou e anunciou:

– Então, Londres será.

– Mas acabei de dizer...

Win ficou de pé.

– Tem um túnel no subsolo deste prédio que leva ao prédio ao lado, o da Samaritaine. Há um carro à minha espera. Meu avião está em um pequeno aeroporto perto de Versalhes. Terese está lá. Tenho documentos para vocês dois. Mas precisamos nos apressar.

– Por quê?

– Meu bom motivo para prosseguir nessa busca. O homem em quem você atirou acaba de morrer. A polícia quer prender você por assassinato. Acho melhor sermos proativos e limpar seu nome antes que isso aconteça.

12

EU ESPERAVA OUTRA REAÇÃO quando contasse a Terese sobre o exame de DNA.

Ela e eu estávamos no *lounge* do jatinho de Win, um Business Jet da Boeing que ele comprara recentemente de um cantor de rap. As poltronas eram enormes, estofadas em couro. A cabine era forrada de madeira e o piso tinha carpete felpudo. Ali havia ainda um sofá e uma TV de tela plana e nos fundos do avião ficavam uma sala de jantar e um quarto reservado.

Caso ainda não tenha ficado claro, Win é podre de rico.

Enriquecera da maneira mais tradicional possível: herdando. Sua família era proprietária da Lock-Horne Seguros e Investimentos, até hoje um dos carros--chefes de Wall Street. Ele recebera os bilhões que lhe cabiam e os multiplicara em muitos outros.

A "comissária de bordo" (as aspas se devem à escassa possibilidade de que ela tivesse recebido algum treinamento de segurança) era uma asiática de tirar o fôlego, jovem e, se eu bem conhecia meu amigo, muito flexível também. Chamava-se Mee, tal como informava o crachá. Seu uniforme parecia ter sido tirado de uma propaganda da Pan Am de 1968: terninho justo, camisa engomada e até o chapeuzinho.

"Olhe o chapéu", Win tinha dito antes de embarcamos.

"É, dá um toque todo especial."

"Gosto que ela use em todas as ocasiões."

"Por favor, poupe-me dos detalhes."

Win dera um sorriso malicioso.

"O nome dela é Mee."

"Eu sei, vi no crachá."

"Lembra *O mercador de Veneza*? 'Quem *Mee* escolher ganha o que muitos querem.' Ou, no popular: 'Quem *Mee* conhece não esquece jamais.'"

Eu apenas revirara os olhos.

"Ela e eu vamos ficar nos fundos, para você e Terese terem um pouco de privacidade."

"No *quarto* dos fundos, você quis dizer."

Com um tapinha nas minhas costas, ele retrucara:

"Tente se divertir um pouco, Myron, porque eu vou *Mee* divertir."

"Pare com isso."

Embarquei atrás dele. Terese já estava a bordo. Quando contei sobre o que havia acontecido no café Le Buci, a preocupação dela ficou evidente. Mas quando entrei na história do teste de DNA, da possibilidade de que a garota loura fosse sua filha (repetindo até enjoar as palavras "preliminares" e "inconclusivos"), ela me deixou absolutamente pasmo.

Sequer esboçou reação.

– Você está dizendo que, de acordo com esses exames, eu poderia ser a mãe da garota?

Na verdade, os resultados preliminares indicavam que ela *era* a mãe da garota, mas eu não queria exagerar na dose de informações, então disse apenas:

– Sim.

Mais uma vez, nenhum sinal de emoção. Terese olhava para mim franzindo a testa, como se não estivesse entendendo minhas palavras. Dava para perceber uma leve consternação em seu olhar, mas isso era tudo.

– Mas como isso é possível?

Não respondi, apenas dei de ombros.

Nunca subestime o poder da negação. Terese encarnou a repórter e me crivou de perguntas. Contei a ela tudo o que sabia. Ela começou a ofegar. Fazia o possível para não desmoronar. Esforçava-se tanto que os lábios tremiam.

Mas não havia lágrimas.

Eu queria abraçá-la, oferecer um ombro amigo, mas não podia. Sei lá por quê. Então fiquei ali, esperando. Nenhum de nós ousava ir direto ao ponto, como se mesmo as palavras pudessem furar aquela bolha de esperança tão frágil. Mas ele estava lá, o sol que tentávamos tapar com a peneira. Ambos o víamos, mas tentávamos ignorá-lo.

Às vezes as perguntas dela pareciam vir carregadas de agressividade, como se destilassem sua raiva pelo que talvez o ex-marido tivesse feito, ou quem sabe apenas porque era sua forma de não se deixar invadir pela esperança. Por fim, ela se recostou na poltrona e mordeu o lábio inferior, piscando.

– Afinal, para onde estamos indo? – perguntou.

– Londres. Achei que devíamos conversar com a mulher de Rick.

– Karen.

– Você a conhece?

– Conhecia, sim.

Ela olhou para mim.

– Lembra quando falei que estava indo deixar a Miriam na casa de uma amiga na noite do acidente?

– Lembro. Era ela? Vocês eram amigas?

Terese fez que sim com a cabeça.

O avião acabara de alcançar a altitude de cruzeiro e o piloto anunciou o fato pelo sistema de comunicação. Eu tinha mais um milhão de perguntas a fazer, mas Terese fechou os olhos. Esperei.

– Myron?

– Sim.

– Não vamos dizer nada. Pelo menos não por enquanto. Sabemos do que se trata. Mas não vamos dizer nada.

– Tudo bem.

Ela abriu os olhos e se virou para a janela. Mais do que compreensível. Aquele momento era delicado demais até para um contato visual. Como se tivesse ouvido sua deixa, Win abriu a porta do quarto. Mee, a comissária, estava vestida com chapeuzinho e tudo. Win também estava vestido. Ele fez um sinal para que eu fosse até ele.

– Adoro o chapeuzinho – comentou.

– Eu sei, você já disse.

– *Mee* enche os olhos.

Só olhei para ele e entrei no quarto. Win fechou a porta. O lugar tinha papel de parede com estampa de oncinha e colchas de zebra.

– Você estava em um momento Elvis quando decorou isto aqui? – falei.

– Não, foi o cantor de rap. Mas estou começando a gostar.

– Você queria falar comigo?

Win apontou para o aparelho de TV.

– Eu estava acompanhando a conversa de vocês.

Na tela se via Terese em sua poltrona na cabine.

– Achei que era um bom momento para intervir.

Em seguida ele abriu uma gaveta e tirou um BlackBerry.

– Seu número ainda é o mesmo – disse, entregando-me o aparelho. – Você pode fazer e receber chamadas normalmente, sem ser rastreado. Caso tentem rastreá-lo, vão parar em algum lugar no sudoeste da Hungria. Por falar nisso, o capitão Berleand deixou um recado.

– Acha que é seguro ligar de volta?

Win franziu o cenho e disse:

– Que parte de "sem ser rastreado" você não entendeu?

Berleand atendeu imediatamente.

– Meus colegas querem botar as mãos em você – ele foi logo dizendo.

– Mas sou um cara tão legal...

– Foi o que eu disse a eles, mas nem os caras legais estão acima de uma acusação de assassinato.

– Mas os caras legais andam tão em falta hoje em dia... – devolvi. E depois: – Já disse. Foi legítima defesa, Berleand.

– De fato. Mas temos tribunais, advogados e investigadores que talvez um dia cheguem a essa mesma conclusão.

– Estou meio sem tempo para isso.

– Então não vai dizer onde está?

– Não.

– Acho aquele restaurante, o Kong, um tanto turístico demais – disse ele. – Da próxima vez, vou levar você a um bistrozinho em Saint Michel que serve só *foie gras*. Você vai adorar.

– Da próxima vez – falei.

– Você ainda está na minha jurisdição?

– Não.

– Que pena. Posso pedir um favor?

– Claro.

– Seu celular novo recebe fotos?

Olhei para o Win e ele fez que sim com a cabeça.

– Recebe.

– Então estou lhe mandando uma. Veja se reconhece o homem nela.

Entreguei o aparelho a Win, que apertou uma tecla e baixou a tal foto. Examinei-a com atenção, mas logo de cara já havia reconhecido quem era.

– Provavelmente é ele – disse.

– O homem que você agrediu com a mesa?

– Sim.

– Tem certeza?

– Eu disse "provavelmente".

– Então olhe outra vez.

Examinei a foto novamente.

– A foto é antiga, não? O sujeito que me ameaçou hoje de manhã é pelo menos 10 anos mais velho que este aqui. Algumas coisas mudaram... a cabeça raspada, o nariz. Mas acho que posso afirmar que é ele, sim.

Silêncio.

– Berleand?

– Seria realmente melhor que você voltasse para Paris.

Não gostei nem um pouco da maneira como ele disse isso.

– Desculpe, mas não vai dar.

Mais silêncio.

– Quem é ele? – perguntei.

– Você não está preparado para enfrentar essa situação sozinho – disse ele.

Olhando para o Win, falei:

– Tenho alguma ajuda.

– Não será o bastante.

– Você não é o primeiro a nos subestimar.

– Sei com quem você está. Sei que é muito rico, conheço a reputação dele. Mas isso não basta. Você pode ser muito bom em encontrar pessoas e ajudar atletas com problemas judiciais. Mas não está preparado para lidar com isso.

– Se eu fosse menos casca-grossa – falei –, talvez estivesse com as calças borradas agora.

– Se você fosse menos cabeça-dura, escutaria meu conselho. Tenha cuidado, Myron. E mantenha contato.

Ele desligou. Virando-me para Win, falei:

– Talvez a gente possa encaminhar a foto para alguém nos Estados Unidos que consiga fazer a identificação do sujeito.

– Conheço uma pessoa na Interpol – disse Win.

Mas ele não olhava para mim, e sim por sobre meu ombro. Virei-me para ver para onde. Era novamente para a tela da TV.

Terese estava lá, mas toda a sua determinação havia desaparecido. Encontrava-se aos prantos, o corpo curvado para a frente. Tentei decifrar o que estava dizendo, mas as palavras saíam distorcidas pela angústia. Win pegou o controle remoto e aumentou o volume. Terese repetia a mesma frase incessantemente, mas só quando ela deixou o corpo escorregar para o chão consegui entender o que era.

Dirigindo-se a alguma força superior, ela suplicava:

– Por favor, permita que ela esteja viva!

13

JÁ ERA TARDE QUANDO CHEGAMOS ao hotel Claridge's, no centro de Londres. Win havia reservado a suíte Davies. Era uma cobertura e tinha uma ampla sala de estar e três quartos enormes, todos com camas king-size com dossel, além de maravilhosas banheiras de mármore profundas e chuveiros grandes como tampas de bueiro. Abrimos todas as portas de vidro que davam para a varanda, que oferecia uma vista extraordinária da paisagem urbana londrina – mas, para ser sincero, àquela altura eu já estava meio cansado de vistas extraordinárias. Terese passou um bom tempo lá fora. Parecia um prisioneiro no corredor da morte, alternando entre apatia e emoção. Estava arrasada, mas ainda nutria alguma esperança. E talvez fosse isso que mais a apavorava.

– Vamos voltar para dentro? – perguntei.

– Daqui a pouco.

Não sou exatamente especialista em linguagem corporal, mas todos os músculos de seu corpo pareciam tensos, retraídos em postura de defesa. Fiquei esperando junto da porta. O quarto dela era decorado em azul e amarelo-girassol. Olhei para a cama. Talvez fosse errado, mas minha vontade era carregá-la para aquele colchão e fazer amor por horas.

Tudo bem, nada de "talvez". Era errado, sim. Mas...

Quando falo coisas desse tipo perto de Win, ele diz que pareço uma mocinha.

Olhando para os ombros nus de Terese, lembrei-me do dia (depois do Caribe, quando ela foi a Nova Jersey para me ajudar) em que a vi sorrir, sorrir de verdade, pela primeira vez. Pensei que estivesse me apaixonando. De modo geral, entro nos relacionamentos como... bem, como uma mocinha, fazendo planos para o futuro. Daquela vez a coisa aconteceu do nada. Ela sorriu e, naquela noite, fizemos amor de um jeito diferente, com mais carinho, e, quando terminamos, beijei seus ombros nus e depois Terese chorou, também pela primeira vez. Naquele dia ela sorriu e chorou pela primeira vez.

E, alguns dias depois, sumiu.

Ela se virou para mim e foi como se pudesse ler meus pensamentos. Fomos para a sala de estar, que tinha teto oval e chão de tábuas corridas. A lareira crepitava. Win, Terese e eu nos acomodamos ao redor dela e começamos a planejar racionalmente o que fazer em seguida.

Terese foi logo ao ponto:

– Precisamos dar um jeito de exumar o corpo da minha filha. Se é que há um corpo naquele túmulo.

Assim. Sem rodeios, sem lágrimas.

– Temos de contratar um advogado.

– Vou pedir a meu pessoal que cuide disso amanhã bem cedo – prosseguiu Win.

A Lock-Horne Seguros e Investimentos tinha uma filial no centro de Londres.

– Também acho que devíamos investigar aquele acidente – falei. – Talvez possamos ver algum arquivo da polícia, falar com os responsáveis pelo caso, esse tipo de coisa.

Eles concordaram. E a conversa continuou assim, como se estivéssemos em uma sala de reuniões debatendo ideias para o lançamento de um novo produto, e não em um quarto de hotel cogitando o fato de a filha de Terese ainda estar viva. Uma bizarrice. Win começou a dar telefonemas. Descobrimos que Karen Tower, a mulher de Rick Collins, ainda morava no mesmo endereço em Londres. Terese e eu iríamos lá de manhã para falar com ela.

Depois de um tempo, Terese tomou dois comprimidos, foi para o quarto e fechou a porta. Eu estava exausto, por causa da diferença de fuso horário e de tudo o que acontecera durante o dia. Era difícil acreditar que havia aterrissado em Paris naquela mesma manhã. Mas eu não queria dormir. Adoro ficar batendo papo com Win.

Ele abriu um pequeno armário da sala e voltou com uma taça de conhaque na mão. De modo geral, prefiro tomar algo mais vigoroso: chocolate, mas me contentei com uma garrafa de água mineral. Ligamos para o restaurante e pedimos alguns aperitivos.

Como era bom voltar à normalidade.

Mee entreabriu uma porta e olhou para Win. Ele apenas mexeu os lábios fazendo um "não" e o lindo rostinho dela sumiu de vista.

– Ainda não é hora de *Mee* recolher.

Balancei a cabeça e Win perguntou:

– Qual é exatamente seu problema com *Mee*?

– Co-*Mee*-go ou com a aeromoça?

– Comissária de bordo – disse ele.

Win tinha mania de policiar minha escolha de palavras.

– Ela me parece jovem demais.

– Tem quase 20 anos – respondeu ele, rindo. – *Adoro* quando você me censura.

– Não cabe a mim julgar ninguém – retruquei.

– Ótimo, porque quero defender minha tese.

– Sobre?

– Sobre você e a Sra. Collins naquele avião. Você, meu caro amigo, vê o sexo como uma atividade que requer um componente emocional. Eu, não. Para você, o ato em si, por mais extraordinário que seja fisicamente, não basta. De minha parte, vejo a coisa por outro ângulo.

– Ou por outra câmera.

– Boa. Mas me deixe continuar. Para mim, "fazer amor"... para usar uma expressão sua, porque pessoalmente não tenho nada contra "comer", "foder" ou "trepar"... bem, é um ato sagrado. É tudo na vida. E acredito que ele alcança seu estado mais elevado, mais *puro*, por assim dizer, quando é um fim em si mesmo, sem nenhuma bagagem emocional que o macule. Entendeu?

– Ahã.

– É uma questão de escolha. Só isso. Eu vejo por um ângulo e você, por outro. E nenhum deles é melhor que o outro.

– Mas e sua tese, qual é, afinal?

– No avião, fiquei observando sua conversa com Terese.

– Sim, eu sei.

– Você estava louco para abraçá-la, não estava? Depois que soltou a bomba? Queria tomá-la nos braços e reconfortá-la, não queria? Pois é. Aquele componente emocional que mencionei ainda há pouco.

– Não entendi.

– Quando vocês ficaram sozinhos naquela ilha, tiveram dias de sexo maravilhoso e apenas físico. Vocês mal se conheciam, mas isso não impediu que aquela pequena temporada os consolasse, os revigorasse, os curasse de suas dores. Mas agora, depois que o emocional entrou na jogada, vocês ficam atrelando sentimentos aos atos mais banais e saudáveis e não conseguem nem se abraçar.

Win inclinou a cabeça para o lado e abriu um sorriso.

– Por quê? – concluiu ele.

Ele estava coberto de razão. Por que diabos eu não havia estendido os braços para Terese naquele momento? Mais do que isso, por que não havia *conseguido* estendê-los?

– Porque teria sido doloroso – respondi.

Win virou o rosto como se isso encerrasse o assunto. Mas não encerrava. Muita gente acreditava que era por autoproteção que ele nunca se entregava de fato às mulheres com quem se envolvia. Nunca engoli essa história. Era uma explicação cômoda demais.

Ele conferiu as horas no relógio.

– Só mais um conhaque – disse – e depois... ah, essa você vai adorar: vou *Mee* deitar.

Balancei a cabeça. O telefone da suíte tocou. Win atendeu, trocou algumas palavras e desligou. Depois disse:

– Está muito cansado?

– Por quê? O que houve?

– O policial que investigou o acidente de Terese está aposentado. Ele se chama Nigel Manderson e, segundo um dos meus colaboradores acaba de informar, está enchendo a cara em um pub na Coldharbour Lane neste exato momento. Se você quiser, podemos dar uma passada por lá.

– Vamos nessa – falei.

14

COLDHARBOUR LANE É UMA RUA de aproximadamente um quilômetro e meio que liga Camberwell a Brixton, no sul de Londres. A limusine nos deixou diante de um bar bastante agitado, o Suns and Doves, pelas bandas de Camberwell. O terceiro andar do prédio tinha metade da altura dos demais, como se o construtor tivesse perdido o ânimo e pensado: ah, bobagem, já tem espaço suficiente.

Seguimos caminhando pela quadra e entramos em uma viela onde duas lojas ainda estavam abertas: uma de produtos naturais e uma boa e velha *head shop*, que vendia toda espécie de parafernália para o consumo de tabaco e algumas substâncias mais nocivas.

– Esta área da cidade é famosa pelas gangues e pelo tráfico de drogas – disse Win, como um guia turístico. – Daí o apelido da rua. Coldharbour Lane é conhecida como... escuta essa, *Crack*harbour Lane.

– Conhecida pelas gangues, pelo tráfico e pelos apelidos criativos – falei.

– O que você esperava de malandros e traficantes?

A viela era escura e fétida. Dava a impressão de que os bandidos de *Oliver Twist* poderiam surgir das sombras a qualquer instante. Dali a pouco chegamos a um pub cavernoso chamado Careless Whisper. Imediatamente pensei em George Michael cantando o famoso verso em que o conquistador arrependido diz que jamais poderá dançar novamente, porque "os pés de quem tem culpa perdem o ritmo". Ah, os anos 1980... No fim, deduzi que o nome do pub não teria a ver com a música, mas provavelmente com os assuntos indiscretos de que as pessoas tratavam ali dentro.

Mas estava enganado.

Quando abri a porta, tive a sensação de estar voltando no tempo. O clássico "Our House", da banda Madness, vazou para a calçada junto com dois casais que se abraçavam, aparentemente mais por uma questão de equilíbrio do que de afeto. O fedor de salsichas fritas empesteava o ambiente. O chão estava melado. O lugar era barulhento e pequeno demais para a multidão que se comprimia lá. E as leis antifumo do país decerto ainda não haviam chegado ali. Assim como outras tantas, pensei.

Tratava-se de um pub no melhor estilo punk *new wave* dos anos 1980. O problema era que os anos 1980 já tinham passado havia muito tempo. Uma TV enorme exibia a imagem de um petulante Judd Nelson no filme *Clube dos cinco*. As garçonetes abriam caminho através da turba usando vestidos pretos, batons de cores fortes, cabelos jogados para trás com gel e rostos tão brancos que lembravam uma encenação de cabúqui. Levavam guitarras presas ao corpo. A ideia era que parecessem com as modelos daquele clipe de Robert Palmer, "Addicted to Love", mas o problema era que as garçonetes eram... bem... mais "maduras" e menos bonitas. Era como se o clipe tivesse sido refilmado com o elenco de *As supergatas*.

Os garotos do Madness terminaram de contar sua história sobre "a casa no meio da rua" e deram lugar às meninas do Bananarama, que agora se ofereciam para serem nossas Vênus e nosso fogo, sempre ao nosso dispor.

Win me cutucou com o cotovelo.

– Sabe a palavra "vênus"?

– O que tem? – berrei de volta.

– Quando eu era jovem, não entendia que era isso. Pensava que elas estavam cantando "sou seu pênis". Ficava confuso.

– Obrigado por compartilhar isso comigo.

Apesar de toda a decoração punk *new wave*, estávamos na periferia pobre de Londres, em um bar frequentado por trabalhadores calejados e mulheres que já tinham visto de tudo um pouco na vida. Um refúgio para pessoas que tinham suado a camisa o dia inteiro e agora buscavam sua merecida diversão. Era simplesmente impossível tentar se passar por frequentador de um lugar como aquele. Eu estava de jeans, mas nem de longe parecia me encaixar ali. E Win era a própria barra de chocolate na mesa de café da manhã de um spa.

As pessoas (algumas usando ombreiras e gravatas de couro fininhas e exalando um cheiro de xampu barato) fulminavam meu amigo com o olhar. Era sempre assim. Win não pedia compaixão, mas as pessoas tinham ódio dele à primeira vista. A gente sabe que as pessoas se prendem a preconceitos e estereótipos por toda parte. Elas olhavam para Win e logo enxergavam uma vida de privilégios. Tinham vontade de ofendê-lo, bater nele.

Isso acontecia com ele desde sempre. Não conheço a história toda (a "origem" de Win, para usar a linguagem dos super-heróis), mas sei que uma dessas surras que ele levou na infância foi a gota d'água. O garoto já estava farto de sentir medo. Então usou o dinheiro que tinha e seus talentos naturais e passou anos desenvolvendo algumas habilidades. Quando enfim nos conhecemos na universidade, Win já era praticamente uma arma letal.

Ele agora enfrentava os olhares tortos com um sorriso nos lábios, cumprimentando um ou outro com um aceno de cabeça. O pub era uma espelunca velha e por muito pouco não lembrava um cenário, o que lhe conferia uma autenticidade ainda maior. As mulheres eram grandes e peitudas, com cabelos desgrenhados. Muitas usavam casacos de moletom que deixavam um ombro à mostra, em estilo *Flashdance*. Uma delas se virou para Win. Tinha um sorriso banguela e um penteado com fitinhas que não ajudava em nada. De resto, parecia ter aplicado a maquiagem com uma arma de paintball, dentro de um quarto escuro.

– Ora, ora – falou. – Mas você é mesmo um gato!

– Pois é – devolveu Win. – Sou mesmo.

O barman veio nos atender. Usava uma camiseta em que se lia FRANKIE SAY RELAX, uma alusão ao primeiro *single* de uma banda que havia nascido e morrido nos anos 1980.

– Duas cervejas – pedi.

Win balançou a cabeça.

– Ele quis dizer dois *pints*.

De novo, a terminologia.

Perguntei por Nigel Manderson e o barman sequer piscou. Logo vi que ele não iria ajudar. Então me virei para trás e berrei:

– Quem de vocês aí é Nigel Manderson?

Um homem de camisa branca com pregas e ombreiras largas ergueu o copo. Parecia ter saído de um clipe do Spandau Ballet.

– Saúde, amigo – ele engrolou na outra ponta do balcão.

Caminhei até onde ele estava. Nigel segurava o copo com o cuidado de quem leva nas mãos um passarinho recém-caído do ninho. Os olhos estavam injetados e o nariz era estriado de pequenas veias, como perninhas de aranha – no caso dele, uma aranha atropelada.

– Muito bom, este lugar – falei.

– Fabuloso, não é? Um diamante bruto que faz lembrar os bons tempos. E você, quem é?

Apresentei-me e perguntei se ele se lembrava de um acidente de carro que havia ocorrido 10 anos antes. Quando mencionei o nome de Terese, ele me interrompeu.

– Não me lembro de nada – disse ele.

– Terese Collins era uma apresentadora de telejornal famosa. A filha dela morreu no acidente. Tinha 7 anos.

– Continuo não lembrando.

– Você trabalhou em muitos casos assim, com a morte de uma criança de 7 anos?

Ele se virou no banco para me encarar.

– Está me chamando de mentiroso?

Eu sabia que o sotaque do sujeito era legítimo, mas, para meus ouvidos incompetentes, ele soava um tanto como o de Dick van Dyke em *Mary Poppins*. Fiquei pensando que o homem a qualquer instante poderia se oferecer para limpar minha chaminé.

Informei-lhe a marca do carro e o local onde havia ocorrido o acidente. Ouvi um barulho à minha esquerda, um *uauá*, e me virei para ver o que era: alguém jogava Space Invaders em uma máquina de pinball.

– Já me aposentei – disse ele.

Insisti, repetindo pacientemente todos os detalhes que sabia. Atrás dele, a TV passava *Clube dos cinco*. Confesso que aquilo estava me distraindo. Gosto desse filme, nem sei por quê. O elenco só pode ser uma piada. Lutador casca-grossa: o magrelo do Emilio Estevez. Valentão rebelde: Judd Nelson. Tenha dó! Quem seria menos recomendado para o papel? Era um absurdo tão grande quanto – voltando às *Supergatas* – escalar Bea Arthur para refilmar um papel qualquer da Marilyn. No entanto, por algum milagre, o elenco funcionou e o filme deu certo. Sou viciado nele. Sei todas as falas de cor.

Dali a pouco Nigel Manderson disse:

– Pode ser que eu me lembre de alguma coisa.

Não falou com muita convicção. Terminou seu drinque e pediu mais um. Ficou observando o barman servir outra dose e, assim que o copo ficou cheio, ele o levou à boca.

Olhei para Win. Como sempre, nenhuma pista na expressão do meu amigo.

Ao lado dele, a mulher de maquiagem à la paintball (difícil dizer a idade; parecia ter uns 50 anos, mas o mais provável era que tivesse uns 25) falou:

– Moro aqui perto.

Win contemplou-a com aquele olhar de superioridade que tanto irrita as pessoas.

– Decerto naquele beco – disse.

– Não! – retrucou ela às gargalhadas. Win era mesmo uma figura. – Tenho um apartamento de subsolo.

– Deve ser um espetáculo – devolveu ele, as palavras pingando sarcasmo.

– Nada de mais – disse a mulher, passando batida pela ironia. – Mas tem uma cama.

Ela ajeitou os meiões listrados de rosa e roxo, piscou para Win e, só por garantia, caso a ficha dele ainda não tivesse caído, repetiu:

– Uma *cama*.

– Que ótimo.

– Quer dar uma conferida?

– Madame – disse Win, encarando-a –, prefiro que meu sêmen seja recolhido por um cateter.

Mais uma piscadela.

– Isso é um jeito fino de dizer "sim"?

Virei-me para Manderson:

– Pode me dar alguma informação sobre o acidente?

– Quem é você, afinal?

– Um amigo da motorista.

– Conta outra.

– Por quê?

Ele deu mais um gole demorado. Bananarama parou de tocar, dando lugar a "Save a Prayer", um clássico do Duran Duran. Seguiu-se um repentino silêncio. Alguém diminuiu as luzes do bar e as pessoas ergueram isqueiros acesos, balançando o corpo de um lado para o outro como se estivessem em um show.

Nigel também acendeu seu isqueiro.

– Você quer o quê? – disse. – Que eu acredite na sua palavra? Que foi ela quem o mandou aqui?

Ele não estava de todo errado.

– E, mesmo que tivesse sido, esse tal acidente aconteceu... há quantos anos, mesmo?

Eu já tinha dito duas vezes. Ele já ouvira duas vezes.

– Há 10 anos.

– E o que mais sua amiga precisaria saber agora?

Eu já ia respondendo quando fui silenciado por ele. As luzes baixaram ainda mais. Agora todos cantavam em coro com o Duran Duran, balançando ao sabor da música e do álcool, ainda com seus isqueiros em punho. Em meio a tantas cabeleiras esvoaçantes, não seria difícil que uma delas acabasse em chamas. Quase todo mundo, inclusive Nigel Manderson, tinha os olhos marejados.

Nossa conversa não estava indo a lugar algum, então decidi apostar mais alto:

– O acidente não aconteceu do modo que você botou no relatório.

Nigel mal olhou para mim.

– Agora você está sugerindo que cometi um erro.

– Não. Estou afirmando que você mentiu.

Foi o que bastou para atiçá-lo. Ele baixou o isqueiro e alguns homens próximos fizeram o mesmo. Ele olhou ao redor, fazendo sinal com a cabeça para que os amigos se aproximassem. Minha preocupação não era exatamente essa. Mantive os olhos grudados nele. Win já observava os adversários. Estava armado, eu sabia. Não tinha visto nada – e sei que não é lá muito fácil conseguir uma arma em território britânico –, mas tinha certeza de que Win teria pelo menos uma consigo.

Provavelmente não precisaríamos dela.

– Cai fora – disse Nigel.

– Se você mentiu sobre alguma coisa, vou descobrir o que foi.

– Dez anos depois? Boa sorte. Além do mais, não fui eu quem fez aquele relatório. Já estava pronto quando cheguei lá.

– Como assim?

– Não fui o primeiro a ser chamado, colega.

– Quem foi, então?

Ele balançou a cabeça.

– Você disse que foi a Sra. Collins que mandou você aqui?

De uma hora para outra ele se lembra do nome de Terese e do fato de que ela era casada.

– Sim.

– Então pergunte a ela. Ou à tal amiga que deu o telefonema.

Levei alguns instantes para digerir as novas informações.

– Como se chamava essa amiga? – disse afinal.

– Não faço a menor ideia. Olha, quer saber de uma coisa? Eu apenas assinei a porra daquele relatório. E, a esta altura do campeonato, estou pouco me lixando. Já tenho minha pensãozinha de merda. Ninguém pode fazer nada contra mim. Pois eu me lembro de tudo, sim. Fui até o local do acidente. A amiga da Sra. Collins, uma ricaça aí, tinha acionado o alto escalão. Um dos meus superiores já estava lá, um filho da puta chamado Reginald Stubbs. Mas nem precisa perder seu tempo procurando pelo infeliz. Faz três anos que ele bateu as botas, comido pelo câncer, graças a Deus. Levaram o corpo da menina em uma maca e correram com a mãe para o hospital. Isso é tudo o que sei.

– Você viu a menina? – perguntei.

Ele ergueu o rosto do copo.

– O quê?

– Você disse que levaram a menina de maca. Viu o rosto dela?

– O corpo estava em um saco, porra – disse ele. – Mas, pela quantidade de sangue, com certeza não tinha muita coisa para ver, mesmo que eu fosse lá olhar.

15

NA MANHÃ SEGUINTE, TERESE e eu fomos à casa de Karen Tower enquanto Win ia consultar sua equipe jurídica. Precisávamos encontrar meios legais de obter acesso aos arquivos do acidente e (só de pensar nisso eu sentia arrepios) exumar o corpo de Miriam.

Tomamos um daqueles táxis pretos de Londres, que, se comparados aos demais táxis do mundo, são um dos pequenos prazeres da vida. Terese parecia surpreendentemente tranquila e focada. Eu já a havia colocado a par da minha conversa com Nigel Manderson.

– Você acha que foi Karen quem chamou a polícia? – perguntou ela.

– Quem mais poderia ter sido?

Terese apenas balançou a cabeça e se calou. Seguimos em silêncio por alguns minutos, até que, próximo a uma esquina, ela se inclinou para a frente e falou ao motorista:

– Pode nos deixar ali.

Descemos do carro e seguimos pela calçada. Eu tinha ido poucas vezes a Londres e não conhecia bem aquele bairro, mas tinha certeza de que aquele não podia ser o endereço de Karen Tower.

O sol estava forte. Na esquina, Terese parou e levou as mãos acima dos olhos para protegê-los do sol.

– Foi neste lugar que tudo aconteceu – falou.

Era uma esquina absolutamente comum.

– Nunca mais voltei aqui.

Eu não via motivos para que ela tivesse voltado, mas não disse nada.

– Saí da autoestrada por aquela rampa. Estava correndo um pouco demais. O caminhão entrou na contramão ali – disse ela, apontando. – Tentei desviar, mas...

Olhei a meu redor como se depois de 10 anos ainda fosse possível encontrar alguma pista reveladora, alguma marca de derrapagem no asfalto ou algo assim. Mas não havia nada. Terese seguiu em frente. Fui atrás dela.

– A casa de Karen... Quer dizer, a casa de Karen e Rick, não é?, fica logo depois daquela rotatória, à esquerda – falou ela.

– O que você acha que devemos fazer?

– Como assim?

– Quer que eu entre sozinho? – perguntei.

– Por quê?

– Talvez eu consiga tirar mais informações dela.

Terese fez que não com a cabeça.

– Não – disse. – Vamos entrar juntos, mas deixe que eu conduza a conversa.

– Certo.

Quando enfim chegamos à casa, na Royal Crescent, já havia um bom número de pessoas lá. Nada mais natural, embora eu não tivesse pensado nisso. Rick Collins havia morrido. Decerto parentes e amigos viriam dar os pêsames à viúva. Na soleira, Terese hesitou um instante, mas depois apertou minha mão e entrou.

Senti quando ela retesou os músculos do corpo. Seguindo seu olhar, deparei-me com uma cadela enroscada em um tapetinho. Era uma *bearded collie* – igual ao cachorro de Esperanza, por isso identifiquei a raça. Parecia velha e cansada, sequer se mexia. Terese soltou minha mão e se ajoelhou para acariciá-la.

– Oi, menina – sussurrou. – Sou eu, lembra?

A cadela abanou o rabo como se isso lhe custasse um grande esforço, mas o resto do corpo permaneceu imóvel. Lágrimas brotaram nos olhos de Terese.

– Esta é a Casey – disse ela. – Nós a compramos quando Miriam tinha 5 anos.

A cadela enfim ergueu a cabeça, os olhos já embaçados pela catarata, e lambeu a mão da ex-dona. Terese permaneceu ajoelhada a seu lado. Casey ameaçou se levantar, mas foi dissuadida por um carinho atrás das orelhas. Ainda retorcia a cabeça como se quisesse olhar diretamente nos olhos da recém-chegada. Para facilitar, Terese se posicionou à frente dela. Era um momento de ternura. De repente me senti um intruso.

– Ela costumava dormir no quarto da Miriam. Entrava encolhidinha embaixo da cama, depois ficava só com a cabeça de fora. Como se estivesse de sentinela.

Ainda acariciando a cadela, Terese começou a chorar. Afastei-me até um ponto em que podia protegê-las dos olhares curiosos, dando-lhes um pouco de privacidade.

Dali a alguns minutos, quando enfim se recompôs, Terese ficou de pé e novamente tomou minha mão. Passamos à sala. Cerca de 15 pessoas formavam uma fila.

Os cochichos e olhares começaram assim que nossa presença foi percebida. Eu não havia me dado conta, mas lá estava a primeira esposa na casa da atual, dando as caras no dia do velório do ex-marido, depois de ter sumido por quase 10 anos. Aquilo ainda daria muito o que falar.

As pessoas se afastaram e de trás delas surgiu uma mulher elegantemente vestida de preto. Deduzi que fosse Karen. Era bonita, de porte miúdo, e os olhos verdes pareciam de boneca. Um certo quê de Tuesday Weld, para citar uma velha canção do Steely Dan. Eu não sabia o que esperar, mas seus olhos brilharam quando viram Terese, que também ficou visivelmente emocionada. As duas abriram um sorriso triste, desses que damos para alguém muito querido que preferíamos reencontrar em circunstâncias mais agradáveis.

Karen estendeu os braços e Terese a tomou nos seus. Elas ficaram assim por alguns instantes, entrelaçadas, quase imóveis. Fiquei me perguntando que tipo de relação aquelas duas mulheres teriam e deduzi que certamente se tratava de uma amizade bastante profunda.

Terminado o abraço, Karen gesticulou com a cabeça na direção de outro cômodo e foi saindo. Terese me puxou pela mão para que eu fosse junto. Passamos a uma espécie de sala íntima e Karen fechou as portas de correr. As duas se acomodaram em um sofá como se já tivessem feito aquilo um milhão de vezes e soubessem exatamente onde se sentar. Nenhum sinal de constrangimento.

Terese se virou para mim e disse:

– Este é o Myron.

Estendi a mão e Karen a apertou com seus dedinhos miúdos.

– Meus sentimentos – falei.

– Obrigada – disse ela, virando-se para Terese e emendando: – É o seu...

– É uma longa história – interrompeu Terese.

Karen não insistiu.

– Querem que eu espere lá fora? – perguntei.

– Não – respondeu Terese.

Fiquei onde estava. Ninguém sabia ao certo o que dizer e eu é que não seria o primeiro a falar. Então permaneci em silêncio, tão resignado quanto pude.

Foi Karen que, sem rodeios, disse afinal:

– Por onde você andou esse tempo todo, Terese?

– Por aí.

– Senti sua falta.

– Também senti a sua.

Silêncio.

– Eu tentei encontrar você – disse Karen. – E explicar. Sobre mim e Rick.

– Não era importante – falou Terese.

– Foi o que Rick disse. Sabe, a coisa foi acontecendo aos poucos. Você tinha sumido, então começamos a nos encontrar de vez em quando. Em busca de companhia. Demorou muito tempo até que acontecesse alguma coisa entre nós.

– Não precisa se explicar.

– É, acho que não – disse Karen.

Nenhum sinal de culpa ou arrependimento, nenhum pedido de perdão nas entrelinhas. Ambas pareciam bem resolvidas com relação ao passado.

– Pena que a história de vocês tenha acabado dessa maneira – disse Terese.

– Temos um filho chamado Matthew. Está com 4 anos.

– Eu sei.

– E sobre o assassinato? Como foi que você ficou sabendo?

– Eu estava em Paris – respondeu Terese.

Isso surpreendeu Karen. Ela recuou um pouco no sofá, piscando os olhos.

– Era lá que você estava esse tempo todo?

– Não.

– Então não entendi.

– Rick me ligou – disse Terese.

– Quando?

Terese contou-lhe sobre o telefonema urgente de Rick. E o rosto de Karen, que já lembrava uma máscara mortuária, empalideceu ainda mais.

– Rick pediu que você fosse para Paris? – perguntou ela.

– Pediu.

– Para quê?

– Minha esperança era que você soubesse – respondeu Terese.

Karen fez que não com a cabeça.

– Já fazia um tempo que a gente não se falava muito. Estávamos atravessando uma crise. Rick andava meio distante, mas eu achava, ou esperava, que fosse por conta de uma história importante que ele vinha investigando para o jornal. Você sabe como ele ficava nessas ocasiões, não sabe?

– É, sei. Há quanto tempo ele andava assim?

– Três ou quatro meses. Desde que perdeu o pai.

Terese se retesou.

– Sam?

– Achei que você soubesse.

– Não, não sabia.

– Pois é. Foi no inverno. Ele tomou um frasco inteiro de comprimidos.

– Sam se suicidou?

– Estava doente, em estágio terminal. Mas não falava muito disso. Rick não fazia ideia do estágio em que a doença estava. Acho que ela piorou e Sam acabou escolhendo antecipar o inevitável. Rick ficou alucinado, mas depois começou com a tal investigação. Ficava semanas inteiras sem dar notícias. Quando eu perguntava do que se tratava, ele se irritava. Depois voltava a ser gentil, mas não contava nada. Ou inventava alguma mentira.

Terese ainda tentava digerir aquilo tudo.

– Sam era uma criatura tão doce... – falou.

– Não cheguei a conhecê-lo bem – disse Karen. – Fomos visitá-lo apenas algumas vezes e, por causa da doença, ele não tinha condições de vir para cá.

Terese engoliu em seco e tentou voltar ao assunto.

– Quer dizer então que o Sam se matou e o Rick se refugiou no trabalho...

– É, mais ou menos isso.

– E ele não deu nenhuma pista sobre o que andava investigando?

– Não.

– Você não perguntou ao Mario?

– Sim, mas ele também não disse nada.

Não me dei o trabalho de perguntar quem era esse Mario. Certamente Terese me contaria depois.

Terese prosseguiu, agora a todo vapor.

– E você não faz a menor ideia sobre o que Rick vinha investigando?

Karen avaliou a amiga.

– Em que buraco você se escondeu, Terese?

– Em um bem difícil de achar.

– Talvez fosse isso que ele estivesse fazendo. Tentando encontrar você.

– Não teria levado meses para descobrir.

– Tem certeza?

– E, mesmo que fosse isso, por que ele precisaria me encontrar?

– Não quero dar uma de mulher ciumenta – disse Karen –, mas acho que o suicídio do pai pode levar uma pessoa a reavaliar suas escolhas na vida.

Terese fez uma careta de descrença.

– Você acha que...

Karen deu de ombros.

– Duvido muito – disse Terese. – E, mesmo que você pense que Rick estava tentando... sei lá, me reconquistar, por que ele diria que era uma emergência?

Karen refletiu um instante.

– Onde você estava quando ele a achou?

– No meio do nada, no noroeste de Angola.

– E, quando ele falou que era urgente, você largou tudo e foi, não é?

– É.

Karen espalmou as mãos como se isso explicasse tudo.

– Rick não teria mentido para que eu fosse a Paris – argumentou Terese.

Mas Karen não se deu por convencida. Estava triste quando chegamos, mas agora parecia murcha. Terese olhou de relance para mim. Assenti com a cabeça. Já era hora de aumentar as apostas.

– Precisamos falar sobre o acidente – disse Terese.

As palavras atingiram Karen como uma arma de choque. Ela arregalou os olhos e eles ficaram vidrados, sem foco. Fiquei me perguntando se ela sabia a que acidente Terese estava se referindo. Pelo jeito, sim.

– O que tem o acidente?

– Você foi lá, não foi?

Karen não respondeu.

– Foi ou não?

– Sim, fui.

Terese pareceu um tanto surpresa com a resposta.

– Você nunca me contou.

– E por que contaria? Ou melhor, *quando* contaria? Nunca conversamos sobre aquela noite. *Nunca.* Você despertou do coma e... Eu não poderia simplesmente dizer "E aí, como está se sentindo? Eu estive lá, no local do acidente".

– O que você se lembra daquela noite?

– Que diferença isso pode fazer agora?

– Diga.

– Eu adoro você, Terese. E vou continuar adorando para sempre.

Algo havia mudado. Dava para perceber na expressão corporal de Karen. Um enrijecer da postura, talvez. A melhor amiga saía de cena e entrava a adversária.

– Também adoro você.

– Acho que não há um único dia em que eu não pense em você. Mas você sumiu. Tinha lá seus motivos, sua dor, e eu podia entender. Mas você sumiu. Construí uma vida com esse homem. Estávamos passando por uma fase difícil, mas Rick era tudo para mim. Dá para você entender?

– Claro.

– Eu o amava. Ele era o pai do meu filho. Matthew só tem 4 anos. E alguém matou o pai dele.

Terese não disse nada, apenas esperou pelo que estava por vir.

– Pois neste exato momento nós estamos de luto e preciso lidar com isso. Preciso enfrentar esse sofrimento e tentar manter minha vida de pé para proteger meu filho. Portanto, sinto muito, mas não vou falar de um acidente de carro que aconteceu 10 anos atrás. Hoje, não.

Karen se levantou. Tudo fazia sentido, mas algo na voz dela soava estranhamente oco, vazio.

– Estou tentando fazer o mesmo – disse Terese.

– Como assim?

– Proteger minha filha.

Novamente o efeito da arma de choque no olhar de Karen.

– Do que você está falando?

– O que foi que aconteceu com a Miriam?

Karen esquadrinhou o rosto de Terese. Em seguida olhou para mim, como se eu pudesse oferecer alguma explicação. Mantive o olhar firme.

– Você a viu naquela noite?

Mas Karen não respondeu. Abriu as portas de correr e sumiu entre os visitantes.

16

CORRI PARA A ESCRIVANINHA assim que Karen saiu da sala.

– O que você está fazendo? – perguntou Terese.

– Bisbilhotando – respondi.

A escrivaninha era de um mogno bonito e sobre ela havia um abridor de cartas dourado com uma lupa no cabo. A correspondência aberta estava encaixada em pequenas divisórias verticais. Eu não me sentia nem um pouco à vontade fazendo aquilo, mas também não me remoía de culpa. Tirei do bolso o Black-Berry que Win me dera. Comecei a abrir os envelopes e tirar fotos com a câmera do aparelho, excelente, por sinal.

Encontrei alguns extratos de cartão de crédito. Não dispunha de tempo para examiná-los um a um, mas, de qualquer modo, precisava apenas dos números. Também havia contas de telefone (que me interessavam) e contas de luz (que não interessavam). Abri as gavetas e vasculhei o conteúdo de cada uma.

– O que você está procurando? – quis saber Terese.

– Um envelope em que esteja escrito "pista importantíssima".

Eu estava contando com um milagre, claro. Alguma coisa sobre Miriam. Fotos, talvez. De qualquer forma, os extratos, números de telefone e contas provavelmente nos dariam alguma informação. Procurei por uma agenda, mas não encontrei.

Topei com fotos de algumas pessoas que presumi serem Rick, Karen e o filhinho deles, Matthew.

– Este aqui é o Rick? – perguntei.

Terese fez que sim com a cabeça.

Fiquei sem saber exatamente o que pensar dele. Rick tinha um nariz avantajado, olhos azuis e cabelos claros que ficavam no limite entre o enrolado e o desgrenhado. Todo homem tem essa mania: vê a foto de um concorrente e vai logo fazendo juízos e comparações. Percebi que já ia embarcando nessa, então me contive. Guardei as fotos no mesmo lugar e prossegui com a busca. Não havia mais fotos. Nenhuma filhinha loura que ele tivesse escondido durante anos. Nenhuma fotografia antiga de Terese.

Virei-me e vi um laptop sobre um aparador.

– Quanto tempo você acha que a gente ainda tem? – perguntei.

– Vou ficar vigiando a porta.

Abri o laptop. A tela se acendeu em segundos. Cliquei sobre o ícone da agenda na barra de tarefas. Lá estava a rotina de Rick. Nada no último mês. À direita havia apenas uma anotação de afazeres:

OPALA

HHK

4712

Eu não tinha a menor ideia do que aquela anotação poderia significar, mas estava marcada como prioridade alta.

– Que foi? – disse Terese.

Li para ela o que havia encontrado e perguntei se sabia do que se tratava. Não sabia. O tempo corria contra nós. Cogitei enviar todo o conteúdo da agenda de Rick a Esperanza por e-mail, mas isso deixaria rastros. Por outro lado, que importância isso poderia ter? Então me lembrei de que Win possuía diversos endereços de e-mail anônimos. Mandei para ele tanto os dados da agenda diária como os da de endereços. Depois abri a pasta de mensagens enviadas e apaguei o último e-mail.

Sou esperto ou não sou?

Lá estava eu, bisbilhotando a vida de um homem recentemente assassinado enquanto a viúva o pranteava no outro cômodo. Parabéns, Myron. Talvez na saída você devesse dar um pontapé na cadelinha também.

– Quem é esse Mario de que vocês falaram? – perguntei a Terese.

– Mario Contuzzi – disse ela. – O melhor amigo de Rick, produtor assistente do jornal. Eles sempre trabalhavam juntos.

Procurei pelo nome dele na agenda de endereços. Bingo. Gravei os números, o de casa e o do celular, em meu telefone.

De novo, a esperteza.

– Você sabe onde fica a Wilsham Street? – perguntei.

– Perto daqui, dá para ir a pé. Mario ainda mora lá?

Fiz que sim com a cabeça e disquei o número residencial dele. Um homem com sotaque americano atendeu. Desliguei imediatamente.

– Ele está em casa – falei.

Que os detetives amadores estejam tomando nota.

– Precisamos nos apressar.

Rapidamente abri o arquivo de fotos. Havia muitas, mas nenhuma que chamasse a atenção. Não seria possível enviar todas por e-mail porque levaria horas. As imagens eram bastante comuns – o que, naquele caso, significava comoventes. Karen parecia feliz ao lado do marido. Rick também parecia feliz. Ambos irradiavam alegria junto do filho. Posicionei o cursor sobre a pasta MATTHEW CHEGOU e as fotos rapidamente foram exibidas em *slide show*. Fiz o mesmo com PRIMEIRO ANIVERSÁRIO. De novo, fotos comuns e comoventes.

Na pasta PAPAI NO FUTEBOL, parei em uma das últimas imagens, em que Rick e Matthew apareciam usando uniformes do Manchester United. Rick, todo suado, sorria de orelha a orelha enquanto envolvia o filho com o braço. Dava para perceber que ele estava ofegante, feliz com a vitória. Matthew estava de uniforme de goleiro e luvas grandes demais para suas mãozinhas e se aconchegava no pai. Não pude deixar de pensar que aquele garotinho agora teria de viver sem seu pai sorridente. Também me lembrei de Jack, outro garoto que teria de enfrentar esse destino. E, por fim, pensei em meu próprio pai. Como eu o amava e precisava dele! Fechei o arquivo.

Terese e eu saímos rumo à porta principal da casa sem nos despedirmos. Olhando para trás, vi o pequeno Matthew em uma cadeira no canto, embrulhado em um terno escuro.

Meninos de 4 anos não combinam com ternos escuros. Combinam com uniformes de futebol e abraços calorosos de pai.

◆ ◆ ◆

Mario Contuzzi abriu a porta sem perguntar quem havia tocado a campainha. Era um homem alto e esguio. Lembrava um *weimaraner*. Apontou o queixo pontudo na direção de Terese e disse:

– Quanto sangue-frio...

– Prazer em revê-lo também, Mario.

– Um amigo que estava na casa de Karen acabou de ligar. Falou que você apareceu por lá sem ao menos avisar. É isso mesmo?

– É.

– O que deu na sua cabeça? – disse Mario. E, virando-se para mim, emendou:
– E por que diabos resolveu levar junto esse merda aí? Logo ele?

– Por acaso nos conhecemos? – perguntei.

Mario usava um desses óculos com aro de tartaruga que sempre me cheiraram a gente que se esforçava para fazer tipo. Estava de camisa social com alguns botões ainda abertos e calça de terno.

– Não estou com tempo para isso. Por favor, vão embora.

– Precisamos conversar – disse Terese.

– Tarde demais.

– Como assim, tarde demais?

Ele estendeu os braços e disse:

– Você foi embora, Terese, lembra? Tinha lá seus motivos, tudo bem. A vida é sua. Mas você se mandou daqui e, agora que ele está morto, quer bater um papinho comigo? Esqueça. Não tenho nada a lhe dizer.

– Isso foi há muito tempo – disse ela.

– É exatamente o que estou dizendo. Rick ficou esperando você voltar, sabia? Esperou por dois anos. Você estava deprimida e atormentada, o que era mais que compreensível. Mas isso não a impediu de se jogar nos braços do Sr. Basquete aí, impediu?

Ele apontava para mim com o polegar. Era eu o "Sr. Basquete aí".

– Rick soube disso? – perguntou Terese.

– Claro que sim. Achávamos que você estivesse no fundo do poço, talvez vulnerável demais. Ficamos de olho em você. Acho que Rick ainda tinha esperança de que você voltasse. Mas em vez disso você se mandou para uma ilhazinha paradisíaca para ficar de sacanagem com esse bola murcha.

Novamente ele apontou o polegar. Agora eu era o "bola murcha".

– Vocês me seguiram? – disse Terese.

– Ficamos de olho em você, sim.

– Por quanto tempo?

Ele não respondeu. Subitamente sentiu necessidade de desenrolar a manga da camisa.

– Por quanto tempo, Mario?

– Sempre sabíamos onde você estava. Não estou dizendo que não fazíamos outra coisa na vida. Afinal, você passou seis anos naquele campo de refugiados, não precisávamos ficar conferindo a toda hora. Mas sabíamos do seu paradeiro. Por isso estou tão surpreso por vê-la aqui agora, com esse palhaço das quadras. Achávamos que você já tinha posto esse infeliz para correr há muito tempo.

Outra vez o polegar.

– Mario – chamei.

Ele olhou para mim.

– Se me apontar o polegar de novo, ele vai parar no seu intestino grosso.

– Ah, o valentão está me ameaçando... – disse ele, com um sorriso de sarcasmo. – Lembra meus tempos de escola.

Eu já estava pronto para tirar o assunto a limpo, mas achei que uma briga não ajudaria em nada.

– Temos algumas perguntas para lhe fazer – falei.

– E quem disse que vou responder? Acho que sua ficha ainda não caiu. Essa mulher era casada com meu melhor amigo, depois foi vadiar com você naquela ilha. Pode imaginar como Rick se sentiu?

– Mal? – falei.

Foi o que bastou. Virando-se para Terese, ele disse:

– Olha, não quero bancar o babaca irritadinho, mas você não tem nada que fazer aqui. O que havia entre Rick e Karen era muito bom. E você abriu mão disso há anos.

– Ele me culpava? – perguntou ela.

– De quê?

Ela não disse nada.

Os ombros de Mario murcharam, aparentemente na mesma proporção de sua raiva.

– Não, Terese, ele nunca culpou você. Por nada disso. Eu, sim, culpei você por tê-lo abandonado. Tudo bem, não tenho nada a ver com isso. Mas ele nunca culpou você, nem por um segundo.

Ela permaneceu calada.

– Agora preciso me aprontar – disse Mario. – Estou ajudando Karen com os preparativos. Preparativos... Até parece que é um casamento.

Terese ainda parecia perplexa, então tomei a palavra:

– Você faz alguma ideia de quem possa ter matado Rick?

– Que foi, Bolitar, virou policial, é?

– Estávamos em Paris quando ele foi assassinado.

Virando-se para Terese, ele disse:

– Você esteve com Rick?

– Não deu tempo.

– Mas ele ligou para você?

– Ligou.

– Caramba!

Mario fechou os olhos. Ainda não havia nos convidado, mas fui entrando e ele recuou um pouco, dando espaço. Eu esperava ver o apartamento de um solteirão, não sei por quê, mas havia brinquedos espalhados pelo chão e um chiqueirinho em um dos cantos, além de mamadeiras na bancada.

– Eu me casei com a Ginny – disse ele a Terese. – Lembra-se dela?

– Claro. Que bom que você está feliz, Mario.

Ele parou um instante, talvez reavaliando as coisas, acalmando-se.

– Temos três filhos. Volta e meia a gente fala em comprar algo maior, mas gostamos daqui. Além do mais, o preço dos imóveis em Londres está absurdo.

Continuamos quietos.

– Quer dizer então que Rick ligou para você... – Mario disse a Terese.

– É, ligou.

Ele balançou a cabeça.

– Você sabe de alguém que tivesse algum motivo para matá-lo? – perguntei, quebrando o silêncio.

– Rick era um dos melhores repórteres investigativos do mundo. Pisava no calo de muita gente.

– Alguém em particular?

– Não, até que não. Mas ainda não entendi o que isso tem a ver com vocês dois.

Eu queria explicar, mas sabia que não tínhamos tempo.

– Você poderia nos dar só mais alguns minutos da sua atenção? – pedi.

– Dar minha atenção? Como se eu tivesse algum interesse nisso?

– Por favor, é importante – emendou Terese.

– Só porque vocês estão dizendo que é?

– Você me conhece, Mario – disse ela. – Sabe que só estou pedindo porque é importante mesmo.

Ele pensou um pouco.

– Mario?

– O que vocês querem saber?

– O que o Rick andava investigando antes de morrer? – perguntou ela.

Mario desviou o olhar e mordiscou o lábio inferior.

– Alguns meses atrás – disse –, ele começou a investigar uma fundação chamada Salvem os Anjos.

– Do que se tratava?

– Francamente, não sei direito. Parece que começaram como um grupo evangélico desses que protestam contra clínicas de aborto, planejamento familiar, pesquisas com células-tronco, essas coisas. Mas depois tomaram outro rumo. Rick estava obcecado para descobrir tudo a respeito deles.

– E o que foi que descobriu?

– Não muito, acho. A estrutura financeira era meio estranha. Não conseguíamos identificar as fontes. Mas, basicamente, o que eu disse: eles eram contra aborto e pesquisas com células-tronco e defendiam veementemente a adoção. Para falar a verdade, parecia um grupo bastante coerente. Não vou tomar partido de quem opta pelo aborto nem de quem o condena, mas acho que ambos os lados concordariam que a adoção é uma alternativa viável. Ao que tudo indica, foi este o rumo que eles tomaram: em vez de incendiar clínicas de aborto, passaram a promover a adoção de crianças não desejadas.

– E Rick estava interessado nisso?

– Sim.

– Por quê?

– Sei lá.

– Mas o que o levou a investigar esse grupo?

– Também não sei direito... – disse Mario, as palavras sumindo aos poucos no ar.

– Mas você desconfia de alguma coisa.

– Tudo começou quando ele voltou para casa, depois que o pai morreu.

Mario virou-se para Terese.

– Você sabe que Sam morreu?

– Karen me contou.

– Suicídio – disse ele.

– Sam estava doente, não estava?

– Estava. Huntington.

Terese ficou perplexa.

– Ele tinha a doença de Huntington?

– Não dá para acreditar, não é? Acho que ele não contou para ninguém e, quando as coisas começaram a piorar... ele não quis enfrentar o que estava por vir. Então abreviou a história.

– Mas... eu nunca soube disso.

– Nem o Rick. Na verdade, nem o próprio Sam, até certa altura.

– Como isso foi acontecer?

– Você sabe alguma coisa sobre a doença de Huntington? – perguntou Mario.

Terese fez que sim com a cabeça.

– Fiz uma matéria sobre o assunto – disse. – Sei que é estritamente hereditária. Um dos pais precisa ter a doença. Nesse caso, os filhos têm 50% de chance de desenvolvê-la.

– Exatamente. Nossa tese era a de que... bem, o pai de Sam, avô de Rick, tinha a doença, mas morreu na Normandia antes que os sintomas começassem a aparecer. Portanto, Sam nunca soube de nada.

– E Rick? – perguntou Terese. – Ele fez os exames para saber se tinha a doença?

– Não sei. Nem para Karen ele contou a história toda. Só disse que o pai havia descoberto que tinha uma doença terminal. De qualquer modo, ficou nos Estados Unidos por um tempo. Acho que para cuidar dos assuntos de Sam, o espólio, essas coisas. Foi então que esbarrou nesse grupo, Salvem os Anjos.

– Como?

– Não faço a menor ideia.

– Você disse que eles são contra as pesquisas com células-tronco. Acha possível que isso tenha alguma coisa a ver com a doença de Sam?

– Pode ser, mas Rick basicamente pediu que eu fizesse o de sempre e investigasse as finanças da fundação. Queria que eu descobrisse tudo sobre o assunto e sobre as pessoas que comandavam o grupo. Até que, a certa altura, ele falou para eu me afastar do caso.

– Ele desistiu de investigar?

– Não. Apenas pediu que eu me afastasse. Só eu. Ele, não.

– Você sabe por quê?

– Não, não sei. Um dia ele apareceu na minha sala, recolheu todos os meus arquivos, depois disse algo realmente estranho.

Mario olhou para Terese, depois de volta para mim.

– Ele disse: "Você tem família. Precisa tomar cuidado."

Esperamos que ele continuasse.

– Eu respondi o óbvio: "Você também tem." Ele só deu de ombros. Mas dava para ver que ele estava totalmente abatido. Você sabe como ele era, Terese. Rick não tinha medo de nada.

– Era assim que ele estava quando falou comigo por telefone.

– Aí tentei fazer com que ele se abrisse comigo. Foi em vão. Ele me deixou falando sozinho, saiu da sala e nunca mais tive notícias dele. Até que me ligaram hoje.

– Alguma ideia quanto ao paradeiro desses arquivos?

– Ele costumava deixar cópias na redação.

– Talvez possamos descobrir alguma coisa se dermos uma olhada neles – disse Terese.

Mario apenas a encarou.

– Por favor, Mario. Você sabe que eu não pediria isso à toa.

Ele ainda estava irritado, mas concordou:

– Amanhã bem cedo eu vejo se encontro alguma coisa, pode ser?

Olhei de relance para Terese, sem saber ao certo até onde podíamos insistir. Aquele homem parecia conhecer Rick Collins até pelo avesso. Deixei que ela decidisse.

– Rick vinha falando sobre Miriam recentemente? – perguntou Terese.

Mario olhou para cima. Fez uma pausa. Ficamos esperando uma resposta elaborada, mas ele disse apenas:

– Não.

Aguardamos, na expectativa de ele dizer mais alguma coisa. Não disse.

– Acho que há uma chance – Terese começou a dizer – de Miriam estar viva.

Se Mario Contuzzi sabia alguma coisa a respeito dessa história, só poderia ser um psicopata. Não estou dizendo que as pessoas não sejam capazes de mentir e enganar. Já vi os melhores do ramo fazendo isso e, das duas, uma: ou eles enganam a si mesmos e acreditam piamente na mentira que estão dizendo ou são psicopatas de carteirinha. Caso Mario suspeitasse que Miriam estava viva, teria de pertencer a uma dessas duas categorias.

Ele fez uma careta como se não tivesse ouvido direito. E, com uma ponta de agressividade, falou:

– Que maluquice é essa agora?

Percebi que Terese havia precisado de todas as suas forças para verbalizar o que dissera a Mario. Então assumi o controle e, tentando aparentar o mínimo de sanidade mental, contei sobre as amostras de sangue e os fios de cabelo louros. Mas não falei da garota no vídeo gravado no aeroporto. A parte que estava contando a ele já era improvável demais. Melhor apresentar os fatos que tinham comprovação científica – um exame de DNA – e não apenas o aval da minha intuição, baseada no modo de andar de uma garota que eu tinha visto nas imagens granuladas de uma câmera de segurança.

Ele ficou calado por um longo tempo. Depois:

– Esses exames só podem estar errados.

Terese e eu não dissemos nada.

– Ou... espere aí! Estão achando que foi você quem matou Rick, não estão?

– De início, sim, acharam que Terese tivesse alguma coisa a ver com o assassinato.

– E você, Bolitar?

– Eu estava em Nova Jersey quando tudo aconteceu.

– Então suspeitaram de Terese, é isso?

– É.

– Vocês sabem como os policiais são. Gostam de confundir as pessoas, de deixar a cabeça delas embaralhada. E não poderiam ter encontrado uma maneira melhor de fazer isso. Dizer a você, Terese, que sua filha talvez ainda esteja viva.

Foi minha vez de fazer careta.

– E de que modo isso ajudaria a confirmar as suspeitas deles?

– Como é que eu vou saber? Mas, quer dizer... sei que você adoraria acreditar nessa hipótese, Terese. Aliás, *eu* também. Mas como isso poderia ser verdade?

– "Uma vez eliminado o impossível, o que sobra, por mais improvável que pareça, deve ser a verdade" – falei.

– Sir Arthur Conan Doyle – disse Mario.

– Exatamente.

– Você está disposto a ir tão longe assim, Bolitar?

– Até onde for preciso.

17

JÁ ESTÁVAMOS A UM QUARTEIRÃO de distância quando Terese disse:

– Preciso ver o túmulo da Miriam.

Tomamos um táxi e seguimos em silêncio. Chegando ao cemitério, paramos diante do portão. Por que será que cemitérios sempre têm muros e portões? O que exatamente eles estão protegendo?

– Quer que eu espere aqui fora? – perguntei.

– Quero.

Então fiquei do lado de fora, como se tivesse medo de pisar em solo sagrado. Pensando bem, eu tinha.

Por segurança, mantive os olhos em Terese. Mas, quando ela se ajoelhou diante do túmulo da filha, desviei o olhar e segui caminhando, imaginando o que poderia estar passando por sua cabeça, nas imagens que certamente lhe voltavam à lembrança. Péssima ideia ficar pensando nisso. Então liguei para Esperanza em Nova York.

O telefone tocou seis vezes antes que ela atendesse.

– Já ouviu falar em fuso horário, espertinho?

Conferi a hora no celular e percebi que eram cinco da manhã em Nova York.

– Opa, foi mal – falei.

– O que houve?

Decidi abrir o jogo e contar a ela sobre a menina de cabelos claros e o exame de DNA.

– É a filha dela?

– Parece que sim.

– Que confusão... – disse Esperanza.

– Pois é.

– Então, o que você quer de mim?

– Tirei algumas fotos. Contas de cartão de crédito, de telefone... Mandei tudo por e-mail para o Win. Ah, também tem uma coisa estranha, algo a ver com "opalas" na lista de afazeres.

– Opala, a pedra?

– Sei lá. Pode ser com código.

– Sou péssima com códigos.

– Eu também, mas talvez a gente tenha alguma luz. De qualquer modo, primeiro precisamos descobrir o que Rick Collins andava fazendo. Tem mais: o pai dele se suicidou.

Passei a ela todas as informações de que dispunha.

– Talvez a gente possa dar uma olhada nisso.

– Em um suicídio?

– É.

– E tentar descobrir o quê?

– Se houve alguma coisa suspeita, sei lá.

Seguiu-se um silêncio. Recomecei a andar.

– Esperanza?

– Eu gosto dela.

– De quem?

– Da Margaret Thatcher. De quem mais poderia ser? Da Terese, cabeção. E você sabe como eu sou. Detesto todas as suas namoradas.

Refleti um instante.

– Você gosta da Ali – falei.

– Gosto. Ela é uma boa pessoa.

– Mas...

– Mas não é para você – disse ela.

– Por que não?

– Falta de intangíveis.

– Como assim?

– O que tornava você um atleta excepcional? – respondeu Esperanza. – Não estou falando apenas bom atleta, mas um profissional dos melhores, de primeira linha.

– Talento, esforço, genética...

110

– Muitas pessoas têm isso tudo. Mas o que distingue os excepcionais dos quase excepcionais são os intangíveis.

– E Ali e eu...?

– Faltam os intangíveis.

Ouvi um bebê chorando ao fundo. O filhinho de Esperanza tinha apenas 1 ano e meio.

– Hector ainda não dorme a noite inteira – disse ela. – Então você pode imaginar como fiquei feliz quando o telefone tocou.

– Desculpe.

– Vou fazer o que você pediu. Se cuida. Diga a Terese para aguentar firme. Vamos dar um jeito nisso.

Ela desligou antes que eu pudesse dizer qualquer outra coisa. De modo geral, Win e Esperanza detestam quando me envolvo em histórias assim. Mas dessa vez, por algum motivo, ambos vinham cooperando ao máximo. Que estranho...

Um homem de óculos escuros, camisa verde e All Star preto de cano alto passou caminhando displicentemente do outro lado da rua. Meu alarme interno disparou. O sujeito tinha cabelos negros cortados rentes ao crânio e a pele era escura também. Para mim, poderia ser latino, árabe, grego ou italiano... sei lá.

Ele dobrou a esquina e sumiu. Esperei para ver se iria voltar. Não voltou. Olhei ao redor para checar se mais alguém havia entrado em cena. Algumas pessoas circulavam por perto, mas nenhuma fazia meu alarme disparar.

Terese enfim voltou, os olhos já secos.

– Vamos de táxi? – falou.

– Você conhece bem essa região?

– Conheço.

– Tem alguma estação de metrô por aqui?

Ela fez que sim com a cabeça. Andamos dois quarteirões, Terese mostrando o caminho.

– Sei que é a pergunta mais idiota do mundo – falei –, mas você está bem?

– Estou – disse ela. E depois: – Você acredita em coisas... sobrenaturais?

– Tipo o quê?

– Fantasmas, espíritos, percepção extrassensorial...

– Não. Por quê? Você acredita?

Ela não respondeu diretamente.

– Esta foi só a segunda vez que visitei o túmulo da Miriam – disse.

Inseri meu cartão de crédito na máquina de bilhetes e Terese apertou os botões necessários.

– Detesto ir lá. Não porque o cemitério me deixe triste. Mas porque não sinto nada. Era de esperar que todo aquele sofrimento, todas as lágrimas já derramadas naquele lugar... Você já parou para pensar nisso quando estava dentro de um cemitério? Quantas pessoas já choraram ali. Quantas pessoas foram lá se despedir de entes queridos. Era de esperar que, sei lá, que todo o sofrimento que fica acumulado se juntasse em um turbilhão de partículas invisíveis e produzisse algum tipo de sensação cósmica. Uma sensação negativa, claro. Um desconforto nos ossos, um frio na nuca, qualquer coisa.

– Mas você nunca sentiu nada disso.

– Nunca. A própria ideia de enterrar um morto e colocar uma pedra com o nome dele por cima, tudo isso me parece um desperdício de espaço, algo que herdamos de um passado repleto de superstições.

– No entanto, você quis voltar aqui hoje.

– Mas não para rezar.

– Então para quê?

– Você vai achar que fiquei maluca.

– Então conte.

– Quis voltar para ver se alguma coisa havia mudado ao longo da última década. Para ver se desta vez eu sentiria alguma coisa.

– Não acho que seja maluquice.

– "Sentir" talvez não seja a palavra certa... Achei que voltar àquele cemitério pudesse nos ajudar de alguma forma.

– Ajudar como?

Terese continuou andando.

– É o seguinte: achei que...

Ela parou e engoliu em seco.

– Que foi?

Piscando contra a luz do sol, ela respondeu:

– Também não acredito no sobrenatural. Mas sabe no que realmente acredito?

Fiz que não com a cabeça.

– Acredito no laço entre mãe e filho. Não sei como dizer isso de outra forma. Sou a mãe dela. A maternidade é o laço mais forte que existe, certo? O amor de uma mãe pelos filhos é maior que qualquer outro. Então eu deveria sentir *alguma coisa*, para o bem ou para o mal. Deveria ser capaz de olhar para aquele túmulo e saber se minha filha está viva ou não. Entende o que estou dizendo?

Meus instintos mandavam que eu dissesse algo meloso para consolá-la, coisas do tipo "Como você poderia saber uma coisa dessas?" ou "Não se martirize por isso". Mas me contive a tempo. Tenho um filho – pelo menos biologica mente. Ele já é adulto e agora está na segunda missão fora do país, desta vez em Cabul. Fico preocupado com ele o tempo todo e, mesmo não acreditando racionalmente que isso seja possível, digo a mim mesmo que eu saberia caso algo acontecesse a ele: teria um pressentimento, sentiria um frio na espinha, qualquer bobagem dessa natureza.

– Entendo muito bem o que você está dizendo – falei.

Descemos por uma escada rolante que parecia interminável. Olhei para trás. Nenhum sinal do homem de óculos escuros.

– E agora, o que a gente vai fazer? – perguntou Terese.

– Agora voltamos para o hotel. Você pode dar uma examinada nesse material que encontramos na casa de Karen. Pense naquele código, veja se ele lhe diz alguma coisa. Esperanza vai mandar por e-mail o que descobrir. Aconteceu algo com Rick recentemente que mudou a vida dele e fez com que a procurasse. O melhor que temos a fazer agora é tentar descobrir o que ele vinha investigando nos últimos meses, quem o matou e por quê. Por isso você precisa examinar as coisas dele, para ver se algo chama sua atenção.

– O que você achou da nossa conversa com Karen?

– Vocês duas eram muito próximas, não eram?

– Muito.

– Então vou medir as palavras: tive a impressão de que ela não foi totalmente franca. E você, o que achou?

– Até ontem eu colocaria minha mão no fogo por ela – disse Terese. – Mas você tem razão. Karen está mentindo sobre alguma coisa.

– Sobre o quê? Você tem alguma ideia?

– Nenhuma.

– Então que tal tentarmos outra coisa? Pense no acidente e me conte tudo de que se lembrar.

– Você acha que estou escondendo alguma coisa?

– Claro que não. Mas, depois de tudo o que você ficou sabendo, talvez possa ver as coisas por outro ângulo, identificar algum detalhe que lhe tenha escapado.

– Não, nada.

Terese olhou pela janela, mas só havia a escuridão do túnel para ver.

– Passei os últimos 10 anos tentando esquecer aquela noite.

– Eu entendo.

– Não, não entende. Ao longo desses anos, eu repassei aquela noite na minha cabeça todo santo dia.

Não falei nada.

– Examinei aquele acidente por todos os ângulos, imaginei todas as possibilidades: se eu estivesse correndo menos, se tivesse escolhido outro caminho, se tivesse deixado Miriam em casa, se não tivesse sido tão ambiciosa... tudo. Não há mais nada a lembrar.

Descemos do trem e fomos caminhando rumo à saída.

No saguão, meu celular vibrou. Era uma mensagem de Win:

LEVE TERESE PARA A COBERTURA. DEPOIS
VENHA PARA O QUARTO 118. SOZINHO.

Dois segundos depois, acrescentou:

POR FAVOR, POUPE-ME DE QUALQUER COMENTÁRIO HOMOFÓBICO, AINDA
QUE SAGAZ, A RESPEITO DA ORIENTAÇÃO DE QUE VOCÊ VENHA SOZINHO.

Win é a única pessoa que conheço que consegue ser mais verborrágica nas mensagens de texto do que pessoalmente. Levei Terese para a suíte na cobertura, onde havia um laptop com acesso à internet. Apontando para ele, falei:

– Talvez você possa começar investigando a tal Fundação Salvem os Anjos.

– Aonde você vai?

– Vou descer. Win quer falar comigo.

– Não posso ir junto?

– Ele pediu que eu fosse sozinho.

– Não estou gostando disso – falou Terese.

– Nem eu, mas prefiro não contrariá-lo.

– Esse seu amigo não bate muito bem da cabeça, bate?

– Win é perfeitamente lúcido. Só um pouco racional demais. Para ele as coisas são pretas ou brancas. É o tipo de pessoa que acredita que os fins justificam os meios.

– Os meios dele me parecem um tanto extremos.

– É verdade.

– Estou me referindo àquela ocasião em que ajudei você a encontrar um doador.

Permaneci calado.

– Win não está tentando proteger meus sentimentos, está?

– Win? Protegendo os sentimentos de uma mulher? Não combina com ele.

– É melhor você ir logo.

– Já estou indo.

– Vai me contar o que ele disser?

– Provavelmente não. Se o Win quer poupar você de alguma coisa, deve ter lá seus motivos. Acho que vai ter de confiar nele.

Ela assentiu com a cabeça e ficou de pé.

– Vou tomar um banho, depois entro na internet.

– Tudo bem.

Terese foi andando rumo ao quarto. Eu já estava prestes a sair quando ela se virou para dizer:

– Myron?

Ela me encarava. Linda. Vulnerável e ao mesmo tempo forte. Parecia estar se preparando para levar um golpe e minha vontade foi de correr e protegê-la.

– Que foi? – perguntei.

– Eu te amo – disse ela.

Assim, sem rodeios. Encarando-me abertamente. Linda. Vulnerável e ao mesmo tempo forte. Tive a impressão de que algo em meu peito levantava voo. Fiquei ali, imóvel, temporariamente desprovido do dom da fala.

– Sei que o momento não podia ser pior e não quero que isso interfira no que estamos fazendo juntos. Seja como for, se Miriam estiver viva ou se tudo isso não passar de uma brincadeira de péssimo gosto, quero que você saiba: eu te amo. E quando essa história acabar, seja do jeito que for, quero muito nos dar uma chance, a mim e a você.

Abri a boca, fechei-a, abri novamente.

– É que eu... meio que estou com outra pessoa.

– Eu sei. Como eu disse, o momento não poderia ser pior. Mas tudo bem. Se você estiver apaixonado, fica tudo do jeito que está. Caso contrário, estou aqui.

Terese não esperou por uma resposta. Deu as costas, abriu a porta do quarto e sumiu dentro dele.

18

SEGUI ZONZO ATÉ o elevador.

Há uma canção não muito antiga do Snow Patrol mais ou menos assim: "Aquelas três palavras... são ditas tantas vezes, mas não dizem tudo."

Bobagem. Elas dizem tudo.

Pensei em Ali no Arizona. Pensei em Terese, parada ali, dizendo que me amava. Ela devia estar certa: melhor que aquilo não interferisse em nada. Mas as palavras pairavam no ar. E me atormentavam.

As cortinas do quarto 118 estavam fechadas.

Eu já ia acendendo as luzes quando pensei melhor e mudei de ideia. Win estava sentado em uma poltrona de veludo. Eu podia ouvir o gelo rodopiando em seu drinque. Ele nunca se deixava afetar pelo álcool, mas era cedo demais para beber.

Sentei-me em frente a ele. Somos amigos há muitos anos, desde a faculdade. Ainda me lembro do dia em que vi a foto dele no livro de calouros. A legenda informava seu nome, Windsor Horne Lockwood III, e que ele vinha de algum colégio metido a besta dos subúrbios ricos da Pensilvânia. Cabelos perfeitos e uma expressão arrogante. Papai e eu tínhamos subido quatro lances de escada com minha bagagem. Típico do meu pai. Ele me levara de carro de Nova Jersey até a Carolina do Norte, sem abrir a boca uma única vez para reclamar, sempre insistindo em carregar as sacolas mais pesadas. Quando chegamos a meu quarto, nos sentamos um pouco para descansar e começamos a folhear o livro de calouros. Eu apontei para a foto de Win e disse: "Aposto que este eu não vou nem ver nos meus quatro anos aqui."

Eu estava errado, claro.

Por muito tempo achei que Win fosse indestrutível. Ele já havia matado muita gente, mas ninguém que não tivesse feito por merecer. Sei que é duro dizer uma coisa dessas. Mas o passar do tempo acaba fazendo efeito sobre todos nós. O que parece excêntrico e perturbador quando temos 20 ou 30 anos se torna quase patético aos 40.

– Vai ser difícil conseguirmos permissão para exumar o corpo – Win foi logo dizendo. – Não temos justificativa para o pedido.

– Mas e os testes de DNA?

– As autoridades francesas não querem divulgar os resultados. Também tentei o caminho mais curto: suborno.

– Ninguém aceitou?

– Ainda não. Alguém vai acabar aceitando, mas isso levará um tempo, do qual acho que não dispomos.

Refleti um instante.

– Você tem alguma sugestão?

– Tenho.

– Sou todo ouvidos.

– Vamos subornar os coveiros. Fazemos a exumação por conta própria hoje, na calada da noite. Só precisamos de uma pequena amostra. Mandamos para nosso laboratório, comparamos com o DNA de Terese e damos o assunto por encerrado.

Ele levantou os óculos.

– Mórbido, não? – falei.

– Porém eficaz.

– Acha que vale mesmo a pena?

– Por que não valeria?

– Já sabemos qual será o resultado.

– Sabemos?

– Percebi o tom de voz de Berleand. Ele falou que os resultados eram inconclusivos, mas você e eu sabemos que não. Além disso, vi a garota naquele vídeo da câmera de segurança. Tudo bem, não vi o rosto e ela estava longe. Mas tinha o mesmo jeito de andar da mãe, se é que você me entende.

– E tinha o mesmo *derrière* da mãe? Porque isso, sim, seria uma prova contundente.

Não me dei o trabalho de responder.

Win suspirou e disse:

– Sei do que você está falando. Muitas vezes o jeito como uma pessoa se porta revela mais sobre ela do que suas feições ou até mesmo sua estatura.

– Pois é.

– Você e seu filho têm isso também – observou Win. – Quando ele senta, sacode a perna do mesmo jeito que você. E, quando faz um arremesso, os dedos escorregam da bola exatamente como os seus, ainda que ele não pontue como você pontuava.

Acho que até aquele dia Win nunca havia feito qualquer menção a meu filho.

– Seja como for, precisamos tocar essa história adiante – falei, novamente pensando em Sherlock Holmes: eliminar o impossível. – No fim das contas, o mais óbvio é que possa ter havido algum erro no teste de DNA realizado na França. Precisamos tirar essa dúvida.

– Correto.

A ideia de violar um túmulo não me agradava nem um pouco, principalmente sendo o túmulo de alguém que partiu tão cedo. Eu até consultaria Terese antes, mas ela já havia deixado bem claro o que pensava sobre a morte. Acabei concordando com a proposta de Win.

– Foi por isso que você pediu que eu viesse sozinho? – perguntei.

– Não.

Win deu um gole demorado, se levantou e reabasteceu seu copo. Não se deu o trabalho de me oferecer uma dose. Sabia que não me dou bem com álcool. Apesar de eu ter 1,93m e pesar 100 quilos, sou tão fraco para bebida quanto uma adolescente que experimenta seu primeiro coquetel.

– Você viu o vídeo da garota no aeroporto – disse ele.

– Vi.

– E ela estava com o homem que atacou você. O da fotografia.

– Você sabe que sim.

– Sei.

– Então, o que houve?

Win apertou um botão de seu celular e levou o aparelho à orelha.

– Por favor, entre.

A porta do quarto anexo se abriu e uma mulher de tailleur azul-escuro veio a nosso encontro. Era alta, tinha ombros largos e cabelos negros e brilhosos. Piscando, levou a mão aos olhos e disse:

– Por que essa escuridão toda?

O sotaque era inglês. Conhecendo Win como conheço, deduzi que se tratava de uma coleguinha de Mee, por assim dizer. Mas não era o caso. Ela atravessou a sala e se acomodou em uma poltrona.

– Esta é Lucy Probert – disse Win. – Trabalha para a Interpol aqui em Londres.

Cumprimentei-a com uma frase qualquer, tipo "muito prazer". Ela balançou a cabeça e avaliou meu rosto como se estivesse diante de uma pintura moderna incompreensível.

– Conte a ele – disse Win.

– Win me enviou a foto do homem que você agrediu.

– Não agredi ninguém – retruquei. – Fui ameaçado com uma arma.

Ela balançou a mão, dispensando solenemente meu comentário, e prosseguiu:

– Minha divisão na Interpol trabalha com tráfico de crianças. Você pode achar que o mundo está perdido, mas acredite: a situação é ainda pior. Os crimes que investigo... bem, é espantoso ver o que as pessoas são capazes de fazer. Seu amigo Win tem sido um aliado importante nessa nossa luta diária.

Olhei para Win e, como sempre, não encontrei nenhuma pista na expressão dele. Por muito tempo ele agiu como, digamos, um "justiceiro". Saía tarde pelos bairros mais perigosos de Nova York ou da Filadélfia na esperança de ser atacado. Era a justificativa de que precisava para poder mutilar os criminosos. Lia nos jornais sobre um pervertido que se safava por conta de uma formalidade qualquer no julgamento ou descobria algum valentão que conseguia fazer a mulher espancada ficar quieta e lhes fazia uma "visita noturna", como gostava de dizer. E houve o caso do pedófilo que os policiais sabiam que era culpado mas foram obrigados a liberar sem terem conseguido qualquer informação a respeito da garota que ele raptara. Win fez uma de suas visitas. O sujeito falou. A garota foi encontrada, mas estava morta. O pedófilo desapareceu para sempre.

Eu achava que Win já tivesse parado com isso, ou pelo menos diminuído um pouco, mas então me dei conta de que estava enganado. Ele vinha fazendo muitas viagens internacionais – agindo como um "aliado importante" na luta contra o tráfico de crianças.

– Portanto – prosseguiu Lucy –, não pensei duas vezes quando ele me ligou pedindo um favor. De qualquer modo, tratava-se de um pedido razoavelmente inofensivo: jogar no sistema da Interpol a foto enviada pelo capitão Berleand e descobrir a identidade do tal sujeito. Procedimento comum, certo?

– Certo.

– Nem tanto. Na Interpol temos diversas maneiras de identificar pessoas a partir de fotos. Temos, por exemplo, um software de reconhecimento facial.

– Sra. Probert?

– Sim?

– Podemos pular a aula sobre tecnologias?

– Ótimo, porque não tenho vontade nem tempo de lhe dar uma. O que estou querendo dizer é que esse tipo de pesquisa faz parte da rotina na Interpol. Joguei a foto no sistema e fui embora para casa, certa de que teria uma resposta na manhã seguinte. Então, Sr. Bolitar, fui concisa o bastante?

Fiz que sim com a cabeça, dando-me conta de que não deveria tê-la interrompido. Ela estava visivelmente agitada e eu não havia ajudado em nada.

– Pois bem. Hoje cedo, quando cheguei ao trabalho, achei que já saberia a identidade do sujeito e poderia informá-la a vocês. Mas não foi o que aconteceu. Em vez disso... como posso dizer educadamente? Bem, tudo indica que eu tenha jogado bolos fecais no ventilador. Alguém andou mexendo em minha mesa. Acessaram meu computador e vasculharam o conteúdo dele. Não me pergunte como sei disso. Sei e pronto.

Ela começou a procurar algo na bolsa. Encontrou um cigarro e o levou à boca.

– Vocês, americanos, e seu antitabagismo. Se disserem qualquer coisa sobre este cigarro...

Não dissemos nada.

Ela o acendeu, deu uma tragada demorada e soprou a fumaça.

– Em suma, aquela fotografia era confidencial, segredo de Estado, ou seja lá qual for a terminologia que vocês preferirem.

– Você sabe por quê?

– Por que a foto era confidencial?

– Sim.

– Não, não sei. Tenho um cargo relativamente alto na Interpol. Se fiquei de fora dessa, é porque se trata de algo muito importante. Sua fotografia deixou o alto clero em polvorosa. Fui chamada à sala de Mickey Walker, o chefão em Londres. Fazia dois anos que não tinha a honra de pôr os pés lá. Ele queria saber onde eu havia conseguido a tal foto e que motivos tinha para investigá-la.

– E o que você disse?

Ela olhou para Win e eu supus a resposta.

– Falei que havia recebido uma pista de uma fonte confiável e que o homem da fotografia talvez estivesse envolvido com tráfico de crianças.

– E ele perguntou o nome da fonte?

– Claro que perguntou.

– E você contou?

Win interveio e disse:

– Eu teria feito questão.

– Não havia escolha – disse ela. – Teriam descoberto de qualquer maneira. Bastava examinar minhas mensagens de e-mail e meus telefonemas.

Olhei para Win. De novo, nenhuma reação. Lucy estava enganada: eles não teriam chegado ao nome de Win, muito menos ao meu, mas eu podia entender o lado dela. Estava claro que o caso era importante. Não cooperar seria suicídio profissional – ou coisa pior. Win tinha razão em revelar sua identidade.

– E agora? – perguntei.

– Eles querem falar comigo – respondeu Win.

– Sabem onde você está?

– Ainda não. Meus assessores jurídicos lhes comunicaram que eu me apresentaria voluntariamente dentro de uma hora. Estamos registrados neste hotel com nomes falsos, mas, se procurarem direito, vão nos encontrar.

Lucy conferiu as horas no relógio.

– Preciso ir – disse.

Só então me lembrei do homem de óculos escuros, o que havia disparado meu alarme interno no cemitério.

– É possível que a Interpol tenha colocado alguém para me seguir?

– Acho pouco provável.

– Você também está sob suspeita – argumentei. – Como sabe que não foi seguida até aqui?

Ela olhou para Win.

– Ele é burro assim mesmo ou só tem preconceito contra mulheres?

Win refletiu um instante.

– É só preconceito, mesmo.

– Sou agente da Interpol – disse Lucy. – Claro que tomei minhas precauções.

Se tivesse tomado desde o início, pensei com meus botões, as coisas não teriam chegado àquele ponto. Mas fiquei quieto. Não era justo. Ela não poderia ter imaginado que uma consulta tão simples pudesse ter tantas consequências.

Todos ficamos de pé. Lucy apertou minha mão, beijou o rosto de Win e saiu. Win e eu nos sentamos novamente.

– O que você pretende dizer à Interpol? – perguntei.

– Não vejo motivos para mentir.

– É, tem razão.

– Portanto, vou dizer a verdade. Ou quase toda a verdade. Um grande amigo meu, ou seja, você, foi atacado em Paris por aquele homem e eu queria descobrir quem ele era. Posso alegar que menti para Lucy e disse que o homem estava envolvido com tráfico de crianças.

– O que, até onde sabemos, é uma possibilidade.

– Correto.

– Você se importa se eu contar tudo isso a Terese?

– Desde que não mencione o nome de Lucy...

Assenti com a cabeça.

– Precisamos descobrir quem é esse cara – falei.

Acompanhei meu amigo até o espetacular lobby do Claridge's. Não havia um quarteto de cordas tocando ali, mas era só isso que faltava. A decoração recendia a tradição e muito dinheiro. Era um híbrido de Velha Inglaterra e art déco, descontraído o bastante para acomodar turistas de jeans e pomposo o suficiente para que a mobília e talvez os relevos do teto torcessem o nariz se houvesse um. Eu gostava daquele lugar. Win saiu e eu seguia para o elevador quando algo me deteve.

Um All Star preto de cano alto.

Parei e comecei a tatear os bolsos, olhando para trás com uma expressão confusa, como se tivesse perdido algo. Myron Bolitar, o ator. Enquanto fazia minha encenação, aproveitei para conferir de rabo de olho o sujeito de tênis preto.

Os óculos escuros já não estavam mais lá. Agora havia uma jaqueta azul e um boné de beisebol. Mas eu sabia que era o cara do cemitério. E ele era bom nisso. De modo geral, as pessoas não se lembram de muita coisa. Se alguém tem cabelo curto e está de óculos escuros, basta acrescentar um boné e uma jaqueta para confundir quem não presta muita atenção.

Agora não restava dúvida: eu estava sendo seguido. Meu amigo do cemitério atacava novamente.

Havia diversas maneiras de lidar com a situação, mas eu não estava com paciência para sutilezas. Segui pelo corredor estreito que dava acesso às salas de reuniões no subsolo do hotel. Era domingo, portanto elas estariam vazias. Cruzei os braços, recostei-me contra o vestiário à entrada e esperei que o sujeito chegasse.

Quando enfim ele apareceu, uns cinco minutos depois, peguei-o pela camiseta e o empurrei para dentro.

– Por que está me seguindo?

Ele olhou para mim como se não tivesse entendido.

– Será por causa do meu queixo másculo? Dos meus belos olhos azuis? Do meu bumbum malhado? Por falar nisso, acha que esta calça me deixa gordo? Diga a verdade.

O homem me encarou por mais um segundo, talvez dois, depois fez o que eu havia feito antes: atacou.

Espalmou a mão e tentou jogar meu rosto para trás. Bloqueei-o a tempo, mas ele se virou para me dar uma cotovelada. Foi rápido, mais do que eu previra, e acabou acertando meu queixo pela esquerda. Eu tinha virado o rosto para amenizar o impacto, mas mesmo assim pude sentir meus dentes bambearem. Ele continuou na ofensiva: uma cotovelada, um chute, depois um soco no abdômen, que pegou em cheio na parte inferior das minhas costelas. Aquilo ainda iria doer muito. Quem assiste a lutas de boxe na TV sabe o que todo comentarista diz: os golpes no tronco têm efeito cumulativo e a dor começa a vir com força nos rounds posteriores. O que é só meia verdade, porque a dor também é forte na hora. Tanto que faz a pessoa se contorcer e baixar a guarda.

Eu estava em apuros.

Parte do meu cérebro me recriminava pela estupidez de partir para a briga sem ter uma arma ou Win como garantia. No entanto, outra parte, bem maior, já havia entrado no modo "sobrevivência". Mesmo em brigas aparentemente mais bobas, seja em um bar ou em um jogo de futebol, nossa adrenalina vai às alturas, porque o corpo tem consciência daquilo que a cabeça talvez se recuse a aceitar: trata-se de uma questão de sobrevivência. Podemos muito bem morrer ali.

Caí no chão e rolei para o lado. O vestiário era pequeno e o sujeito sabia o que estava fazendo. Veio com chutes para cima de mim. Um deles acertou minha cabeça. Como em um desenho animado, vi estrelas. Pensei em gritar por ajuda, qualquer coisa para fazê-lo parar.

Rolei novamente, tentando me afastar e ao mesmo tempo prestando atenção no timing do meu oponente. Então baixei a guarda, deixando uma parte do corpo exposta. A intenção era atrair os golpes dele para ali. E funcionou. Assim que o vi flexionar o joelho, rolei na direção dele, curvei o tronco e preparei as mãos. O chute acertou a boca do meu estômago, mas eu já estava preparado. Prendi o tornozelo dele contra meu abdômen com ambas as mãos e rolei rapidamente. Ele tinha duas opções. Deixar o corpo ir ao chão ou permitir que eu quebrasse sua perna como se fosse um graveto seco.

Ele ainda desferiu alguns golpes enquanto caía, mas sem grande efeito.

Eu estava zonzo, sentia dores por toda parte, mas agora tinha duas grandes vantagens. Primeiro, ainda o prendia pelo tornozelo, embora com menos firmeza. Segundo, agora que estávamos os dois no chão, bem, o tamanho fazia diferença – isso, claro, sem nenhum trocadilho. Eu apertava a perna dele com ambas as mãos e ele tentava se desvencilhar com socos. Fui me aproximando com cuidado, protegendo a cabeça contra o peito dele. A maioria das pessoas acha que o melhor a fazer diante de uma saraivada de socos é se afastar. Pelo contrário. O melhor é cravar o rosto contra o peito do oponente, diminuindo a força dos golpes. Foi justamente o que fiz.

Então ele ergueu os dois braços, na certa tentando me dar um telefone. E ficou vulnerável. Não hesitei. Dei uma cabeçada contra o queixo dele. O sujeito vacilou para trás e me joguei na direção dele.

Agora tudo se resumia a técnica, tamanho e alavancagem. Até então eu levava a melhor nos dois últimos aspectos. Eu estava tonto por causa dos golpes que levara, mas a cabeçada o havia afetado bastante e sua perna ainda estava presa. Então torci-a cruelmente, e ele girou no mesmo sentido.

Foi seu maior erro: ficar de costas para mim.

Larguei sua perna e pulei sobre ele, prendendo seu tronco com meu peso e ao mesmo tempo tentando passar o braço direito por seu pescoço. Ele sabia o que estava por vir. Começou a se debater, apavorado, tentando me derrubar. Cravou o queixo contra o pescoço a fim de bloquear meu braço. Então o golpeei na nuca, enfraquecendo-o o bastante para que eu conseguisse puxar sua cabeça para trás. Ele ainda lutou, mas não conseguiu impedir que eu abrisse espaço suficiente para alcançar a garganta. Tudo pronto para a gravata final.

Agora era uma questão de tempo.

Foi então que ouvi um barulho, na verdade uma voz, gritando algo em uma língua estrangeira. Minha primeira reação foi de soltá-lo e ver do que se tratava, mas permaneci onde estava. Foi esse o meu erro. Um segundo homem entrou no vestiário e acertou minha nuca, provavelmente com a lateral da mão, em um clássico golpe de caratê. Meu corpo inteiro começou a formigar, obrigando-me a diminuir a força da gravata.

Ouvi o homem gritar novamente, na mesma língua de antes. Fiquei confuso. Meu oponente enfim conseguiu se desvencilhar. Rolou para o lado, arfando sofregamente. Agora eram dois contra um. Olhei para o segundo homem e vi que ele apontava uma arma na minha direção.

Era o meu fim.

– Não se mexa – disse o homem, com um sotaque carregado.

Tentei encontrar um meio de sair dali, mas estava longe demais da porta. Meu oponente ficou de pé. Ainda tinha dificuldade para respirar. Nossos olhares se cruzaram e havia algo inesperado na expressão dele. Em vez de ódio, talvez respeito. Sei lá.

Olhei novamente para o que estava armado.

– Não se mexa – repetiu ele. – E não venha atrás de nós.

Então os dois saíram correndo.

19

Fui AINDA CAMBALEANTE PARA o elevador. Tinha esperança de que ninguém me visse, mas o elevador parou e uma família americana de seis pessoas o aguardava. Todos arregalaram os olhos ao notar a camisa rasgada, a boca ensanguentada e meu aspecto em geral, mas mesmo assim entraram e me cumprimentaram. Por toda a subida, tive de suportar a irmã mais velha implicando com o irmão, a mãe implorando para que eles parassem, o pai tentando ignorá-los e os outros dois irmãos trocando beliscões quando os demais não estavam olhando.

Terese entrou em pânico quando abri a porta do quarto, mas reagiu rápido. Ela me ajudou a entrar e ligou para Win. Meu amigo providenciou um médico, que chegou logo e disse que nada havia sido fraturado. Eu ia ficar bem. Minha cabeça doía e tudo o que eu queria era dormir. Então o médico me deu algo para tomar e de repente tudo ficou meio fora de foco. Depois disso, a única coisa de que me lembro é de ter percebido a presença de Win no quarto escuro. Abri um olho, depois o outro.

– Você é um idiota – disse ele.

– Muito obrigado, mas estou bem. Não precisa se preocupar.

– Devia ter esperado por mim.

– É meio tarde para dar conselhos.

Tentei sentar na cama. O corpo até queria colaborar, mas a cabeça gritou em protesto. Apertei o crânio com ambas as mãos para que ele não se partisse ao meio.

– Acho que descobri algo – falei.

– Sou todo ouvidos.

As cortinas estavam abertas. Havia anoitecido. Olhei para o relógio do celular. Já eram 10 horas, então me lembrei de uma coisa.

– O túmulo – falei.

– O que tem o túmulo?

– Estão exumando o corpo?

– Você ainda quer ir?

Disse que sim e fui trocar de roupa. Não avisei Terese. Tínhamos conversado sobre o assunto antes e ela não via sentido em ir ao cemitério. Win havia chamado uma limusine para nos buscar no hotel. Fomos até um estacionamento particular e lá trocamos de carro.

– Tome isto – disse Win.

Ele me entregou um revólver pequeno, um Black Widow.

– Calibre 22? – perguntei.

De modo geral, Win preferia as armas maiores. Tipo, digamos, uma bazuca ou um lança-mísseis.

– As leis britânicas sobre porte de armas são bastante severas.

Ele me passou um coldre para ser atado ao tornozelo.

– É melhor deixá-la escondida.

– Você também está com uma destas? – perguntei.

– Claro que não. Quer algo maior?

Não queria. Agradeci a oferta e prendi o coldre, que lembrava as tornozeleiras dos meus tempos de basquete.

Eu imaginara que chegar ao cemitério seria mais... assombroso, mas estava errado. Quando nos aproximamos, dois coveiros se encontravam dentro do buraco e o trabalho estava quase terminado. Ambos usavam casacos de plush verde-piscina que pareciam ter saído do armário da minha tia Sophie, que morava em Miami. A maior parte do serviço havia sido feita com o auxílio de uma pequena escavadeira amarela, que agora, à direita da cova, parecia admirar o resultado de seu esforço. Os dois funcionários precisavam apenas limpar o caixão o bastante para que pudessem abri-lo um pouco, tirar algumas amostras de dentro dele – ossos ou qualquer coisa assim – e depois fechá-lo e cobri-lo novamente de terra.

Verdade seja dita: aquilo já estava bastante assombroso.

Caía uma chuvinha fina. Aproximei-me da cova e olhei para dentro dela. Win fez o mesmo. Estava escuro, mas nossos olhos já haviam se adaptado o bastante para que pudéssemos distinguir as sombras. Lá embaixo, debruçados sobre a urna, os dois homens prosseguiam no trabalho.

– Você falou que havia descoberto algo – disse Win.

– Os homens que estavam me seguindo – respondi. – Falavam hebraico e conheciam krav maga.

Krav maga é uma arte marcial israelense.

– E aparentemente eram muito bons – acrescentou Win.

– Entendeu aonde quero chegar?

– Bons em espionagem, bons em luta, falam hebraico e vão embora sem matar você. É, tudo indica o Mossad.

– O que explica tanto interesse.

Um dos homens dentro da cova deixou escapar um palavrão.

– Algum problema? – perguntou Win.

– Esta merda está trancada!

Ele iluminou a urna com uma lanterna.

– Por que alguém trancaria um caixão? Nem na minha casa tenho um cadeado tão parrudo assim! Estamos tentando algumas chaves.

– Arrombe – instruiu Win.

– Tem certeza?

– Quem vai ficar sabendo?

Os coveiros riram de um modo... bem, de um modo possível para dois homens que estão profanando um túmulo.

– Tem razão – disse um deles.

Win virou-se novamente para mim.

– Então, que envolvimento você acha que Rick Collins poderia ter com o Mossad?

– Não faço a menor ideia.

– E por que um acidente de carro que aconteceu 10 anos atrás poderia despertar o interesse do serviço secreto israelense?

– Também não faço ideia.

Win refletiu um instante.

– Vou ligar para a Zorra. Talvez ela possa ajudar.

Zorra era um travesti perigosíssimo que havia trabalhado para o Mossad nos anos 1980 e já nos ajudara.

– Bem pensado – falei. – Se o sujeito que me atacou em Paris também era do Mossad, isso explicaria muita coisa.

– Por exemplo, o chilique da Interpol por causa da consulta que Lucy fez – disse Win.

– Mas, se ele era do Mossad, então o homem em quem atirei também era.

Win ficou pensando naquilo.

– Ainda não temos como saber. Vamos falar com Zorra e ver o que ela descobre.

126

Mais algumas marteladas e grunhidos e um dos coveiros anunciou:

– Consegui!

Olhamos para a cova. A lanterna nos deixava ver o esforço dos coveiros para erguer a tampa do caixão, que parecia grande para uma menina de 7 anos. Aquilo me surpreendeu, mas talvez explicasse minha calma inicial ao chegar ali: eu não esperava encontrar o esqueleto de uma menininha.

Não queria ver o que aconteceria a seguir, então me afastei. Tinha ido apenas para observar, para me certificar de que conseguiríamos a amostra de que necessitávamos. A história toda já era confusa o suficiente para que acrescentássemos mais dúvidas a ela. Não queria deixar nenhum furo que mais tarde, caso o resultado do teste fosse negativo, desse margem a questionamentos do tipo "Como você sabe que era o túmulo certo?" ou "Talvez os coveiros tenham mentido". Precisava eliminar o maior número possível de variáveis.

– Abrimos – anunciou um dos coveiros.

Vi quando Win se debruçou para olhar. Um sussurro veio das profundezas:

– Deus do céu...

Depois, silêncio.

– Que foi? – perguntei.

– Um esqueleto – disse Win, ainda examinando a cova. – Pequeno. Provavelmente de criança.

Todos ficamos ali, imóveis.

– Colham uma amostra – disse Win.

– Mas o quê? – perguntou um dos homens.

– Um osso ou algum pedaço de pele, se houver. Coloquem no saco plástico.

Havia uma criança enterrada ali. Na verdade, eu não esperava por isso. Olhei para Win e disse:

– Será que cometemos um grande erro?

Win deu de ombros.

– Exames de DNA não mentem.

– Mas, se esse aí não for o esqueleto de Miriam Collins, de quem seria?

– Há outras possibilidades – disse Win.

– Tipo o quê?

– Minha equipe fez uma pequena investigação. Mais ou menos na época do acidente de Miriam, uma menina de Brentwood desapareceu. Muitos acharam que ela havia sido morta pelo pai. Mas nunca encontraram o corpo. O pai está em liberdade até hoje.

Pensei no que Win tinha dito antes.

– Tem razão. É melhor não nos precipitarmos.

127

Win não disse nada.

Por fim encontrei coragem para olhar novamente dentro da cova. Um dos homens, o rosto sujo de terra, me entregou a embalagem de plástico.

– É todo seu, companheiro. Boa sorte. E pro inferno, vocês dois!

Win e eu fomos embora, levando conosco o ossinho frágil de uma criança cujo sono havíamos perturbado no meio da noite.

20

JÁ ERA MADRUGADA QUANDO voltamos ao Claridge's. Win foi direto para o quarto, dor-*Mee*-r. Tomei um banho quente bem demorado, abri o frigobar e sorri de orelha a orelha. Muitas caixinhas de achocolatado. Obrigado, amigão.

Bebi uma delas, geladinha, e esperei pela onda do açúcar. Liguei a TV e comecei a zapear – coisa de homem de verdade. Seriados americanos da temporada passada.

A porta de Terese estava fechada, mas eu duvidava que ela estivesse dormindo. Acomodei-me sozinho no sofá e respirei fundo várias vezes. Olhei para o relógio: duas da manhã. Oito da noite em Nova York. Cinco da tarde em Scottsdale, no Arizona.

Olhei para meu celular. Pensei em Ali, Erin e Jack, que a essa altura já estavam no Arizona, um lugar que eu mal conhecia. Não era uma região desértica? Por que, afinal, alguém iria querer morar lá?

Liguei para o celular de Ali. Depois de três toques, ela atendeu com um preocupado alô.

– Oi – falei.

– Seu número não apareceu no identificador de chamadas – disse ela.

– Troquei de aparelho, mas o número continua o mesmo.

Silêncio.

– Onde você está? – perguntou ela finalmente.

– Em Londres.

– Londres, Londres?

– Londres, Londres.

Ouvi uma voz ao fundo. Parecia a de Jack. Ali disse:

– Só um segundo, querido, estou no telefone.

Notei que ela não havia informado com quem estava falando, ao contrário do que costumava fazer.

– Não sabia que você estava fora do país.

– Uma amiga ligou dizendo que precisava de ajuda.

– Uma *amiga*?

Só então me dei conta de onde havia me metido.

– É, uma amiga.

– Nossa, você foi rápido.

Eu queria dizer: "Não é nada disso que você está pensando." Mas parei para pensar um instante e disse:

– Eu a conheço há 10 anos.

– Sei. Só uma viagenzinha rápida para ver uma velha amiga, não é?

Silêncio. Então ouvi Jack novamente, insistindo em saber com quem a mãe falava. As palavras dele saíam de algum buraco no Arizona, atravessavam boa parte do continente, depois o Atlântico inteiro, para dar um nó em meu coração.

– Preciso desligar, Myron. Você queria alguma coisa em especial?

Boa pergunta. Com certeza queria, mas aquele não era um bom momento.

– Não, nada – falei.

Ali desligou. Fiquei encarando o celular, sentindo seu peso em minha mão, depois pensei: espere aí, foi ela quem terminou comigo, não foi? Fazia o quê? Dois dias, apenas?

E o que exatamente eu pretendia com aquela ligação? Por que havia telefonado? Porque detesto situações mal resolvidas? Porque queria fazer a coisa certa, fosse lá o que isso significasse naquele caso?

A dor dos golpes que eu levara de manhã começava a voltar. Fiquei de pé e alonguei o corpo na tentativa de soltar os músculos. Olhei para a porta do quarto de Terese. Fui até lá, abri uma fresta procurando não fazer barulho e espiei. A luz estava apagada. Tentei ouvir a respiração dela. Nada. Já ia fechando a porta quando ouvi:

– Por favor, não vá.

– Tente dormir um pouco – falei.

– Fique, por favor.

Sempre fui muito cuidadoso com os assuntos do coração. Sempre procurei fazer a coisa certa. Nada de encenações ou fingimentos. Com exceção daquela fuga para o Caribe 10 anos antes, sempre me preocupei com os sentimentos dos outros e com as consequências dos meus atos.

– Não vá – insistiu ela.

Então entrei.

Quando nos beijamos, foi tempestade e redenção, uma entrega que até então eu desconhecia. Foi como se eu estivesse parado ali, bem quietinho, rendido, o coração tamborilando contra as costelas, o pulso disparado, os joelhos bambos, os dedos dos pés retesados, os ouvidos zunindo... o corpo inteiramente tomado de paz e felicidade.

Naquela noite nós sorrimos e choramos. Beijei mil vezes aqueles lindos ombros nus. E, na manhã seguinte, ela não estava mais lá.

◆ ◆ ◆

Mas, desta vez, só não estava na cama.

Encontrei-a tomando seu café na sala vizinha ao quarto. A cortina estava aberta. Parafraseando uma velha canção, o sol da manhã no rosto mostrava a idade dela – e a imagem me agradava. Terese estava embrulhada no roupão do hotel, uma pequena fresta sugerindo toda a beleza que se escondia do outro lado do tecido felpudo. Acho que nunca vi algo tão belo em toda a vida.

Ela olhou para mim e sorriu.

– Olá – falei.

– Não precisa fazer charme. Já conseguiu me levar para a cama.

– Droga, fiquei acordado a noite inteira treinando esse "olá".

– Bem, acho que o motivo de você ficar acordado foi outro. Quer café?

– Por favor.

Enquanto ela despejava o café na xícara, fui me acomodando muito lentamente na cadeira. As dores da surra ressurgiam a todo vapor. Pensei em ir pegar um dos analgésicos que o médico havia me receitado, mas deixei para depois. Agora eu só queria me sentar ao lado daquela mulher maravilhosa e tomar café em paz.

– Isto aqui é o paraíso – disse ela.

– É.

– Quem dera pudéssemos ficar para sempre.

– Acho que minha grana não ia dar.

Terese sorriu e tomou minha mão entre as dela.

– Quer saber uma coisa terrível? – perguntou.

– Diga.

– Parte de mim preferiria esquecer tudo isso e sumir no mundo com você.

Eu entendia o que ela queria dizer.

– Sonhei tantas vezes com essa oportunidade de redenção e, agora que ela chegou, por algum motivo acho que vai me destruir.

Erguendo o rosto, ela emendou:

– O que você acha que vai acontecer?

– Não vou deixar que ela a destrua – falei.

Terese abriu um sorriso triste.

– Acha que tem esse poder?

Ela estava certa. Às vezes digo coisas realmente estúpidas.

– O que você quer fazer? – perguntei.

– Descobrir tudo o que aconteceu naquela noite.

– Certo.

– Mas você não precisa se envolver mais nisso – disse ela.

– Preciso – respondi –, sobretudo depois do que aconteceu ontem.

– É verdade.

– Então, qual será nosso próximo passo? – perguntei.

– Acabei de falar com a Karen. Disse a ela que é hora de pôr as cartas na mesa.

– E ela, como reagiu?

– Não discutiu. Vamos nos encontrar daqui a uma hora.

– Quer que eu vá junto?

– Não. Desta vez precisamos conversar sozinhas.

– Tudo bem.

Ficamos ali, tomando nosso café, sem a menor vontade de falar ou fazer o que quer que fosse.

Foi Terese quem quebrou o silêncio:

– Um de nós deveria dizer: "Sobre ontem à noite..."

– Vou deixar por sua conta.

– Foi bom pra caramba.

Sorri e disse:

– Foi mesmo. Eu sabia que devia deixar por sua conta.

Ela se levantou da mesa. Mulheres do mundo, deixem de lado as rendas e os frufrus, esqueçam Victoria's Secret, tanguinhas, fios dentais, meias de seda, corpetes e baby-dolls. Não há nada que deixe uma mulher bonita mais sexy que um roupão felpudo de hotel.

– Vou tomar um banho – disse Terese.

– É um convite?

– Não.

– Ah.

– O tempo está curto.

– Posso ser bem rápido.

– Eu sei. Mas a pressa é inimiga da perfeição.

– Ui, essa doeu.

Ela se abaixou para dar um selinho carinhoso em meus lábios, depois disse:

– Obrigada.

Eu já ia dizer uma bobagem qualquer (tipo "não se esqueça de fazer propaganda com as amigas" ou "faço tudo para satisfazer a clientela"), mas algo em sua voz me fez mudar de ideia. Algo sofrido que me abalou e me feriu. Então só apertei a mão dela e permaneci calado enquanto a observava a caminho do banho.

21

WIN ME VIU E FOI logo dizendo:

– Até que enfim pegou, hein?

Pensei em reclamar, mas para quê?

– É – falei apenas.

– Detalhes, por favor.

– Cavalheiros não revelam detalhes.

Ele fez pirraça:

– Mas você sabe que eu adoro detalhes...

– E você sabe que eu nunca conto nada.

– Antes você me deixava espiar. Quando estávamos pegando a Emily na faculdade, você deixava que eu visse tudo pela janela.

– Não era eu que deixava, era você que olhava. Eu consertava as persianas, depois você ia lá e quebrava de novo. Você é um tarado, Win, sabia?

– Alguns diriam que sou apenas um amigo interessado.

– Mas a maioria diria que você é um tarado.

Win deu de ombros.

– Ninguém é perfeito.

– Então – perguntei –, como estamos?

– Mandando bem com a mulherada.

– Além disso.

– Estive pensando em uma coisa... – disse Win.

– O quê?

– Talvez haja uma explicação mais simples para o sangue de Miriam Collins estar na cena do crime. Aquela fundação, a Salvem os Anjos... Entre outras coisas, ela se preocupa com as pesquisas com células-tronco, correto?

– De certo modo, mas sendo contra.

– E sabemos que Rick Collins talvez tenha descoberto que tinha a doença de Huntington. O pai dele tinha, isso é certo.

– Sim.

132

– Hoje em dia as pessoas guardam o sangue do cordão umbilical dos filhos. Congelam, ou algo assim. Esse sangue está cheio de células-tronco e a ideia é que, no futuro, essas células possam vir a salvar a vida da criança, talvez até a dos pais. É possível que Rick Collins tenha guardado o sangue da filha e mais tarde, ao descobrir que estava doente, tenha pensado em usá-lo.

– Mas células-tronco não curam a doença de Huntington.

– É verdade, ainda não.

– Você está dizendo o quê? Que Rick estava com o sangue congelado quando foi morto e... sei lá, ele caiu no tapete?

Win deu de ombros e argumentou:

– Você acha isso mais absurdo do que Miriam Collins estar viva até hoje?

– Mas e os fios de cabelo louros?

– Há muitas louras neste mundo. A garota que você viu no vídeo é só uma delas.

Refleti um instante.

– Isso ainda não explica por que Rick foi assassinado.

– Verdade.

– Ainda acho que, seja lá o que tenha acontecido, começou com aquele acidente de carro 10 anos atrás. Sabemos que aquele policial, Nigel Manderson, mentiu.

– É – concordou Win.

– E Karen Tower está escondendo algo.

– E o tal Mario, o que você acha?

– O que tem ele? – perguntei.

– Está escondendo algo também?

Parei um instante para pensar.

– Pode ser. Vamos nos encontrar hoje para examinar os arquivos do Rick. Posso tentar descobrir mais alguma coisa.

– E agora temos os israelenses que talvez sejam do Mossad seguindo você. Liguei para a Zorra. Ela vai consultar suas fontes.

– Ótimo.

– Por fim, há também seu contratempo em Paris e a tal foto que deixou o alto escalão da Interpol em polvorosa.

– E sua conversa com eles, como foi?

– Eles perguntaram, eu respondi.

– Só não entendo uma coisa – falei. – Por que ainda não fui convocado também?

Win sorriu e disse:

– Você sabe por quê.

– Estão me seguindo.

– Resposta correta.

– Está vendo alguma coisa?

– Carro preto na esquina da direita.

– Primeiro o Mossad, agora a Interpol.

– Meu amigo, você é mesmo muito popular.

– É porque sou um bom ouvinte. As pessoas gostam de ser ouvidas.

– De fato.

– Também sou muito divertido nas festas.

– E um dançarino de primeira. O que você quer que eu faça com eles?

– Gostaria que os tirasse da minha cola por hoje.

– Feito.

◆◆◆

Despistar alguém é relativamente fácil. No nosso caso, Win e eu embarcamos em um carro com insulfilm e fomos para uma garagem subterrânea com diversas saídas. O primeiro carro foi embora vazio. Chegaram outros dois em seguida. Então eu entrei em um e Win no outro.

A essa altura Terese estava na casa de Karen.

Segui para meu encontro com Mario Contuzzi e em 20 minutos cheguei ao apartamento dele. Ninguém atendeu à campainha. Conferi as horas no celular. Eu havia chegado uns cinco minutos adiantado. Fiquei pensando na história toda e no alvoroço que a foto de meu agressor em Paris causara na Interpol.

Quem seria ele?

Eu já havia tentado de tudo para identificá-lo. Talvez fosse melhor aproveitar aqueles minutos livres para tomar uma medida mais extrema.

Liguei para o número particular de Berleand.

Dois toques bastaram para que alguém atendesse e dissesse algo em francês.

– Gostaria de falar com o capitão Berleand.

– Ele está de férias. Posso ajudar em alguma coisa?

Férias? Tentei vislumbrar Berleand se deleitando nas praias de Cannes, mas a cena não fazia sentido.

– Preciso muito falar com ele – insisti.

– Quem está falando?

Para que mentir?

– Myron Bolitar.

– Sinto muito, mas ele está de férias.

134

– Você poderia contatá-lo de algum modo e pedir que ligue para mim? É urgente.

– Espere um instante.

Esperei.

Dali a um minuto outra pessoa veio à linha e, com um perfeito sotaque americano e um tom áspero, disse:

– Posso ajudar em alguma coisa?

– Acho que não. Preciso falar com o capitão Berleand.

– Pode falar comigo, Sr. Bolitar.

– Mas, pela voz, você não deve ser gente boa.

– Não sou. Muito engraçadinho da sua parte escapar da nossa vigilância daquela maneira. Mas não estou achando graça nenhuma.

– Quem é você?

– Pode me chamar de agente especial Jones.

– Posso chamá-lo de *superagente* especial Jones? Onde está o capitão Berleand?

– Berleand saiu de férias.

– Quando?

– Quando quebrou o protocolo mandando aquela foto para você. Foi ele quem mandou, não foi?

Hesitei um pouco, depois disse:

– Não.

– Tudo bem. Onde você está, Bolitar?

Um telefone tocou dentro do apartamento de Mario Contuzzi. Chamou uma vez, duas vezes, três.

– Bolitar?

Chamou seis vezes, depois desligaram.

– Sabemos que ainda está em Londres, mas onde?

Desliguei o celular e fiquei ali, contemplando a porta à minha frente. O telefone que havia tocado tinha uma campainha comum; o som não era de celular. Então teria que ser o fixo. Hum. Tateei a porta. Parecia espessa e bastante sólida. Encostei a orelha nela, disquei o número do celular de Mario e fiquei de olho no display do meu aparelho. A ligação se completou alguns segundos depois.

Os trinados do celular de Mario surgiram distantes, do outro lado da porta, bem diferentes da campainha forte que havia tocado pouco antes. Senti um aperto no peito. Tudo bem, talvez aquilo não significasse nada, mas hoje em dia ninguém sai de casa sem o celular. As chances de que alguém que trabalha na televisão tivesse deixado o aparelho em casa eram bastante remotas.

– Mario! – berrei.

Esmurrei a porta.

– Mario!

Na verdade, não esperava que ele respondesse. Encostei novamente a orelha à porta, tentando ouvir não sei bem o quê. Um gemido, talvez. Um grunhido. Um pedido de socorro. Qualquer coisa.

Nem um ruído.

Comecei a avaliar minhas possibilidades. Não eram muitas. Então recuei alguns passos e chutei a porta com toda a força. Ela nem se mexeu.

– É reforçada com aço, companheiro – disse alguém. – Não há chute que a derrube.

Virando o rosto, deparei-me com um homem de colete de couro preto sem nenhuma camisa por baixo. O tipo físico dele não combinava em nada com a roupa: seu corpo, bem à mostra, era ao mesmo tempo magro e flácido. No nariz havia um piercing como esses de touros e, no topo da cabeça, os poucos cabelos que ainda lhe restavam espetavam-se para o alto em um estranho penteado moicano. Supus que tivesse mais de 50 anos. Dava a impressão de que havia saído para um bar gay em 1979 e só agora estivesse voltando para casa.

– Você conhece os Contuzzi? – perguntei.

O homem sorriu. Eu esperava algum desastre dental, mas, embora o resto do corpo apresentasse os mais diversos estágios de decadência, os dentes reluziam de tão brancos.

– Ah! – disse ele. – Você é americano.

– Sou.

– Amiguinho do Mario, é?

Diante das circunstâncias, não havia motivos para uma resposta longa.

– Sou.

– Bem, o que posso dizer... De modo geral eles são um casal bastante tranquilo, mas você sabe como é: quando o gato sai, os ratos fazem a festa.

– Do que você está falando?

– Ele estava com uma mocinha aí. Parecia dessas de vida fácil, sabe? O som estava alto demais. Uma música horrorosa. Eagles. Vocês, americanos, deviam ter vergonha.

– Fale mais sobre essa moça.

– Por quê?

Não havia tempo para maiores explicações. Então saquei minha arma. Não o ameacei com ela, apenas tirei do coldre.

– Sou da polícia americana – disse. – Receio que Mario esteja correndo perigo.

Se a arma ou minhas palavras haviam assustado o projeto de Billy Idol, não dava para saber. Ele apenas sacudiu os ombros esqueléticos e disse:

– Vejamos... Era jovem, loura... Não vi direito. Apareceu ontem à noite quando eu ia saindo.

Jovem, loura. Meu coração disparou.

– Preciso entrar neste apartamento.

– Não adianta chutar, cara. O máximo que vai conseguir é quebrar o pé.

Apontei a arma para a fechadura.

– Ei, espere aí! Você acha que ele pode estar mesmo em perigo?

– Acho.

Ele exalou um suspiro e, apontando, disse:

– Tem uma cópia da chave ali em cima.

Passei a mão sobre o batente da porta e, de fato, lá estava ela: a chave. Coloquei-a na fechadura. Billy Idol se aproximou e só então senti o fedor de cigarro que ele exalava, um cinzeiro ambulante. Abri a porta e entrei, Billy Idol logo atrás de mim. Ambos paramos depois de alguns passos, estupefatos.

– Meu Deus...

Não encontrei o que dizer. Fiquei ali, de olhos arregalados, incapaz de me mexer. A primeira coisa que vi foram os pés descalços de Mario, atados com fita adesiva à mesa de centro. O chiqueirinho e os bichos de pelúcia que eu vira na véspera estavam espalhados em um canto. Imaginei se Mario teria ficado olhando para eles em seus últimos momentos de vida.

Ao lado de seus pés jazia uma furadeira elétrica. Havia furos nos dedos e em um dos calcanhares, pequenos círculos perfeitamente desenhados em vermelho-escuro. Consegui obrigar minhas pernas a se moverem e me aproximei. Mais buracos pelo corpo. No joelho. Nas costelas. Lentamente, voltei os olhos para o rosto. Também havia furos abaixo do nariz, através das bochechas e no queixo. Seus olhos vidrados me encaravam. Mario sofrera muito antes de morrer.

Billy Idol novamente sussurrou:

– Meu Deus...

– A que horas você ouviu a música alta?

– O quê?

Não encontrei forças para repetir a pergunta, mas ele respondeu assim mesmo.

– Cinco da manhã.

Mario havia sido torturado, e a música servira para abafar os gritos. O sangue parecia razoavelmente fresco, mas eu não queria tocar em nada para ter certeza. O assoalho estava coberto com o pó fino dos ossos. Olhei para a furadeira e fiquei imaginando os ruídos estridentes da máquina enquanto perfurava os músculos, as cartilagens, os ossos. E os gritos de Mario.

Então me lembrei de Terese, que estaria a apenas algumas quadras dali, na casa de Karen. Corri para a porta, gritando para Billy Idol:

– Chame a polícia!

– Espere aí! Aonde você vai?

Não havia tempo para explicações. Guardei a arma e, ainda correndo, peguei o celular. Disquei o número de Terese. Um toque. Dois toques. Três. Meu coração disparava no peito. Apertei o botão do elevador não sei quantas vezes. A ligação estava no quarto toque quando aconteceu: olhei de relance por uma janela e a vi, olhando para mim.

A moça loura da van.

Ela me viu, deu meia-volta e saiu correndo. Não consegui ver direito seu rosto. Na verdade, poderia ser qualquer moça loura. Mas não. Era a garota da van. Disso eu tinha certeza.

Que diabos estaria acontecendo?

Minha cabeça começou a rodar. Eu já procurava por uma escada quando o elevador enfim chegou. Entrei e apertei o botão do térreo.

A ligação para Terese caiu na caixa postal.

Não era para cair. Terese deveria estar na casa de Karen, que não era fora da área de cobertura. E, ainda que ela estivesse no meio de uma conversa muito séria, com certeza atenderia uma chamada minha. Sabia que eu só iria ligar em caso de emergência.

Droga! E agora?

Pensei na furadeira. Pensei em Terese. Pensei no rosto de Mario Contuzzi. Pensei na moça loura. As imagens rodopiavam em minha cabeça quando a porta do elevador se abriu no térreo.

A que distância ficava a casa de Karen?

Duas quadras.

Corri para a calçada ao mesmo tempo que ligava para o Win, que atendeu imediatamente. Antes que ele pudesse dizer "articule", falei:

– Vá para a casa da Karen. Mario está morto. Terese não atende o celular.

– Dez minutos – disse ele.

Desliguei e imediatamente senti o telefone vibrar. Olhei o nome na tela. Parei. Era Terese.

Atendi e disse:

– Terese?

Silêncio.

138

– Terese?

Então, do outro lado da linha, veio o zumbido estridente de uma furadeira.

A descarga de adrenalina me deixou sem ar. Fechei os olhos com força, mas só por um segundo. Não havia tempo a perder. Minhas pernas latejavam, mas corri ainda mais rápido.

O ruído da furadeira parou e a voz de um homem surgiu na linha:

– A vingança é uma merda, você não acha?

O sotaque inglês sofisticado, a mesma cadência que eu ouvira na França: "Faça o que eu disser ou esta arma vai cuspir fogo."

O homem do café em Paris. O da foto que Berleand havia mandado.

Ele desligou o telefone.

Peguei minha arma e segui correndo, com o celular na outra mão. O medo é uma coisa estranha. Pode fazer milagres (todo mundo já ouviu histórias sobre pessoas que conseguiram levantar um carro e salvar a vida de alguém), mas também pode paralisar, dificultar a respiração, debilitar o corpo e a mente. Correr fica tão difícil como se estivéssemos em um pesadelo, fugindo através de um terreno pantanoso. Eu precisava me acalmar, apesar do buraco que o medo havia aberto em meu peito.

Agora eu podia avistar a casa de Karen mais adiante.

A moça loura se encontrava à porta.

Assim que ela me viu, entrou apressada. Era uma armadilha, claro. Mas, diante das circunstâncias, o que eu poderia fazer? O barulho da furadeira no outro lado da linha ainda atormentava meus ouvidos. Mas certamente era o objetivo da ligação. Win havia pedido 10 minutos para chegar. A essa altura já teriam se passado o quê? Uns três ou quatro, no máximo.

Deveria esperar por ele? Poderia me dar a esse luxo?

Então fui me aproximando da casa, o tronco abaixado, tentando ao máximo não ser visto. Apertei o número de Win na discagem rápida.

– Cinco minutos – disse ele apenas, antes de eu desligar.

A moça loura já havia entrado. Eu não sabia quem mais estava com ela, tampouco qual era a situação. Cinco minutos. Eu conseguiria esperar cinco minutos. Seriam os mais longos de toda a minha vida, mas eu conseguiria. Precisava esperar, não podia deixar que o pânico me dominasse. Agachei-me e me esgueirei até a janela mais próxima. Tentei ouvir algo. Nada. Nenhum grito. Nenhuma furadeira. Mas isso não me dizia se eu poderia me sentir aliviado ou se tinha chegado tarde demais.

Fiquei ali, recostado contra os tijolos da parede, sob uma janela. Tentei me lembrar da disposição dos cômodos. Aquela janela dava para a sala de estar.

Bem, e daí? Daí nada. Esperei. Era bom sentir o peso da arma em minha mão. Armas sempre passam essa sensação, sejam do tamanho que forem. Eu atirava bem, mas não era nenhum perito. Não tinha tanta prática. Mas era capaz de mirar no centro de um tórax e chegar bem próximo do alvo.

Pois bem, e agora?

Calma. Win já devia estar chegando. Ele era bom nessas coisas.

"A vingança é uma merda, você não acha?"

O sotaque sofisticado, a frieza. Pensei mais uma vez em Mario, naqueles furos hediondos, na agonia inimaginável. Quanto tempo aquele pesadelo teria durado? Por quanto tempo Mario tivera de suportar a dor? Teria reagido de alguma forma ou simplesmente implorado por uma morte rápida?

O som de sirenes vinha ao longe. Talvez a polícia já estivesse a caminho do apartamento de Mario.

Como não uso relógio, consultei as horas no celular. Se a previsão de Win estivesse correta, como de costume, ele ainda levaria três minutos para chegar. O que fazer então?

Minha arma.

Será que a loura a teria visto? Dificilmente. Como Win tinha dito, não é comum as pessoas portarem armas de fogo na Inglaterra. Quem quer que estivesse naquela casa decerto não poderia prever que eu andasse armado. Guardei a arma de volta no coldre do tornozelo.

Três minutos.

Meu celular tocou. O número de Terese outra vez. Atendi com um hesitante alô.

– Sabemos que você está aí fora – disse o homem com sotaque refinado. – Você tem 10 segundos para atravessar aquela porta com as mãos para o alto. Caso contrário, uma destas belas senhoras levará uma bala na testa. Um, dois...

– Estou indo.

– Três, quatro...

Eu não tinha alternativa. Corri em direção à porta.

– Cinco, seis, sete...

– Não atire. Estou quase chegando.

"Não atire." *Dã*. Por outro lado, que mais eu poderia dizer?

Girei a maçaneta. A porta estava destrancada. Entrei.

– Eu disse "com as mãos para o alto".

Ergui os braços. O homem da foto me encarava do outro lado da sala, o rosto coberto de esparadrapos, os olhos rodeados pelos hematomas do nariz quebrado. Fossem outras as circunstâncias, eu teria ficado feliz com aquela imagem, mas, para início de conversa, ele estava armado. Além disso, Terese e Karen se encontravam agachadas diante dele, com as mãos atadas às costas. Na medida do possível, ambas pareciam bem.

Olhando à minha volta, vi mais dois homens, ambos com armas apontadas para a minha cabeça.

Nenhum sinal da garota loura.

Permaneci absolutamente imóvel, com as mãos para o alto, tentando parecer o menos ameaçador possível. Win já devia estar chegando. Mais um ou dois minutos. Eu precisava ganhar tempo. Olhei para o homem que havia me atacado em Paris e, procurando manter a voz calma, falei:

– Olha, vamos conversar. Não há motivo para...

Ele encostou a arma na nuca de Karen, sorriu para mim e puxou o gatilho.

O som foi ensurdecedor. Um pequeno jorro vermelho, um instante de paralisia e silêncio e só então o corpo de Karen tombou, como uma marionete cujas cordas houvessem sido cortadas. Terese deu um grito. Talvez eu também.

O homem começou a mover a arma na direção de Terese.

Não, não, não, não, não...

– Não!

Meus instintos assumiram o comando: "Salve a vida de Terese." Mergulhei na direção dele como se estivesse em uma piscina. Os dois homens à minha direita e à minha esquerda dispararam, mas ambos haviam cometido o erro comum de mirar na cabeça, e as balas passaram alto demais. Pela visão periférica, percebi Terese se afastar rolando enquanto o homem fazia sua mira.

Eu precisava ser rápido.

Teria de fazer várias coisas ao mesmo tempo: manter a cabeça baixa, desviar das balas, atravessar a sala, sacar a arma do coldre, matar o filho da puta. Já estava a meio caminho. Um zigue-zague teria sido a melhor rota naquela situação, mas não havia tempo. O mantra se repetia em minha cabeça: "Salve a vida de Terese." Eu precisava alcançar o homem antes que ele puxasse o gatilho outra vez.

Gritei o mais alto que pude, não por medo, mas para chamar sua atenção, fazer com que pelo menos ele hesitasse ou se virasse para mim, qualquer coisa que o impedisse, ainda que por uma fração de segundo, de atirar em Terese.

Eu já estava bem próximo.

Perdi toda a noção de tempo. Talvez um ou dois segundos tivessem transcorrido desde a execução de Karen, não mais que isso. Apenas alguns passos me separavam do homem da foto, portanto não havia tempo para pensar ou planejar o que quer que fosse.

Mas percebi que chegaria tarde demais. Estendi os braços, como se com isso pudesse preencher o espaço entre nós. Não podia. Não estava perto o bastante.

Ele puxou o gatilho.

Outro disparo. Terese foi ao chão.

Meu grito se reduziu a um grunhido rouco de angústia. Foi como se meu coração estivesse sendo esmagado. Continuei avançando, apesar de o homem agora erguer a arma na minha direção. Não havia mais medo, só o ódio me guiava. A arma já estava próxima, quase no meu nariz, quando baixei o tronco e arremeti contra meu adversário. Ele disparou novamente, mas errou.

Empurrei-o com força contra a parede, erguendo-o do chão, e ele me deu uma coronhada nas costas. Em outro mundo ou outro tempo, eu teria sentido uma dor excruciante, mas naquele momento aquilo eram cócegas para mim. Eu já havia ultrapassado os limites da dor, já não me importava com absolutamente nada. Caímos ruidosamente no chão. Soltei-o e me levantei com um movimento rápido, tentando ganhar espaço para alcançar o coldre.

O que foi um erro.

Estava tão determinado a sacar a arma e matar o canalha que acabei me esquecendo de que não estávamos sozinhos. O homem que estivera à minha direita veio correndo com a arma em punho. Pulei para trás quando ele puxou o gatilho. Tarde demais.

O tiro me acertou.

Dor. O metal quente perfurava minha carne, roubando meu fôlego e arremessando-me de costas no chão. O homem mirou outra vez, mas outro tiro veio antes do dele, acertando seu pescoço com tamanha fúria que por pouco não o decapitou. Ergui os olhos do corpo inerte, já sabendo o que havia acontecido.

Win tinha chegado.

O segundo homem, à minha esquerda, virou-se a tempo apenas de ver Win girar o tronco e atirar de novo. A bala enorme o atingiu em cheio no rosto, reduzindo sua cabeça a pó. Olhei para Terese. Ela não se mexia. O homem da foto, o homem que havia atirado nela, agora corria para a sala íntima. Ouvi mais disparos. Alguém gritou, ordenando que eu ficasse onde estava. Eu ignorei o comando e me arrastei, indo atrás dele. O sangue jorrava. Não dava para ter certeza, mas deduzi que a bala teria se alojado em algum ponto próximo ao estômago.

Atravessei a porta sem ao menos verificar se era seguro prosseguir. *Vá em frente*, eu pensava, *acabe com esse desgraçado*. Ele já estava próximo à janela. Todo o meu corpo doía e talvez eu já delirasse, mas consegui estender os braços a tempo de agarrar uma de suas pernas. Ele chutou, tentando se desvencilhar, mas não conseguiu e foi ao chão.

Lutamos. Ele não seria páreo para minha raiva. Esmaguei um de seus olhos com o polegar, debilitando-o. Cravei a mão em sua garganta e apertei com toda a força. Ele começou a se debater, distribuindo murros por meu rosto e meu pescoço. Aguentei firme.

– Parado! Solte o homem!

Vozes ao longe. Um alvoroço qualquer. Eu nem sabia ao certo se aquelas vozes seriam mesmo reais. Pareciam o zunir do vento. Talvez eu estivesse tendo alucinações. O sotaque era americano. Familiar, até.

Eu ainda apertava a garganta do sujeito.

– Parado! Já!

Eu estava cercado. Seis, talvez oito homens. A maioria com armas apontadas para mim.

Voltei os olhos para o assassino e percebi uma ponta de escárnio em sua expressão. Meus dedos começavam a relaxar, talvez obedecendo à ordem de soltá-lo ou talvez porque a bala no abdômen começasse a roubar minhas forças. Larguei-o e ele tossiu até recuperar o fôlego.

Então ergueu sua arma.

Exatamente como eu esperava.

Eu já havia sacado a minha. Com a mão esquerda, agarrei seu pulso.

– Não! – gritou o americano de voz familiar.

Mas a essa altura eu sequer me importava em levar outro tiro. Ainda apertando o pulso do sujeito, finquei o cano da arma sob seu queixo e disparei. Algo úmido e pegajoso chuviscou em meu rosto. Larguei a arma e me deixei cair sobre o corpo inerte à minha frente.

Os homens ao redor – muitos deles, a julgar pelo peso – se lançaram sobre mim. Agora que eu já havia feito o que devia, minhas forças e minha vontade de continuar vivo se esvaíam. Podiam me algemar ou fazer o que fosse para me conter, mas não seria necessário. Era o fim. Eles me colocaram de costas no chão. Virei o rosto e vi o corpo imóvel de Terese. Uma dor esmagadora, que até então eu desconhecia, me consumiu.

Seus olhos estavam fechados. Dali a pouco, muito pouco, os meus também estariam.

PARTE DOIS

22

SEDE.

Areia na garganta. Olhos que não se abrem. Ou talvez estejam abertos.
Escuridão total.
Motor zumbindo. Sensação de haver alguém ao meu lado.
– Terese...
Acho que digo isso em voz alta, mas não tenho certeza.

◆◆◆

Próximo fio de memória: a voz de alguém.
Parece muito distante. Não entendo uma única palavra. Ruídos, apenas. O tom
é de irritação. Ela vai se aproximando. Fica mais alta. Agora está em meu ouvido.
Meus olhos se abrem. Vejo branco.
A voz não para de repetir a mesma coisa.
Algo como "*Al-sabr wal-sayf*".
Não entendo as palavras. Teriam sentido? Talvez sejam de outro idioma,
não sei.
– *Al-sabr wal-sayf.*
Alguém está gritando em meu ouvido. Fecho os olhos com força. Quero que pare.
– *Al-sabr wal-sayf.*
O mesmo tom de irritação, incessante. Acho que peço desculpas.
– Ele não está entendendo – diz alguém.
Silêncio.

◆◆◆

Dor. Dor na lateral do corpo.
– Terese... – digo novamente.
Nenhuma resposta.
Onde estou?
Ouço outra voz, mas não entendo o que ela diz.
Sinto-me sozinho, isolado. Estou deitado. Acho que estou tremendo.

◆◆◆

– Vou explicar a você qual é a situação.

Ainda não posso me mexer. Tento abrir a boca, mas ela não obedece. Abro os olhos. Tudo está fora de foco. Tenho a sensação de que minha cabeça inteira está embrulhada em teias de aranha, espessas e pegajosas. Tento arrancá-las. Não consigo.

– Você já trabalhou para o governo, não trabalhou?

É comigo que estão falando? Faço que sim com a cabeça, mas o resto do corpo permanece imóvel.

– Então está a par da existência de lugares como este. Sabe que sempre existiram. Pelo menos deve ter ouvido os boatos.

Nunca acreditei nesses boatos. Talvez depois do 11 de Setembro. Antes, não. Acho que respondo "não", mas talvez apenas em minha cabeça.

– Ninguém sabe que você está aqui. Ninguém irá encontrá-lo. Podemos mantê-lo aqui para sempre. Matá-lo na hora que quisermos. Ou podemos soltá-lo.

Dedos em torno do meu bíceps. Outros no meu pulso. Tento me desvencilhar. Em vão. Sinto uma picada no braço. Não consigo me mexer. Não há nada que eu possa fazer. Lembro-me de quando tinha 6 anos e fui com meu pai a um parque de diversões desses que viajam pelas cidades. Entrei sozinho na Casa dos Horrores. Afinal, já era um rapazinho. Havia espelhos, cabeças de palhaço gigantescas, risadas tenebrosas nos alto-falantes. De repente percebi que estava perdido. Tentei voltar, mas não encontrei a saída. Uma cabeça de palhaço surgiu em meu caminho. Eu comecei a chorar e dei meia-volta. Outra cabeça enorme se pôs a zombar de mim.

É assim que me sinto agora.

Dei um grito e voltei de novo. Chamei por meu pai. Ele invadiu a casa, rasgou uma parede de papelão, me encontrou e foi me consolar.

Papai, pensei. *Ele vai me encontrar. A qualquer instante.*

Mas ninguém apareceu.

◆ ◆ ◆

– Como conheceu Rick Collins?

Conto a verdade. De novo. Estou exausto.

– E como conheceu Mohammad Matar?

– Não sei quem é esse.

– Mas tentou matá-lo em Paris. E o matou em Londres, pouco antes de pegarmos você. Quem mandou você matá-lo?

– Ninguém. Ele me atacou.

Explico. Em seguida, algo horrível me acontece, mas não sei o que é.

◆ ◆ ◆

Estou caminhando. As mãos amarradas às costas. Não vejo muita coisa, só pequenos pontos de luz. Mãos em meus ombros. Empurram-me com força para o chão.

Deitado de costas.

Pernas amarradas. Cinto afivelado em torno do peito. Corpo imobilizado contra a superfície dura.

Não consigo me mexer.

De repente os pontos de luz somem. Acho que dou um grito. É possível que esteja de cabeça para baixo. Não tenho certeza.

Uma mão gigantesca e úmida em meu rosto. Tampa meu nariz, cobre minha boca.

Não consigo respirar. Tento me debater. Pernas e braços amarrados.

Totalmente imobilizado. Alguém está segurando minha cabeça. Não posso sequer virá-la. A mão segura com mais força. Não há ar.

Pânico. Estão me asfixiando.

Tento inspirar. Minha boca se abre. Ar. Preciso de ar. Não consigo. A água entra pela minha garganta, sobe pelo nariz.

Engasgo. Os pulmões ardem, prestes a explodir. Os músculos urram. Preciso me mexer. Não consigo. Não há saída.

Não há ar.

Morrendo.

◆ ◆ ◆

Ouço alguém chorando baixinho. Sou eu.

De repente, uma dor lancinante.

Minhas costas se arqueiam. Os olhos se arregalam. Eu grito.

– Deus, por favor...

A voz sai da minha boca, mas não a reconheço. Estou fraco, muito fraco. Um fiapo de gente.

◆ ◆ ◆

– Temos algumas perguntas para lhe fazer.

– Por favor, já respondi todas as perguntas.

– São outras.

– Depois posso ir?

O tom é de súplica.

– É sua única esperança.

◆ ◆ ◆

Acordo assustado com uma luz forte acima de mim.

Os olhos piscam, o coração dispara. Não consigo respirar direito. Não sei onde estou. Viajo para o passado recente. Qual é a última coisa de que me lembro? Finquei a arma no queixo do desgraçado e puxei o gatilho.

Há algo mais ali, nos arredores da minha memória, fora de alcance. Talvez um sonho. Isto é comum: acordamos de um pesadelo e, por um segundo, as imagens continuam vívidas, mas logo vão se dissipando como fumaça, apesar do nosso esforço para retê-las. É o que está acontecendo comigo agora: tento em vão congelar as imagens de um pesadelo recente.

– Myron?

A voz é tranquila, modulada. Ela me assusta. Faz meus músculos se retesarem. Eu me sinto terrivelmente envergonhado, mas não sei bem por quê.

Até a meus próprios ouvidos minha voz parece submissa demais ao dizer:

– Sim?

– Você não vai se lembrar do que aconteceu aqui. É melhor assim. Ninguém acreditaria em você, de qualquer forma. E, mesmo que acreditasse, nunca nos encontraria. Você não sabe onde estamos. Não viu nossos rostos. E lembre-se de uma coisa: podemos ir atrás de você a qualquer momento. Não só de você. De sua família também. Seus pais, em Miami. Seu irmão, na América do Sul. Está entendendo?

– Estou.

– Vire essa página e tudo acabará bem para você, o.k.?

Respondo que sim com a cabeça. Meus olhos se reviram para trás. A escuridão retorna.

23

ACORDEI ASSUSTADO.

O que não era comum. Meu coração disparava no peito. O pânico mostrava as garras, dificultando a respiração. Tudo isso antes mesmo que eu abrisse os olhos.

Quando enfim os abri e olhei ao meu redor, meu coração diminuiu o ritmo e o pânico foi embora. Esperanza estava em uma cadeira, concentrada em seu iPhone, os dedos dançando no teclado. Com certeza ocupada com algum de nossos clientes. Gosto do nosso trabalho, mas ela *adora*.

Fiquei quieto por alguns minutos, contemplando-a sem dizer nada, porque a simples presença de um rosto familiar me fazia um bem enorme. Esperanza estava usando brincos de argola e blusa branca com terninho cinza. Seus cabelos negros haviam sido puxados para trás das orelhas. As cortinas atrás dela estavam abertas. Já era noite.

– Que cliente você está atendendo? – perguntei.

Ao me ouvir, ela arregalou os olhos, largou o iPhone sobre a mesinha e correu para o meu lado.

– Meu Deus, Myron! – exclamou. – Meu Deus...

– Que foi? Estou morrendo?

– Não, por quê?

– Você veio correndo. Geralmente é bem mais lenta.

Ela começou a chorar e beijou meu rosto. Esperanza jamais chorava.

– É, só posso estar morrendo.

– Não seja idiota!

Esperanza secou as lágrimas com as mãos, me abraçou e de repente disse:

– Não, espere aí. Mudei de ideia. Seja idiota, sim. Continue sendo esse amor de idiota que sempre foi!

Olhando melhor, vi que estava em um quarto de hospital bastante comum.

– Desde quando você está aí? – perguntei.

– Não faz muito tempo – respondeu ela, ainda abraçada a mim. – Do que você se lembra?

Refleti. Karen e Terese sendo baleadas. O sujeito que atirou nelas. Eu matando o sujeito. Engoli em seco e, criando coragem, perguntei:

– Como está Terese?

Esperanza soltou o abraço e se ergueu.

– Não sei – disse.

Não era bem essa a resposta que eu esperava.

– Como não sabe?

– É meio difícil de explicar. Qual é a última coisa de que você se lembra?

– Minha última lembrança é de quando matei o desgraçado que atirou em Terese e Karen. Depois, um bando de gente pulou em cima de mim.

Ela apenas balançou a cabeça.

– Também levei um tiro, não levei?

– Levou – confirmou ela.

Isso explicava o hospital.

Esperanza se debruçou na cama e sussurrou em meu ouvido:

– Olhe, preste bem atenção. Se aquela porta se abrir, se uma enfermeira entrar ou qualquer coisa assim, não diga nada na frente dela, entendeu?

– Não.

– Ordens do Win. Obedeça e pronto.

– Tudo bem – disse. Dali a pouco perguntei: – Você viajou para Londres só para ficar comigo?

– Não.

– Como não?

– Confie em mim, o.k.? Não se apresse. Do que mais você se lembra?

– De nada.

– Nada desde que levou um tiro?

– Onde está Terese?

– Já disse, não sei.

– Isso não faz sentido. Como é possível você não saber de uma coisa dessas?

– É uma longa história.

– Que tal começar a contá-la?

Esperanza me encarou com seus olhos verdes. Não gostei do que vi dentro deles. Tentando me sentar na cama, perguntei:

– Por quanto tempo fiquei apagado?

– Também não sei.

– Repetindo: como é possível você não saber de uma coisa dessas?

– Para início de conversa, você não está em Londres.

Congelei. Olhei ao redor pelo quarto, em busca de uma pista qualquer. Encontrei no cobertor. Uma logomarca com o nome do hospital: NEW YORK-PRES-BYTERIAN. Aquilo era impossível.

– Estou em Manhattan?

– Está.

– Fui mandado para cá de avião?

Ela não disse nada.

– Esperanza!

– Não sei.

– Bem, há quanto tempo estou neste hospital?

– Talvez algumas horas, não tenho certeza.

– Você não está falando coisa com coisa.

– Também não sei da história toda, tá? Recebi um telefonema duas horas atrás, dizendo que você estava aqui.

Eu estava confuso e as explicações dela não ajudavam em nada.

– Duas horas?

– É.

– E antes disso?

– Até o telefonema – disse Esperanza –, não fazíamos a menor ideia de onde você estava.

– Não "fazíamos"?

– Nem eu, nem o Win, nem seus pais...

– Meus pais?

– Não precisa se preocupar. Menti para eles. Falei que você estava na África, em um lugar em que era difícil conseguir uma ligação telefônica.

– Nenhum de vocês sabia onde eu estava?

– Não.

– Quanto tempo faz isso? – perguntei.

Ela apenas olhou para mim.

– Quanto tempo, Esperanza?

– Dezesseis dias.

Caramba! Eu havia ficado perdido no mundo por 16 dias. Tentei vasculhar a memória mais a fundo. Meu coração disparou e o pânico me tomou novamente.

"Vire essa página e..."

– Myron?

– Lembro que fui preso.

– Certo.

– Você disse que isso foi há 16 dias?

– Sim.

– Vocês não acionaram a polícia inglesa?

– Eles também não sabiam onde você estava.

Eu tinha um milhão de perguntas a fazer, mas a porta se abriu, interrompendo nossa conversa. Esperanza lançou um olhar de advertência na minha direção. Fiquei mudo. Uma enfermeira entrou e disse:

– Ora, ora, finalmente você acordou.

Antes que a porta batesse, alguém a empurrou novamente.

Meu pai.

Algo parecido com alívio invadiu meu corpo assim que vi aquele homem, o *meu* velho. Ele parecia arfar, decerto porque havia corrido para ver o filho. Mamãe entrou em seguida. Minha mãe tem o hábito de correr ao meu encontro, mesmo nas visitas mais banais, como se eu fosse um prisioneiro de guerra recém-libertado. E foi o que fez, tirando a enfermeira de seu caminho. Eu costumava revirar os olhos sempre que ela agia assim, mas no íntimo gostava. Dessa vez não revirei os olhos.

– Estou bem, mãe. Pode acreditar.

Papai ficou quieto por um tempo, como sempre fazia. Seus olhos estavam úmidos e vermelhos. Dava para ver em seu rosto que ele não havia engolido aquela história sobre eu estar na África e sem telefone. Ele provavelmente havia ajudado a convencer minha mãe, mas sabia que se tratava de uma mentira.

– Você está tão magrinho... – mamãe disse. – Não lhe deram comida lá?

– Deixe o Myron em paz – interveio papai. – Ele está ótimo.

– Mas não parece. Está magro. Pálido. E por que está nessa cama de hospital?

– Já disse – respondeu papai. – Não prestou atenção, Ellen? Intoxicação alimentar. Um piriri, só isso. Logo, logo ele vai estar bem.

– O que você estava fazendo em Sierra Madre, afinal?

– Serra Leoa – corrigiu papai.

– Achei que fosse Sierra Madre.

– Confundiu com o filme.

– É aquele que Humphrey Bogart e Katharine Hepburn fizeram?

– Não, esse aí é *Uma aventura na África*.

– Ah, é – exclamou mamãe, finalmente percebendo a confusão.

Então se afastou da cama para dar espaço a papai. Ele se aproximou de mim, afastou os cabelos da minha testa e beijou meu rosto, arranhando-me com a barba por fazer. Era reconfortante sentir seu cheiro de Old Spice.

– Você está bem? – perguntou.

Fiz que sim com a cabeça, mas vi que ele não acreditou.

De uma hora para outra, ambos me pareciam velhos demais. Mas a vida é assim, não é? A gente passa um tempo sem ver uma criança e fica espantado com o crescimento dela. A gente passa um tempo sem ver um idoso e fica espantado com o envelhecimento dele. Acontece a toda hora. Quando meus pais tão fortes teriam se tornado idosos? Mamãe já tremia por conta do Parkinson. Estava cada vez pior. A cabeça, sempre um tantinho excêntrica, começava a resvalar para algo mais grave. Papai estava relativamente bem, apesar de alguns sustos cardíacos, mas ambos me pareciam incrivelmente velhos.

"Seus pais, em Miami..."

De novo a palpitação e a dificuldade para respirar.

– Myron? – chamou papai, assustado.

– Estou bem.

Então a enfermeira assumiu o comando. Meus pais abriram caminho para que ela colocasse um termômetro em minha boca e tomasse meu pulso.

– O horário de visitas já terminou – informou ela. – Agora vocês precisam ir.

Eu não queria que eles fossem. Não queria ficar sozinho. O medo invadiu meu peito. Fiquei envergonhado por isso. Assim que a enfermeira recolheu o termômetro, fabriquei um sorriso e, talvez animado demais, falei:

– Tentem dormir um pouco. A gente se vê amanhã de manhã.

Olhei para meu pai e percebi em seu rosto a mesma descrença de antes. Ele sussurrou algo para Esperanza, que assentiu e acompanhou mamãe até o corredor. À porta, a enfermeira se virou para ele e disse:

– O senhor também precisa sair.

– Quero ficar sozinho com meu filho um instante.

Ela hesitou, depois disse:

– Dois minutos.

Agora estávamos a sós. Papai perguntou:

– Que foi que aconteceu?

– Não sei, pai.

Ele arrastou a cadeira para junto da cama e tomou minha mão.

– Você não acreditou que eu estivesse na África, acreditou? – perguntei.

– Não.

– E a mamãe?

– Eu falava que você tinha ligado sempre que ela saía.

– E ela acreditava?

Papai deu de ombros.

– Nunca menti para a sua mãe. Então, sim, acho que ela acreditava. Sua mãe já não está tão lúcida como antes.

Permaneci calado e a enfermeira voltou.

– Agora o senhor precisa ir.

– Não – protestou papai.

– Por favor, não me obrigue a chamar a segurança.

Mais uma vez o pânico se instalou em meu peito.

– Tudo bem, pai. Estou bem. Vá dormir.

Ele me fitou por um momento, depois se virou para a enfermeira.

– Querida, como você se chama?

– Regina.

– Regina do quê?

– Regina Monte.

– Eu me chamo Al, Regina. Al Bolitar. Você tem filhos?

– Duas meninas.

– Este aqui é meu filho, Regina. Pode chamar a segurança, se quiser. Mas não vou deixar meu filho sozinho.

Pensei em intervir, mas permaneci calado. A enfermeira nos deu as costas e foi embora. Não chamou nenhum segurança. Papai passou a noite inteira na cadeira a meu lado. Pegou água para mim, ajeitou minhas cobertas. Quando

155

gritei durante o sono, ele me reconfortou, afagou minha cabeça e disse que tudo ficaria bem. E, por alguns segundos, eu acreditei.

24

WIN LIGOU BEM CEDO pela manhã.

– Vá para o escritório – falou. – Não faça nenhuma pergunta.

E desligou na minha cara. Ele às vezes me dá nos nervos.

Papai descera à confeitaria do outro lado da rua, porque o café da manhã do hospital era tão atraente que, se fosse servido a macacos no zoológico, eles com certeza o arremessariam contra os visitantes. Enquanto ele estava fora, o médico passou no quarto e me deu um glorioso atestado de saúde. Sim, eu havia levado um tiro. A bala havia atravessado meu abdômen, acima do quadril, pelo lado direito, mas o ferimento havia sido devidamente tratado.

– Foi alguma coisa que teria exigido 16 dias de internação? – perguntei.

Ele me encarou de um modo estranho – afinal, eu havia surgido do nada naquele hospital, inconsciente e com um tiro no abdômen, e agora falava em 16 dias de internação. Aposto que ele estava avaliando se deveria me encaminhar a um psicólogo.

– Hipoteticamente falando – acrescentei, lembrando-me da recomendação de Win.

Depois disso, parei de fazer perguntas e comecei a apenas sacudir a cabeça e concordar com tudo.

Papai ficou comigo enquanto providenciavam os papéis da alta. Esperanza havia deixado um terno para mim no armário. Colocá-lo fez com que me sentisse um pouco melhor. Queria tomar um táxi, mas papai insistiu em me levar. Ele já foi um excelente motorista. Lembro-me de, ainda criança, admirar sua tranquilidade ao dirigir na estrada, sempre ouvindo rádio e assobiando baixinho, movendo apenas o punho para girar o volante. Agora ele sempre deixa o rádio desligado, franze as pálpebras para enxergar melhor e pisa no freio com frequência.

Assim que chegamos ao edifício Lock-Horne, na Park Avenue (só para lembrar, o nome completo de Win é Windsor *Horne Lock*wood III), papai disse:

– Quer que eu vá com você?

Às vezes meu pai me deixa realmente boquiaberto. Ser um bom pai requer bom senso e equilíbrio, mas como é possível que um homem se saia tão bem nesses quesitos, e tão naturalmente? Papai sempre me incentivou em tudo na vida, mas jamais exagerou na dose. Ficava feliz com minhas conquistas, mas nunca fazia com que parecessem importantes demais. Não exigia nada em troca de seu amor, mas ainda assim eu sempre desejava agradá-lo de alguma forma. Sabia, como agora, o momento certo de estar presente e o de me dar espaço.

– Não precisa. Estou bem.

Ele assentiu e beijei novamente seu rosto áspero, notando a flacidez recente. Desci do carro e entrei no prédio. O elevador se abre diretamente para meu escritório. Big Cyndi se encontrava à sua mesa. Usava marias-chiquinhas e uma roupa que poderia ter saído do figurino de Bette Davis em *O que terá acontecido a Baby Jane?*. Big Cyndi é... bem, digamos que ela é *big* em todos os sentidos. Como disse antes, ela tem 1,95m e pesa 130 quilos. Seus pés e mãos são enormes e a cabeça é igualmente grande. Perto dela, a mobília parece ter sido comprada em uma loja de brinquedos infantis – como em *Alice no país das maravilhas*, a sala e todos os móveis parecem encolher ao seu redor.

Ela se levantou ao me ver, quase derrubando a mesa, e exclamou:

– Sr. Bolitar!

– E aí, Big Cyndi?

Ela não gosta que eu a chame de Cyndi ou de... hum, Big. Insiste no tratamento formal. Sou o Sr. Bolitar e ela é Big Cyndi – que, aliás, é mesmo seu nome. Faz mais de 10 anos que o adotou legalmente.

Com uma agilidade incomum para seu tamanho, Big Cyndi atravessou a sala e me apertou em um abraço, paralisando-me como se eu tivesse sido mumificado com fibras de isolamento térmico. No bom sentido, claro.

– Ah, Sr. Bolitar!

Ela começou a choramingar, fazendo sons que lembravam as cenas de acasalamento de alces que aparecem no Discovery Channel.

– Estou bem, Big Cyndi.

– Mas alguém atirou no senhor!

Sua voz mudava de acordo com o estado de espírito. Nas primeiras semanas de trabalho, Big Cyndi não falava: preferia rosnar. Os clientes reclamavam, mas sempre pelas costas dela e geralmente sem se identificar. Pois agora ela havia falado com a estridência e infantilidade de uma pré-adolescente, o que era mais assustador do que qualquer rosnado.

– Eu também atirei nele. Só que ele ficou pior.

Ela desfez o abraço e começou a rir, cobrindo a boca com uma manzorra do tamanho de um pneu de trator. O som das risadas ecoou pela sala e criancinhas de três estados vizinhos devem ter corrido assustadas para o colo das mães.

157

Esperanza surgiu à porta. Ela e Big Cyndi haviam sido parceiras de luta livre nos campeonatos da ANIL (Associação Nossas Incríveis Lutadoras). Inicialmente, em vez de "incríveis", haviam pensado em "amadas", mas a sigla resultante acabou levando à escolha de outra palavra.

Esperanza, com sua pele morena e roupas que poderiam ser consideradas provocadoras (e, a julgar pela reação dos locutores, eram mesmo), lutava sob a alcunha de Pequena Pocahontas, a beldade que se valia apenas da técnica para combater as megeras que não hesitavam em trapacear para levar a melhor. Quando isso acontecia, Big Cyndi – ou Grande Chefe-mãe – corria em seu socorro e, juntas, elas venciam as trapaceiras siliconadas e, em geral, apenas levemente vestidas, para delírio da plateia.

Muito divertido.

– Temos muito trabalho pela frente – disse Esperanza.

Nosso espaço era relativamente pequeno. Havia apenas a recepção e mais duas salas, uma para mim e outra para Esperanza. Ela havia começado ali como secretária, ou "assistente", ou qualquer outro termo politicamente correto para "pau para toda obra". Fazia a faculdade de direito à noite e, mais ou menos na época em que pirei e fugi para o Caribe com Terese, já era minha sócia na empresa.

– O que você falou para os clientes? – perguntei.

– Que você havia sofrido um acidente de carro no exterior.

Ótimo. Fomos para a sala dela. Os negócios haviam descarrilado um pouco desde meu sumiço. Havia muitas ligações a fazer. Todas foram feitas. Conseguimos manter a grande maioria dos clientes, mas alguns acabaram nos deixando, ressentidos por passarem duas semanas sem conseguir falar com seu agente. O que é bastante compreensível. Neste negócio, o lado pessoal importa. Os clientes precisam de atenção e de serem bajulados. Querem se sentir únicos, porque isso é parte da ilusão deles. E quando seu agente some, ainda que por um bom motivo, a magia se desfaz.

Eu queria perguntar sobre Terese e Win, um milhão de coisas, mas me lembrei do que ele tinha dito ao telefone. Então mergulhei no trabalho e confesso que isso me fez bem. Eu não saberia dizer o motivo, mas estava um tanto aflito. Chegara ao ponto de roer as unhas, coisa que não fazia desde a pré-adolescência, e procurar casquinhas de machucado pelo corpo para futucar. De algum modo, o trabalho foi terapêutico.

Assim que pude, fiz algumas buscas na internet com os nomes de Terese Collins, Rick Collins e Karen Tower. De início pesquisei os três nomes juntos, mas não encontrei nada. Depois, apenas o de Terese. Sobre ela havia muito pouco, e tudo relacionado a seu trabalho na CNN. Alguém ainda mantinha um site chamado "Terese, a TeleGata", com fotos e tudo, quase todas de rosto, além de alguns vídeos de noticiários, mas fazia três anos que o site não era atualizado.

Em seguida abri o Google Notícias e busquei os nomes de Rick e Karen.

Não esperava encontrar muita coisa, talvez um obituário, mas não foi o que aconteceu. Havia dezenas de notícias, a maioria delas coletadas de jornais do Reino Unido. Elas me deixaram horrorizado, mas faziam sentido, mesmo que de uma forma bizarra.

REPÓRTER E MULHER ASSASSINADOS POR TERRORISTAS
Célula é desmontada e integrantes são mortos no tiroteio

Comecei a ler e dali a pouco Esperanza entreabriu a porta:

– Myron?

Ergui o indicador, sinalizando que ela esperasse um instante.

Ela se aproximou da mesa e espiou o que eu lia. Então suspirou e se sentou.

– Você já sabia disso? – perguntei.

– Claro.

Segundo os artigos, "forças especiais de combate ao terrorismo internacional" haviam enfrentado e "eliminado" o lendário terrorista Mohammad Matar, também conhecido como "Dr. Morte". Mohammad havia nascido no Egito, mas fora educado nas melhores escolas da Europa, inclusive na Espanha (daí o nome, composto de um prenome islâmico e do verbo em espanhol, como uma espécie de apelido), e de fato era médico, com formação nos Estados Unidos. Os combatentes também haviam matado pelo menos três outros integrantes da célula dele: dois em Londres e um em Paris.

Havia também uma foto do terrorista, a mesma que Berleand tinha enviado para meu celular. Por um instante contemplei o homem que, para usar o jargão dos jornalistas, eu havia eliminado.

As matérias informavam ainda que o repórter Rick Collins havia se aproximado da célula de Matar com o objetivo de se infiltrar nela e mais tarde denunciá-la, mas sua identidade havia sido descoberta. Ele fora assassinado em Paris por Matar e seus "seguidores" e, apesar de um deles ter sido morto, Matar conseguira despistar a polícia francesa e seguir para Londres com o objetivo de apagar todos os rastros que pudessem incriminar sua célula e delatar seu "perverso complô terrorista". Para isso, ele assassinara Mario Contuzzi, parceiro de Rick Collins por muitos anos na CNN, e Karen Tower, esposa do jornalista. Fora na residência do casal que ele e dois de seus companheiros haviam encontrado seu fim.

Ergui o rosto e olhei para Esperanza.

– Terroristas?

Ela fez que sim com a cabeça.

– Isso explica o frisson da Interpol quando mostramos aquela foto.

– Sim.

– E Terese, onde está?

– Ninguém sabe.

Recostei-me na cadeira e tentei digerir aquilo.

– Estão dizendo aqui que os terroristas foram mortos por agentes do governo.

– Sim.

– Só que não foram.

– É verdade. Foi você que os matou.

– Eu e Win.

– Correto.

– Mas não mencionaram nossos nomes.

– Não, não mencionaram.

Fiquei pensando nos 16 dias, em Terese, nos exames de DNA, na garota de cabelos claros.

– Que diabos está acontecendo?

– Não sei dos detalhes – disse Esperanza. – Na verdade, nem procurei me informar.

– Por que não?

Balançando a cabeça, ela disse:

– Às vezes você é tão tapado...

Esperei pelo que viria depois.

– Você levou um tiro. Win assistiu a tudo. E ficamos sem nenhuma notícia sua por mais de duas semanas. Nem sabíamos se você estava vivo ou morto. Nada.

Não me contive e abri um sorriso.

– E pode ir tirando esse risinho da cara.

– Você estava preocupada comigo.

– Estava preocupada com o meu negócio.

– Você me adora.

– Você me enche o saco.

– Mas uma coisa eu ainda não entendo – falei. – Por que não consigo me lembrar de onde estava?

"Vire essa página..."

160

Minhas mãos começaram a tremer. Olhei para elas. Tentei fazê-las parar, mas não consegui. Esperanza também as observava.

– Diga – falou ela. – Do que é que você se lembra?

Minha perna começou a formigar. Senti algo estranho no peito. O pânico se instalou.

– Você está bem?

– Um pouco de água seria bom – falei.

Esperanza saiu e dali a pouco voltou com um copo. Bebi aos poucos, como se receasse engasgar. Olhei para as mãos. Ainda tremiam. Eu não conseguia acalmá-las. Que diabos havia de errado comigo?

– Myron?

– Estou bem – falei. – E agora, o que temos a fazer?

– Temos alguns clientes precisando de nós.

Olhei para ela.

Esperanza exalou um suspiro e disse:

– Talvez você precise de um tempinho.

– Para quê?

– Para se recuperar.

– Me recuperar de quê? Estou bem, já disse.

– Ah, claro, seu aspecto está ótimo. Esse tremor aí nas suas mãos é puro charme, não é? E esse tique no rosto que você arrumou? Muito, muito sexy.

– Não preciso de "tempinho" nenhum, Esperanza.

– Precisa, sim.

– Terese está desaparecida.

– Ou morta.

– Está tentando me deixar abalado?

Ela deu de ombros.

– Mesmo que Terese esteja morta – falei –, preciso encontrar a filha dela.

– Não no estado em que você está.

– Vai ter de ser.

Ela não disse nada.

– Que foi?

– Acho que você ainda não está pronto.

– Você não tem que achar nada.

Ela refletiu um instante.

– É, acho que não – disse.

– Então?

– Pois bem. Tenho um material novo sobre o médico que Collins consultou, um especialista na doença de Huntington, e sobre a tal Fundação Salvem os Anjos.

– Tipo o quê?

– Fica para depois. Se você está realmente falando sério, se de fato está pronto, precisa ligar para este número aqui, deste aparelho.

Ela me entregou um celular e saiu da sala, fechando a porta. Examinei o número. Não o conhecia, mas isso era de esperar. Liguei.

Dois toques depois, uma voz familiar atendeu:

– Bem-vindo de volta ao mundo dos vivos, companheiro. Precisamos nos encontrar em um local seguro. Acho que temos muito o que conversar.

Era Berleand.

25

O "LOCAL SEGURO" DE BERLEAND era um endereço no Bronx.

A rua era um buraco e o local em si, um antro. Conferi o endereço novamente, mas não havia erro. Era uma boate de striptease com uma placa que contradizia o que meus olhos viam: LUXO & PRAZER. Uma placa menor, em letras de neon, acrescentava: RELAX DE ALTO NÍVEL PARA EXECUTIVOS. No caso em questão, "alto nível" não era apenas um paradoxo, mas também uma expressão irrelevante. Dizer que uma boate de striptease é de "alto nível" é o mesmo que dizer que uma peruca masculina é bonita. Pode até ser bonita, mas não deixa de ser uma peruca.

O lugar era escuro e não tinha janelas, de modo que, quando cheguei, ao meio-dia, o breu poderia muito bem ser o da meia-noite.

Um negro parrudo, de cabeça raspada, veio me receber.

– Em que posso ajudar?

– Estou procurando por um francês, 50 e poucos anos.

Ele cruzou os braços diante do peito e disse:

– Só às terças-feiras.

– Não, você não...

– Entendi, sim.

Segurando o riso, ele ergueu sua tora de braço – que tinha um D tatuado em verde no bíceps – e apontou para a pista de dança. Era de esperar que Berleand estivesse escondido em um canto discreto, mas não, lá estava ele, de cara para o palco, os olhos grudados no... digamos, entretenimento.

– É aquele o seu francês?

– É.

O segurança se virou para mim. O crachá informava seu nome: ANTHONY. Eu dei de ombros. Ele, fazendo cara de paisagem, perguntou:

– Há mais alguma coisa que eu possa fazer pelo senhor?

– Pode dizer que não pareço o tipo de homem que frequenta um lugar desses, sobretudo durante o dia.

Anthony sorriu e disse:

– Sabe qual é o tipo de homem que não frequenta um lugar desses, sobretudo durante o dia?

Esperei pela resposta.

– Os que são cegos.

Enquanto ele se afastava, fui ao encontro de Berleand, que estava recostado no balcão do bar. Beyoncé berrava a plenos pulmões nas caixas de som, dizendo ao namorado que ele não fazia ideia da mulher que tinha, que havia uma fila de pretendentes esperando por ela e que o infeliz era absolutamente substituível. Era uma indignação meio idiota. Pelo amor de Deus, você é a Beyoncé. É linda, rica e famosa. Dá carros e roupas caríssimas para os namorados. Não dá para acreditar que seria difícil arrumar alguém.

No palco, a dançarina de seios à mostra rebolava de um modo que poderia ser chamado de lânguido depois que ela tomasse uns dois litros de café para acordar. Seu olhar de tédio dava a impressão de que a moça estava assistindo à TV Senado e usando o poste à sua frente não como um instrumento de trabalho, mas como um apoio para não cair. Não quero dar uma de santo, mas não consigo entender qual é o apelo desses lugares. Eles simplesmente não me dizem nada. Não que as mulheres sejam feias – algumas são, outras não. Uma vez conversei sobre isso com Win (falar sobre o sexo oposto com ele é sempre um erro) e cheguei à conclusão de que não consigo me deixar levar pela fantasia. Talvez seja uma deformação de caráter da minha parte, mas preciso acreditar que a mulher que está comigo realmente me deseja. Win está pouco se lixando. Eu até entendo o sexo pelo sexo, mas meu ego não permite que uma relação sexual se misture com comércio, ressentimentos e problemas sociais.

Podem me chamar de careta.

Berleand estava usando sua jaqueta estilo anos 1980. A toda hora ajeitava os óculos e sorria para a dançarina entediada. Sentei-me a seu lado. Ele se virou para mim, limpou as mãos como de costume e me avaliou por um instante.

– Você está horrível – disse.

– Mas você está ótimo – retruquei. – Hidratante novo?

Ele apenas jogou alguns amendoins na boca.

– Então, é este o seu "local seguro"?

Berleand deu de ombros.

– Mas por que aqui? – perguntei. Depois, pensando melhor: – Tudo bem, já sei. Ninguém suspeitaria de um buraco desses, certo?

– Certo. Mas não é só isso. Também gosto de ver essas mulheres nuas.

Ele se virou para a dançarina. Achei que já era hora de irmos ao ponto.

– Terese está viva? – perguntei.

– Não sei.

Seguiu-se um momento de silêncio. Roí as unhas por um tempo, depois comentei:

– Você bem que avisou. Disse que eu não estava preparado para enfrentar a situação sozinho.

Berleand continuou olhando para a dançarina.

– Eu devia ter ouvido você.

– Não ia fazer muita diferença. Teriam matado Karen Tower e Mario Contuzzi de qualquer maneira.

– Mas não teriam matado Terese.

– Pelo menos você pôs fim a essa história. A mancada foi deles, não sua.

– Deles quem?

– Bem, até certo ponto, minha.

Berleand tirou os óculos, grandes demais para seu rosto, e esfregou os olhos.

– Há diversos nomes para nossa função. Segurança Nacional talvez seja o mais conhecido. Como você já deve ter deduzido, sou uma espécie de aliado francês nisso que seu governo tem chamado de "guerra ao terror". Os britânicos deveriam ter prestado mais atenção.

Uma garçonete peituda, com um decote que ia mais ou menos até os joelhos, se aproximou e disse:

– Aceitam champanhe?

– Isso não é champanhe – devolveu Berleand.

– Hein?

– É produzido na Califórnia.

– E daí?

– Só existe champanhe francês. Não sei se você sabe, mas Champagne é uma região da França, não é só o nome de uma bebida. Essa garrafa que está na sua mão é o que as pessoas desprovidas de paladar chamam de espumante.

A moça revirou os olhos.

– O senhor aceita um espumante?

– Querida, isso aí não deveria ser usado nem para lavar a boca de um cachorro.

Berleand ergueu o copo vazio.

– Por favor, me traga mais um desses uísques absurdamente aguados – pediu ele, virando-se para mim em seguida. – E você, o que vai querer?

Dificilmente venderiam achocolatado ali.

– Uma Coca diet.

Esperei que a garçonete rebolativa se afastasse, depois disse:

– Então, o que aconteceu?

– Até onde diz respeito ao meu pessoal, o caso está encerrado. Rick Collins tropeçou em um complô terrorista. Foi assassinado em Paris pelos terroristas, que também mataram em Londres duas pessoas ligadas a ele, antes de serem mortos. Por ninguém menos que *você*.

– Não vi meu nome nos jornais.

– Queria o quê? Aplausos?

– Não é isso. Mas fiquei me perguntando que motivo haveria para omitir meu nome.

– Pense bem.

A garçonete voltou.

– Korbel é champanhe, sabichão. E é produzido na Califórnia.

– Korbel deveria ser considerado desinfetante. Seria mais justo.

Ela nos entregou os drinques e foi embora.

– A intenção do governo não foi ganhar o mérito – continuou Berleand. – Havia dois bons motivos para omitir seu nome. Primeiro, a sua segurança. Até onde sei, Mohammad Matar tinha um problema pessoal com você. Você matou um dos homens dele em Paris. Ele queria que você o visse matar Karen Tower e Terese Collins, para depois matá-lo também. Caso se tornasse público que foi você quem deu cabo do Dr. Morte, os comparsas dele iam querer se vingar. Em você ou em sua família.

Berleand sorriu para a dançarina e estendeu a mão para mim.

– Tem dinheiro trocado aí?

Abri a carteira.

– E o segundo motivo? – perguntei.

– Se você não estava lá, na cena dos assassinatos em Londres, então o governo não precisa dizer por onde você andou nas duas semanas em que sumiu do mapa.

A angústia voltou. Balancei a perna, olhei a meu redor, pensei em me levantar. Berleand não fez qualquer comentário.

– Sabe para onde me levaram? – perguntei.

– Faço uma ideia. E você também.

– Não, não faço a menor ideia.

– Não se lembra de absolutamente nada que aconteceu nas duas últimas semanas?

Não respondi. Senti um aperto no peito, não conseguia respirar direito. Peguei minha Coca-Cola e comecei a beber pequenos goles.

– Você está tremendo – observou Berleand.

– E daí?

– Você teve algum pesadelo na noite passada?

– Tive. Sonhei que estava em um hospital. Por quê?

– Já ouviu falar de "sono do crepúsculo"?

Pensei um pouco.

– Tem algo a ver com gravidez, não tem?

– Na verdade, com o parto. Era um procedimento bastante popular nos anos 1950 e 1960. A tese era a seguinte: por que as mães deveriam enfrentar dores tão terríveis para dar à luz? Então, injetavam nas mulheres uma combinação de morfina e escopolamina. Em alguns casos, a mãe apagava completamente. Em outros, como era para ser, a morfina atenuava as dores e a combinação das duas drogas fazia com que a mãe não se lembrasse de nada. Chamavam isso de amnésia induzida, ou "sono do crepúsculo". A prática não vingou, não só porque muitas vezes o bebê nascia meio entorpecido, mas também porque na época havia todo aquele papo de "viver o momento". Não sei qual a vantagem de viver o momento quando se trata de um parto doloroso, mas também nunca dei à luz.

– E o que isso tem a ver comigo?

– Vou chegar lá. Tudo isso aconteceu nas décadas de 1950 e 1960. Mais de meio século atrás. De lá para cá, a ciência teve muito tempo para desenvolver outras drogas, muito mais eficazes. Imagine só o que se pode fazer hoje! Em tese, é possível manter uma pessoa em cativeiro por não sei quanto tempo, sem que ela se lembre de nada depois.

Berleand ficou olhando para a minha cara. Eu não era tão lento de raciocínio assim.

– E foi o que aconteceu comigo?

– Não sei o que aconteceu com você. Você já ouviu falar nos "buracos negros" da CIA, não?

– Claro que já.

– E acredita que eles existam?

– Lugares para onde a CIA leva prisioneiros e ninguém fica sabendo? É, acho que sim.

– Acha? Não seja ingênuo. O próprio Bush admitiu a existência deles. Mas esses lugares não surgiram com o 11 de Setembro, nem desapareceram depois das ações do Congresso. Imagine só o tipo de coisa que podem fazer com um prisioneiro se depois ele for induzido a uma amnésia! Podem interrogar alguém durante horas e obrigar a dizer ou fazer o que quer que seja, porque o sujeito não vai se lembrar de nada. Essas drogas faziam as mulheres se esquecerem das dores do parto, e dizem que não há dor pior.

Minha perna começou a tremer contra minha vontade.

– Muito sinistro.

– Acha mesmo? Digamos que você prenda um terrorista. Há toda uma polêmica sobre ser aceitável ou não torturar alguém quando você sabe que a pessoa pode detonar uma bomba e matar muita gente. Bem, e se ela não for se lembrar de nada? Será que isso faz da tortura uma prática mais ética? Você provavelmente passou por um interrogatório violento, meu caro amigo. Talvez até tenha sido torturado. Mas não se lembra de nada. Nesse caso, a coisa aconteceu ou não?

– Como a árvore que cai na floresta quando não tem ninguém olhando – falei.

– Exatamente.

– Ah, os franceses e sua mania de filosofar...

– Somos mais que a pequena morte de Sartre, sabia?

– Só que, infelizmente, não estou levando muita fé nessa história – falei, ajeitando-me no banco.

– Também não tenho certeza de nada. Mas pense bem. Pense nas pessoas que somem de repente e nunca mais aparecem. Nas pessoas que são produtivas e saudáveis e de repente se veem mendigando na rua, com distúrbios mentais ou tendências suicidas. Nos caras absolutamente normais que, de uma hora para outra, começam a sofrer de estresse pós-traumático ou falar que foram abduzidos por extraterrestres.

"Vire essa página..."

Mais uma vez comecei a lutar para conseguir levar oxigênio aos pulmões. Uma corda havia laçado meu peito.

– Não pode ser tão simples assim – falei.

– Não é. Como eu disse, pense nas pessoas que de repente ficam psicóticas ou na gente absolutamente racional que sai por aí de uma hora para outra dizendo ter passado por êxtases religiosos ou visto alienígenas. Aí eu pergunto novamente: será que um trauma esquecido é moralmente aceitável se for em nome de uma causa maior? Os homens que comandam esses buracos negros não se veem como pessoas do mal. Acham que estão agindo de forma ética.

Levei a mão ao rosto. Lágrimas rolavam e eu não sabia por quê.

– Veja a coisa pelo ponto de vista deles – continuou Berleand. – O homem que você matou em Paris, o companheiro de Mohammad Matar... O governo achava que ele estava prestes a dar com a língua nos dentes e nos fornecer informações privilegiadas. Há muita dissidência nesses grupos radicais. E por que diabos você teria se metido nessa história? Tudo bem, você matou Mohammad Matar em legítima defesa. Mas não seria de todo absurdo imaginar que você tivesse sido enviado para matá-lo. Entende aonde quero chegar? Era bastante razoável supor que você soubesse de algo que poderia evitar a morte de muitas pessoas.

– Então... Eu fui torturado?

Berleand ajeitou os óculos, mas não disse nada.

– Mas... caso tudo isso realmente seja verdade, não é possível que alguém acabe se lembrando de alguma coisa? – perguntei. – Um dia alguém não poderia denunciar todo o esquema?

– Denunciar o quê? Sim, é possível que você recupere a memória, mas o que vai fazer? Você não sabe onde estava. Não sabe quem o prendeu. E, lá no fundo, bem no fundo, fica apavorado quando imagina que eles podem voltar e pegá-lo outra vez.

"Seus pais, em Miami..."

– Então vai acabar ficando de bico calado, porque não tem escolha – disse ele. – Além do mais, é possível que tudo isso seja feito em nome do bem comum, para salvar vidas. Você nunca parou para pensar em como o governo consegue desbaratar tantos complôs terroristas antes que eles sejam levados a cabo?

– Torturando pessoas e apagando a memória delas?

A resposta de Berleand foi um dar de ombros complexo.

– Mas, se o método é tão eficaz – argumentei –, por que não o usaram em Khalid Sheikh Mohammed, por exemplo, ou qualquer outro terrorista da Al-Qaeda?

– E quem disse que não? Até hoje, apesar de todos os rumores, o governo americano só admitiu a existência de três casos em que um prisioneiro foi torturado com simulação de afogamento, e todos são anteriores a 2003. Você acredita nisso? No caso de Khalid, o mundo inteiro estava de olho. Foi isso que seu governo aprendeu com os erros de Guantánamo. Não se pode fazer uma coisa dessas na cara de todo mundo.

Dei mais um gole no refrigerante e olhei a meu redor. A boate não estava lotada, mas também não estava às moscas. Havia homens de terno, outros de jeans e camisa de malha. Brancos, negros e latinos. Nenhum cego. Anthony, o leão de chácara, estava certo.

– E agora? – perguntei.

– A célula de Mohammad foi desmontada. Assim como, para muitos, o plano que eles tinham em mente.

– Mas você não acredita nisso.

– Não.

– E por que não?

– Porque tudo indica que Rick Collins acreditava estar prestes a descobrir algo muito importante. Algo que teria uma repercussão enorme e de longo prazo. Meus superiores ficaram bastante zangados quando lhe passei a foto de Matar. Aliás, foi por isso que me puseram para escanteio.

– Desculpe.

– Tudo bem. Agora eles estão à caça da próxima célula, do próximo complô. Eu, não. Ainda quero investigar este. E tenho amigos que estão dispostos a ajudar.

– Que amigos?

– Você já esteve com eles.

Refleti um instante.

– O Mossad.

Ele fez que sim com a cabeça, depois disse:

– Collins também havia pedido ajuda a eles.

– Era por isso que estavam me seguindo?

– De início suspeitaram que você o tivesse assassinado. Garanti a eles que não. Collins obviamente sabia de alguma coisa, mas não revelava. Ficava sempre em cima do muro. É difícil saber ao certo de que lado ele vinha jogando nos últimos tempos. Segundo o Mossad, ele parou de contatá-los e desapareceu uma semana antes de morrer.

– Você sabe por quê?

– Não tenho ideia.

Berleand baixou os olhos para o copo e mexeu o uísque com o indicador.

– Mas por que você está aqui agora? – perguntei.

– Vim assim que o encontraram.

– Por quê?

Ele deu mais um gole demorado na bebida.

– Chega de perguntas por hoje.

– Como assim?

Berleand se levantou.

– Aonde você vai? – falei, levantando-me.

– Já expliquei a situação.

– E eu entendi: temos muito trabalho pela frente.

– "Temos"? Você não faz mais parte disso.

– Está brincando, não está? Para início de conversa, preciso encontrar Terese. Sorrindo, ele devolveu:

– Posso ser franco?

– Não. Prefiro que continue me enrolando.

– Só perguntei porque não sou muito bom em dar notícias ruins.

– Tem se saído muito bem até aqui.

– Mas agora é diferente.

Berleand desviou o olhar para o palco, mas não creio que estivesse olhando para a dançarina.

– Vocês, americanos, chamam isto de "choque de realidade". Então, vamos lá. Terese ou está morta, e aí não há mais como ajudá-la, ou, como aconteceu a você, está detida em um buraco negro qualquer, o que significa que você está de mãos e pés atados.

– Não, não estou – falei, em um tom que não poderia ser menos convincente.

– Está, sim. Mesmo antes que eu falasse com Win, ele foi inteligente o bastante para manter todo mundo de boca fechada a respeito de seu sumiço. E por quê? Porque ele sabia que se alguém, seus pais ou quem quer que fosse, fizesse alguma besteira, você nunca mais voltaria para casa. Eles forjariam um acidente de carro e você estaria morto. Ou então um suicídio. Com Terese Collins é ainda mais fácil. Eles podem matá-la e dizer que ela voltou para Angola. Ou inventar um suicídio e alegar que a morte da filha havia se tornado um fardo pesado demais para ela. Não há nada que você possa fazer por Terese.

Sentei-me novamente.

– Você precisa cuidar de si mesmo – arrematou Berleand.

– Quer que eu fique fora disso?

– Exatamente. E, embora eu tenha falado sério quando disse que você não tem culpa do que aconteceu, preciso lembrá-lo de que já o adverti uma vez. Mas você não escutou.

Ele tinha razão.

– Uma última pergunta – falei.

– Diga.

– Por que você me contou tudo isso?

– Sobre o buraco negro?

– É.

– Porque, ao contrário do que eles possam pensar sobre os efeitos da medicação que lhe deram, acho difícil que você não venha a se lembrar de alguma coisa, Myron. Você vai precisar de ajuda. Não deixe de ir atrás dela.

◆ ◆ ◆

Não demorei a descobrir que Berleand talvez estivesse certo.

Quando voltei para o escritório, fiz algumas ligações para clientes. Esperanza pediu sanduíches no Lenny's e nós comemos juntos na recepção, enquanto ela contava as novidades sobre Hector. Sei que há poucos clichês maiores do que dizer que a maternidade muda uma mulher, mas, no caso de Esperanza, as mudanças haviam sido gritantes – e não exatamente benéficas.

Terminado o almoço, voltei para minha sala e fechei a porta. Não acendi a luz. Só fiquei ali por um bom tempo, sentado, imóvel. Sei que todo mundo tem seus momentos de contemplação e tristeza, mas aquilo era diferente, mais profundo e pesado. Eu não conseguia me mexer. Meus braços e pernas pareciam feitos de chumbo.

Já me meti em um bom número de encrencas na vida, então guardo uma arma no escritório. Uma Smith & Wesson calibre 38, para ser mais preciso.

Abri a última gaveta da mesa, peguei a arma e senti seu peso em minha mão. As lágrimas começaram a rolar.

Sei que isso pode parecer melodramático. O coitadinho ali, deprimido, com uma arma na mão e sem ninguém a seu lado. Pensando bem, a cena chega a ser ridícula. Se houvesse uma foto de Terese sobre a mesa, eu poderia tê-la pegado, bem ao estilo Mel Gibson em *Máquina mortífera*, e enfiado a arma na boca.

Não foi o que fiz.

Mas foi o que pensei em fazer.

A maçaneta da porta girou (não é hábito nosso bater antes de entrar) e devolvi a arma à gaveta rapidamente. Esperanza entrou e olhou para mim.

– O que você está aprontando? – perguntou.

– Nada.

– Estava fazendo o que quando entrei?

– Nada.

Ela arqueou uma sobrancelha.

– Estava brincando com sua espada embaixo da mesa?

– Agora você me pegou.

– Ainda está com um aspecto horrível.

– É o que dizem por aí.

– Em outras circunstâncias, eu mandaria você para casa, mas este escritório já ficou abandonado por tempo suficiente. Além disso, não acho que ficar sozinho em casa possa lhe fazer bem.

– Concordo. Mas você invadiu minha sala por quê?

– Preciso de motivo para invadir sua sala?

– Até hoje nunca precisou – falei. – Por falar nisso, por onde anda o Win?

– Foi por isso que vim. Ele está no batfone.

Ela apontou para a mesinha atrás de mim. Era onde ficava um telefone vermelho coberto por uma redoma de vidro que parece um porta-bolo. Quem viu o seriado do Batman sabe por quê. O aparelho estava piscando. Era Win.

– Onde você está? – fui logo dizendo.

– Bangcoc – respondeu ele, um tanto animado demais. – Que, pensando bem, é um nome muito engraçado. *Bang. Coc.*

– Desde quando você está aí?

– Que importância isso tem?

– É que é um momento estranho para fazer turismo, só isso – comentei. Então me lembrei: – Aquela amostra de DNA que pegamos no túmulo de Miriam, o que aconteceu com ela?

– Foi confiscada.

– Por quem?

– Homens com distintivos reluzentes e ternos mais reluzentes ainda.

– Como foi que ficaram sabendo?

Silêncio.

A ficha caiu. Envergonhado, falei:

– Por mim?

Win não se deu o trabalho de responder.

– Você conversou com o capitão Berleand? – perguntou.

– Conversei. O que você acha?

– Acho que a teoria dele tem algum fundamento.

– Mas ainda não entendi. Por que diabos você está em Bangcoc?

– E onde deveria estar?

– Aqui, na sua casa, sei lá.

– Acho que não seria uma boa ideia neste momento.

Pensei no que ele estava dizendo.

– Esta linha... é segura?

– Bastante. E seu escritório sofreu uma varredura hoje de manhã.

– O que aconteceu em Londres, afinal?

– Você viu quando matei o Tweedledee e o Tweedledum que não vieram do País das Maravilhas?

– Vi.

– Então o resto você sabe. Os agentes invadiram a casa. Não havia como tirar você, então considerei que o melhor seria não ficar ali. Saí do país imediatamente. Por quê? Porque a teoria de Berleand me parece bastante plausível, como acabei de dizer. Não seria conveniente para nenhum de nós dois que eu também fosse pego. Você compreende?

– Claro. E agora, qual é seu plano?

– Ficar escondido por mais um tempo.

– A melhor maneira de garantir a segurança de todo mundo é irmos até o fim dessa história.

– É isso aí, *cumpade*.

Adoro quando Win usa a linguagem das ruas.

– É por isso que acionei alguns dos meus colaboradores – continuou ele. – Espero que alguém me diga que destino Terese Collins teve. Sei que você sente algo por essa mulher, mas preciso ir direto ao ponto: se ela estiver morta, não há mais o que fazer. Não temos mais nenhum interesse no caso.

– Mas e a filha dela? Não vamos tentar encontrá-la?

– Se a mãe estiver morta, que sentido isso faria?

Refleti sobre o assunto. Win tinha razão. Eu entrara naquela história para ajudar Terese e talvez fazer com que ela e a filha supostamente morta se reencontrassem. Aquilo tudo ainda parecia uma grande loucura, mas, se Terese estivesse mesmo morta, que sentido haveria em continuar tentando?

De repente notei que estava roendo as unhas outra vez.

– E agora, o que vamos fazer? – perguntei.

– Esperanza disse que você está um trapo.

– Você não vai dar uma de babá também, vai?

Silêncio.

– Win?

Win era o maior especialista do mundo em manter a voz firme na hora da emoção, mas dessa vez, talvez a segunda desde que nos conhecemos, acho que o ouvi engasgar.

– Esses últimos 16 dias foram bastante difíceis – disse ele.

– Eu sei, meu amigo.

– Revirei o planeta inteiro à sua procura.

Permaneci calado.

– Fiz coisas que você jamais aprovaria.

Esperei pelo que estava por vir.

– E ainda assim não o encontrei.

Eu podia entender o que ele estava sentindo. Win tem mais contatos e fontes de informação do que qualquer outro. É extremamente rico e influente. E, verdade seja dita: o cara me adora. É valente, não tem medo de quase nada, mas decerto havia passado por maus bocados durante meu desaparecimento.

– Mas agora eu estou bem – falei. – Volte para casa assim que puder.

26

– COMA MAIS UM BOLINHO de carne – insistiu mamãe.

– Não, mãe, obrigado – falei. – Já estou satisfeito.

– Só mais um. Você está muito magrinho. Experimente o de porco.

– Para ser sincero, não gosto muito de bolinho de carne.

– Você o quê? – disse mamãe, chocada. – Mas você adorava o bolinho de carne do Fong's Garden!

– Mãe, o Fong's Garden fechou quando eu tinha 8 anos.

– Eu sei. Mesmo assim.

"Mesmo assim." O clássico ponto final de mamãe para os conflitos familiares. Mas esse comentário sobre meu repúdio aos bolinhos de carne não se deve à idade avançada. Minha mãe diz exatamente isso desde que eu tinha 9 anos.

Estávamos na cozinha da casa em que eu passara a infância, em Livingston, Nova Jersey. Hoje em dia fico parte do tempo aqui e parte no luxuoso apartamento de Win no edifício Dakota, na esquina da Rua 72 com a Central Park Oeste. Quando meus pais se mudaram para Miami, alguns anos atrás, comprei esta casa para eles. Assino embaixo de qualquer explicação psicológica para minha decisão (morei com meus pais até os 30 e tantos anos e, na verdade, ainda durmo no mesmo quarto improvisado no porão desde a adolescência), mas, no fim das contas, raramente fico aqui. Livingston é um ótimo lugar para se criar uma família, mas não para solteirões que trabalham em Manhattan. O apartamento de Win é bem mais conveniente em termos de localização e pouco menor, em termos de área, que um principado europeu.

Mas meus pais estavam em Nova Jersey, então eu ia ficar com eles.

Sou de uma geração que culpa os pais por toda e qualquer infelicidade. Não é o meu caso. Sou louco pelos meus pais. Adoro a companhia deles. Não foi por falta de dinheiro que continuei morando em um porão em Nova Jersey, mas porque gostava de estar ali, com eles.

Depois do jantar, jogamos fora as embalagens da comida – comprada a caminho de casa –, lavamos a louça e conversamos um pouco sobre meu irmão e minha irmã. Quando mamãe mencionou o trabalho de Brad na América do Sul, senti uma leve pontada no estômago – algo semelhante a um déjà-vu, porém bem menos agradável. E comecei a roer as unhas de novo. Meus pais trocaram olhares.

Mamãe estava cansada. O que agora é bastante comum. Beijei-a no rosto e fiquei olhando enquanto ela subia as escadas com dificuldade, apoiando-se no corrimão. Lembrei-me do tempo em que ela escalava essas mesmas escadas saltitando pelos degraus, o rabo de cavalo balançando na nuca, as mãos nem sequer próximas da porcaria do corrimão. Olhei para papai. Ele não disse nada, mas parecia vagar pelas mesmas lembranças.

Fomos para a sala de estar e papai ligou a televisão. No passado ele tinha uma poltrona reclinável horrorosa, de couro falso vermelho-escuro, com costuras puídas de onde a estrutura de metal vazava. Meu pai não era dos mais habilidosos, então volta e meia tapava os buracos com fita adesiva prateada. Apesar de todas as críticas – bastante justas, aliás – feitas aos norte-americanos em relação ao tempo que passamos diante da televisão, preciso dizer que algumas das minhas melhores lembranças de infância têm como cenário esta mesma sala, meu pai na poltrona cheia de fita adesiva e eu no sofá, vendo TV juntos. Aposto que não sou o único que ainda se lembra do horário nobre das noites de sábado na CBS: *Tudo em família, M.A.S.H., Mary Tyler Moore, Bob Newhart, Carol Burnett*... Papai ria com tanto gosto das tiradas de Archie Bunker que eu acabava gargalhando junto, mesmo sem entender grande parte das piadas.

Al Bolitar havia trabalhado duro em sua fábrica de Newark. Não era daqueles que gostavam de jogar pôquer ou sair com os amigos para tomar cerveja. Seu refúgio era a própria casa. Gostava de relaxar com a família. Ele havia começado do nada, era inteligentíssimo e decerto tivera sonhos que iam muito além daquela fábrica – sonhos grandiosos que ele nunca me contara. Eu era o filho. Não se sobrecarrega um filho com coisas assim, por nada neste mundo.

Naquela noite ele adormeceu durante um episódio antigo de *Seinfeld*. Fiquei um tempo observando aquele peito que subia e descia, os fios brancos que surgiam em sua barba. Depois me levantei silenciosamente, desci para o porão, deitei na cama e encarei o teto.

De novo o aperto no peito. Outra crise de pânico. Meus olhos se recusavam a fechar. Quando as pálpebras cediam ao próprio peso e eu enfim conseguia me entregar ao sono, os pesadelos me despertavam. Minha mente logo os perdia, mas a sensação de medo não ia embora. Fiquei ali, sentado no breu daquele porão, coberto de suor e apavorado como uma criancinha.

Às três da manhã, tive um lampejo de memória. A cabeça mergulhada na água. Os pulmões vazios. Essa lembrança durou menos de um segundo, em seguida deu lugar a outra, auditiva:

"Al-sabr wal-sayf..."

Meu coração começou a saltar como se quisesse fugir do peito.

Dali a meia hora, subi as escadas pé ante pé e segui para a cozinha. Apesar do esforço em não fazer barulho, sabia que meu pai tinha o sono mais leve do mundo. Quando criança, sempre que eu acordava de madrugada para ir ao banheiro, tentava passar pela porta do quarto dele o mais silenciosamente possível, mas ele sempre acordava assustado, como se alguém tivesse deixado um picolé cair sobre sua virilha. Portanto, agora, embora eu já fosse um marmanjo de meia-idade orgulhoso da própria valentia, sabia o que estava para acontecer assim que eu alcançasse a cozinha:

– Myron?

Virei-me a tempo de vê-lo descer a escada.

– Eu não queria acordá-lo, pai.

– Bobagem – disse ele. – Eu não estava dormindo mesmo.

Papai estava usando um cuecão largo que decerto já vira dias melhores e uma camiseta cinza surrada dois números maior que o seu.

– Quer que eu faça uns ovos mexidos para nós? – ofereceu ele.

– Claro.

Enquanto comíamos, ficamos conversando sobre nada em especial. Dava para perceber claramente que meu pai estava tentando disfarçar a preocupação, o que fazia eu me sentir ainda mais protegido. Outras lembranças vinham à tona. Meus olhos ficavam marejados e eu piscava para afastar as lágrimas. As emoções eram tantas que a certa altura eu não sabia mais o que estava sentindo. Foi quando me dei conta de que ainda teria muitas noites em claro pela frente. Mas uma coisa era certa: eu não podia mais ficar de braços cruzados.

Na manhã seguinte, liguei para Esperanza e disse:

– Antes de sumir, pedi que você investigasse umas coisas para mim, não foi?

– Bom dia para você também.

– Desculpe.

– Tudo bem. Você estava dizendo que...

– Você estava investigando o suicídio de Sam Collins, aquele código estranho que lhe passei, a tal Fundação Salvem os Anjos...

– Sim, estava.

– Preciso saber o que descobriu.

Por um instante achei que fosse levar mais uma bronca, mas Esperanza certamente havia percebido algo em meu jeito de falar.

– Está bem – disse ela. – A gente se encontra daqui a uma hora e eu lhe mostro o que consegui levantar.

◆◆◆

– Desculpe pelo atraso – disse Esperanza. – Hector sujou minha blusa e tive que trocar de roupa, depois a babá veio pedindo aumento, Hector não desgrudava de mim e...

– Não se preocupe – falei.

A sala de Esperanza ainda refletia um pouco de seu passado pitoresco. Abrigava inúmeras fotos em que ela aparecia vestindo a minúscula fantasia de Pequena Pocahontas, a princesa índia que era interpretada nos ringues por uma latina. O cinturão do Campeonato Intercontinental de Duplas (uma coisa espalhafatosa que, se presa à cintura dela, provavelmente chegaria até seus joelhos) havia sido emoldurado e agora adornava a parede atrás da mesa. As quatro paredes eram pintadas de violeta e outra tonalidade de roxo cujo nome sempre me escapa. A mesa, de um carvalho pesado e repleta de entalhes, havia sido descoberta por Big Cyndi em um antiquário e, embora eu estivesse presente no momento da entrega, até hoje não sei como aquilo pôde passar pela porta.

Agora, no entanto, o tema principal da decoração era, para usar uma palavra apreciada pelos políticos, a "mudança". Fotos de Hector em poses tão óbvias que beiravam o clichê se espalhavam por todos os cantos: lá estava o menino sentado no colo de Papai Noel, fantasiado de coelhinho da Páscoa ou posando em estúdio diante de um arco-íris. Também havia uma foto de Esperanza com o marido, Tom, carregando o filhinho em uma roupa branca de batismo, e outra em que o trio posava ao lado de um personagem da Disney que eu desconhecia. A mais visível de todas, no entanto, mostrava Esperanza e Hector a bordo de um desses brinquedos de parque, talvez uma miniatura de caminhão de bombeiros. Esperanza olhava para a câmera com o sorriso mais largo e abobalhado que eu jamais poderia imaginar nela.

Esperanza havia sido o mais livre dos espíritos. Fora bissexual assumida e bastante promíscua: saía com um homem, depois com uma mulher, depois outro homem, e nunca ligava para a opinião de quem quer que fosse. Começara a lutar porque era um jeito divertido de ganhar dinheiro e, quando se cansou daquela vida, resolveu cursar a faculdade de direito à noite, enquanto trabalhava de dia como minha assistente.

O que vou dizer talvez pareça maldoso, mas a maternidade sufocou parte desse espírito. Eu já tinha visto isso acontecer, claro, com outras amigas minhas. Até consigo entender, mas só até certo ponto. Meu filho já era praticamente um adulto quando o conheci, então não passei pelo momento transformador em que um bebê nasce e subitamente o mundo se resume àquele pacotinho de três quilos.

Pois foi o que aconteceu a Esperanza. Se ela está mais feliz agora? Não sei. Mas nossa relação havia mudado, como era de esperar, e meu lado egoísta não gostava nada disso.

– A cronologia é a seguinte – começou ela. – Quatro meses atrás, Sam Collins, pai de Rick, recebeu o diagnóstico de doença de Huntington. Algumas semanas depois, ele se matou.

– Foi suicídio mesmo?

– É o que consta nos autos da polícia. Nenhuma circunstância obscura.

– Tudo bem, continue.

– Depois do suicídio, Rick Collins foi falar com a Dra. Freida Schneider, a geneticista do pai. Também há vários telefonemas para o consultório dela. Tomei a liberdade de ligar para lá. A mulher é muito ocupada, mas vai nos conceder 15 minutos hoje, no horário do almoço. Meio-dia e meia em ponto.

– Como foi que você conseguiu isso?

– A MB Representações vai fazer uma polpuda doação para o Centro de Saúde Terence Cardinal Cooke.

– Muito justo.

– Que será descontada do seu bônus.

– Tudo bem. O que mais?

– Rick Collins ligou para o CryoHope Center. Eles fazem muitas pesquisas com sangue do cordão umbilical, armazenamento de embriões, células-tronco, etc. O centro é administrado por cinco especialistas de áreas diferentes. É impossível saber com qual deles Rick conversou. Ele também ligou diversas vezes para a Salvem os Anjos. A cronologia é a seguinte: primeiro ele fala com a Dra. Schneider quatro vezes ao longo de duas semanas. Depois fala com alguém no CryoHope. E de algum modo isso leva à Salvem os Anjos.

– Ótimo – falei. – Acha que conseguiríamos marcar uma hora no CryoHope?

– Com quem?

– Qualquer um dos especialistas.

– Um deles é ginecologista e obstetra – disse Esperanza. – Posso dizer que você está precisando fazer um preventivo.

– Estou falando sério.

– Sei que está, mas não sei a quem procurar. Ainda estou tentando descobrir para qual dos médicos Rick ligou.

– Talvez a Dra. Schneider ajude.

– Pode ser.

– Ah, e o tal código? Você descobriu alguma coisa?

– Não. Tentei "opala" no Google, mas a pesquisa teve milhões de resultados, por causa da pedra. E, quando digitei "HHK", a primeira coisa que apareceu foi o site de um centro de assistência médica, uma empresa de capital aberto que lida com investimentos na área do câncer.

– Câncer?

– É.

– Não sei como isso se encaixa.

Esperanza franziu o cenho.

– Que foi?

– É que nada se encaixa em nada – disse ela. – Quer saber? Acho tudo isso uma grande perda de tempo.

– Como assim?

– Aonde você pretende chegar, afinal? Uma geneticista atendeu um velho com doença de Huntington. Que relação isso pode ter com terroristas que matam pessoas em Paris e Londres?

– Não faço a menor ideia.

– Não mesmo?

– Não.

– Talvez porque uma coisa não tenha nada a ver com a outra – disse Esperanza.

– É provável.

– E nós? Não temos nada melhor para fazer?

– Mas é isto que a gente faz: investiga até conseguir algo. Essa história toda começou 10 anos atrás, com um acidente de carro. Depois há um grande vazio até que Rick Collins descobre que o pai tem a doença de Huntington. Não consigo imaginar qual seja a ligação entre as duas coisas, então só me resta refazer os passos dele.

Esperanza cruzou as pernas e começou a enroscar no dedo uma mecha dos cabelos. Eles eram muito pretos, quase azuis, e sempre pareciam recém-desalinhados com musse. Quando Esperanza enroscava os cabelos, era porque estava preocupada.

– Que foi?

– Durante sua ausência – respondeu ela –, não liguei uma única vez para Ali.

Balancei a cabeça.

– E ela também não ligou para mim, certo?

– Vocês não estão mais juntos?

– É o que parece.

– Você usou aquela frase que eu adoro?

– Não lembro mais que frase é essa.

Esperanza suspirou e disse:

– "Bem-vinda a Pé-na-Bunda. População: você."

– Ah, não. Desta vez o mais adequado seria "população: eu".

– Ah...

Ficamos em silêncio por um instante.

– Sinto muito – disse ela.

– Tudo bem.

– Win disse que você andou pegando a Terese.

Quase respondi que Win era o cara que Mee pegava, mas achei que talvez ela interpretasse mal a piada.

– Não vejo qual é a importância disso – falei.

– Você não faria uma coisa dessas, sobretudo logo depois de terminar com alguém, se não gostasse muito de Terese.

– E daí?

– E daí que precisamos ir fundo nessa história, se for ajudar em alguma coisa, mas também não podemos nos iludir.

– Como assim?

– É bem provável que Terese esteja morta.

Fiquei calado.

– Sei como você fica quando perde alguém querido – disse Esperanza. – E não é nada bem.

– E quem não fica assim?

– Tem razão. Mas agora você também precisa lidar com tudo isso que aconteceu a você, seja lá o que tenha sido. O fardo vai ser mais pesado.

– Vou ficar bem, não se preocupe. Mais alguma coisa?

– Sim – disse ela. – Sobre aqueles dois sujeitos que você e Win espancaram.

O técnico Bobby e o assistente dele, Pat.

– O que é que tem?

– A polícia de Kasselton esteve aqui algumas vezes. Prometi que você ligaria quando voltasse. Aquele cara que Win aleijou é da polícia, sabia?

– Sabia. Win me contou.

– Ele operou o joelho e está se recuperando. O outro, o que começou a confusão, era dono de algumas lojas de eletrodomésticos, mas não aguentou a concorrência com as grandes redes. Agora é gerente da Best Buy de Paramus.

Fiquei de pé e disse:

– Tudo bem.

– Tudo bem o quê?

– Temos tempo antes do nosso encontro com a Dra. Schneider. Vamos dar um pulinho nessa loja da Best Buy.

27

A CAMISA POLO AZUL, UNIFORME dos funcionários Best Buy, se esticava sobre a pança do técnico Bobby. Ele se inclinava sobre um aparelho de TV, conversando com um casal de asiáticos. Procurei por marcas da surra, mas não encontrei.

Esperanza estava comigo. Enquanto atravessávamos a loja, um homem de camisa de lenhador, dessas de flanela xadrez, correu ao encontro dela.

– Com licença – disse ele, radiante como se fosse Natal. – Você não é... Caramba, você não é a Pequena Pocahontas?

Contive meu riso. Nunca deixo de me surpreender com a quantidade de pessoas que ainda reconhecem Esperanza. Ela apenas me lançou um olhar e se virou para o fã.

– Sou.

– Uau. Puxa, nem acredito. Uau... Quanta honra conhecer você pessoalmente.

– Obrigada.

– Eu tinha um pôster seu no meu quarto. Quando eu tinha uns 16 anos.

– Fico muito lisonjeada...

– E ele acabou ficando meio manchado – acrescentou o fulano com uma piscadela. – Você sabe do quê, né?

–... e enojada – completou ela, já acenando em despedida. – Tchau.

Fui atrás dela e disse:

– O pôster do cara ficou manchado. Vai dizer que você não ficou nem um pouquinho tocada?

– É triste, mas até que fiquei.

Retiro aqui o que disse antes sobre a maternidade ter domado o espírito de Esperanza. Ela ainda era a melhor.

Deixamos o Sr. Sem Noção para trás e seguimos na direção do técnico Bobby. Ouvi o asiático perguntar a ele qual era a diferença entre uma TV de plasma e uma de LCD. Bobby estufou o peito e debulhou um longo rosário de prós e contras do qual eu nada entendi. Em seguida, o asiático indagou sobre os aparelhos DLP. Deles Bobby gostava mais, então começou a explicar por quê.

Esperei.

Acenando a cabeça na direção do técnico, Esperanza disse:

– Parece que ele recebeu o que merecia.

– Não – retruquei. – A gente não bate em ninguém para lhe dar uma lição. É só em caso de autodefesa, por uma questão de sobrevivência.

Esperanza fez uma careta.

– Que foi?

– Win tem toda a razão – disse ela. – Você às vezes parece uma mocinha.

Bobby sorriu para o casal de asiáticos e arrematou:

– Fiquem à vontade. Já volto para falarmos da entrega grátis.

Então veio na minha direção e, encarando-me, perguntou:

– O que você quer?

– Pedir desculpas.

Bobby ficou imóvel. Três segundos de silêncio e depois:

– Pronto, já pediu.

Então me deu as costas e voltou para os asiáticos.

– Mais leve agora? – arrematou Esperanza, desferindo um tapão no meu ombro.

◆◆◆

Freida Schneider era uma mulher baixa e atarracada, com um sorriso cativante. Exibia com seu vestido simples e sua boina a sobriedade característica dos judeus ortodoxos. Nós nos encontramos na lanchonete do Centro de Saúde Terence Cardinal Cooke. O prédio ficava na Quinta Avenida, na altura da Rua 103. Esperanza permanecera do lado de fora para fazer alguns telefonemas. A Dra. Freida perguntou se eu queria algo para comer, eu agradeci e disse que não e ela pediu um sanduíche elaborado. Fomos para uma mesa. Ela sussurrou uma oração e depois abocanhou o sanduíche como se ele a tivesse xingado.

– Só tenho 10 minutos – anunciou.

– Pensei que fossem 15.

– Mudei de ideia. Obrigada pela doação.

– Gostaria de fazer algumas perguntas sobre Sam Collins.

Freida Schneider engoliu seu pedaço de sanduíche.

– Foi o que sua sócia disse. O senhor decerto já ouviu falar sobre o sigilo na relação entre médico e paciente. Posso pular essa parte, não posso?

– Por favor.

– Sam Collins está morto. Que interesse o senhor tem nele?

– Ele se matou, não foi?

– O senhor não precisa de mim para saber de uma coisa dessas.

– O suicídio é comum entre pacientes com a doença de Huntington?

– O senhor conhece a doença de Huntington?

– Sei que é hereditária.

– Trata-se de um distúrbio neurológico de origem genética – disse ela, entre uma mordida e outra. – Não mata diretamente, mas à medida que evolui acarreta uma série de complicações graves, como pneumonia, parada cardíaca e outras tantas que nem vale a pena mencionar. Afeta não só o estado físico dos portadores, mas o psicológico e o cognitivo também. A coisa é feia. Portanto, sim, o suicídio é bastante comum. Estudos mostram que um em cada quatro portadores tenta se matar, com uma taxa de sucesso de 7%. Por mais irônico que seja a palavra "sucesso" em uma circunstância dessas.

– E foi esse o caso de Sam Collins?

– Ele já sofria de depressão antes de receber o diagnóstico de Huntington. É difícil dizer o que veio primeiro. A DH geralmente começa com distúrbios físicos, mas também há casos em que se inicia com problemas psiquiátricos ou cognitivos. Portanto, é possível que a depressão de Sam Collins tenha sido o primeiro sintoma de uma DH não diagnosticada. O que não tem lá muita importância. De um jeito ou de outro, ele morreu por causa da DH. O suicídio é apenas mais uma das complicações graves de que falei.

– Mas a doença é estritamente hereditária, não é?

– É.

– E, se um dos pais for portador, o filho teria 50% de chances de ser também, não é isso?

– Para encurtar a conversa, digamos que sim.

– E, se nenhum dos pais for portador, nenhum dos filhos seria também, certo? A família estaria livre.

– Sim, continue.

– Isso significa que um dos pais de Sam Collins era portador da DH.

– Correto. A mãe viveu até os 80 anos sem nenhum sintoma da doença. Portanto, Sam Collins deve tê-la herdado do pai, que morreu cedo, antes que pudesse apresentar qualquer sintoma.

Inclinando-me para a frente, perguntei:

– A senhora chegou a fazer os exames nos filhos de Sam Collins para ver se tinham a doença?

– Isto não é da sua conta.

– Estou falando especificamente de Rick Collins. Que também está morto. Na verdade, foi assassinado.

– Por um terrorista, segundo li nos jornais.

– Sim.

– No entanto, o senhor acha que o diagnóstico de DH de Sam Collins tem alguma relação com o assassinato do filho dele.

– Acho.

Freida Schneider deu mais uma mordida e balançou a cabeça.

– Rick Collins tem um filho – falei.

– Sim, eu sei.

– Talvez tenha uma filha também.

Isso fez com que ela parasse a meio caminho da mordida seguinte.

– Uma filha?

Eu não sabia ao certo como conduzir a conversa. Então disse:

– É possível que Rick Collins não soubesse que a menina estava viva.

– O senhor se incomodaria de explicar um pouco melhor?

– É que só temos 10 minutos.

– Verdade.

– Então?

Ela suspirou.

– Sim, Rick Collins fez os exames.

– E?

– Descobrimos repetições CAG nos alelos HTT.

Apenas olhei para ela.

– Trocando em miúdos: infelizmente, deu positivo. A diagnose não pode se basear apenas no exame de sangue, já que os sintomas costumam levar anos, às vezes décadas, até se manifestarem. No entanto, Rick Collins já apresentava coreia, uma espécie de tremedeira incontrolável nas articulações. Pediu que mantivéssemos o resultado em segredo. Naturalmente, concordamos.

Refleti um instante. Rick era portador da doença de Huntington e já apresentava sintomas. Como seus últimos anos de vida poderiam ter sido? O pai decerto havia feito a mesma pergunta, depois dera fim à própria vida.

– E o filho de Rick? Também fez os exames?

– Fez, por insistência do próprio Rick. O que não é lá muito convencional, devo admitir. Há muita controvérsia em torno desses testes, sobretudo no caso de crianças. Por exemplo, que tipo de vida um garoto terá se souber de antemão o sofrimento que o aguarda? Não será um fardo pesado demais? Por outro lado, também é possível que ele aproveite melhor a vida enquanto tiver saúde. Tem mais: caso seja comprovadamente portadora de DH, uma pessoa deve ou não ter filhos, já que eles terão 50% de chances de desenvolver a doença? E, mesmo assim, será que não valeria a pena arriscar? As questões éticas são inúmeras.

– Mas Rick fez os exames no filho.

– Fez. Ele era jornalista por natureza. Queria saber de tudo. Por sorte, o teste do menino deu negativo.

– Deve ter sido um grande alívio para o pai.

– Claro.

– A senhora já ouviu falar do CryoHope Center?

Ela pensou um pouco.

– Eles fazem pesquisas e armazenamento, eu acho. Banco de células-tronco, coisas assim, não é?

– Rick Collins foi procurá-los depois que se consultou com a senhora. Faz alguma ideia do motivo?

Ela fez que não com a cabeça.

– Não há cura para a DH, certo? – falei.

– Certo.

– Nem mesmo por meio das pesquisas com células-tronco?

– Só um instante, Sr. Bolitar. Vamos voltar um pouquinho. O senhor disse que Rick Collins talvez tivesse uma filha.

– Sim.

– Pode me explicar melhor essa história?

– Ele chegou a contar à senhora que havia perdido uma filha em um acidente de carro 10 anos atrás?

– Não, mas por que contaria?

Pensei um momento, depois disse:

– Quando o corpo de Rick foi encontrado em Paris, havia manchas de sangue perto dele. Sangue de uma filha, segundo revelaram os testes de DNA.

– Mas o senhor disse que a menina morreu. Não estou entendendo.

– Nem eu. Mas... o que a senhora pode me dizer sobre as pesquisas com células-tronco?

Ela deu de ombros.

– Ainda são muito especulativas – disse. – Em tese, é possível transplantar células-tronco do cordão umbilical para que elas substituam neurônios danificados. Os testes com animais têm sido bastante encorajadores, mas ainda não foram feitos testes clínicos com humanos.

– Mesmo assim. Para quem está à beira da morte, desesperado...

Nesse instante, uma mulher se aproximou da mesa.

– Dra. Schneider?

Ela ergueu a mão, sinalizando para que a mulher aguardasse um instante, deu uma última mordida no sanduíche e se levantou.

– Sim, acho que uma pessoa que está à beira da morte é capaz de fazer qualquer coisa. Tentar uma cura milagrosa ou até... bem, até cometer suicídio. Seus 10 minutos acabaram, Sr. Bolitar. Volte outro dia e terei prazer em lhe mostrar o nosso centro. Ficará surpreso com o alcance e a qualidade de nosso trabalho. Mais uma vez, obrigada pela doação. E boa sorte com o que está fazendo, seja lá o que for.

28

As INSTALAÇÕES DO CRYOHOPE CENTER brilhavam, a mistura perfeita da elegância de uma clínica médica de vanguarda com a de um banco de elite. O balcão da recepção era alto, de uma madeira escura. Dirigi-me a ele com Esperanza a meu lado. Notei que a recepcionista, que ostentava aquele tipo de beleza das pessoas do interior, forte e saudável, não usava aliança no dedo. Cogitei uma mudança de planos. Uma mulher solteira. Eu poderia ligar o charme e ela responderia enfeitiçada a todas as minhas perguntas.

Esperanza logo percebeu o que se passava na minha cabeça e olhou torto na minha direção. Dei de ombros. De qualquer modo, dificilmente a recepcionista saberia de alguma coisa.

– Minha mulher está grávida – falei, olhando de relance para Esperanza. – Gostaríamos de conversar com alguém sobre o armazenamento do sangue do cordão umbilical de nosso bebê.

A recepcionista abriu um sorriso ensaiado, entregou-nos um conjunto de panfletos coloridos impressos em papel espesso e nos conduziu até uma sala com poltronas de camurça. Nas paredes se viam enormes fotos de crianças e um diagrama do corpo humano que fazia pensar nas aulas de biologia do ensino fundamental. Começamos a preencher um formulário. Fiquei na dúvida sobre o que colocar no campo destinado ao nome – I. P. Daily ou Wink Martindale? No final, acabei optando por Mark Kadison, que era um amigo meu: se alguém dali telefonasse, Mark não faria mais do que dar uma boa risada.

– Boa tarde!

Um homem de jaleco e gravata entrou na sala. Usava um desses óculos de aro escuro a que os atores recorrem quando querem parecer inteligentes. Apertou nossas mãos e se acomodou em uma das poltronas de camurça.

– Então – falou –, em que estágio da gravidez a senhora está?

Olhei para Esperanza.

– No terceiro mês – respondeu ela, franzindo a testa.

– Parabéns. É sua primeira gestação?

– Sim.

– Bem, fico feliz que sejam sensatos o bastante para se informarem sobre o armazenamento do sangue do cordão umbilical de seu bebê.

– O senhor pode nos dizer quanto isso irá custar? – perguntei.

– Mil dólares pelo processamento e envio, além de taxas anuais de armazenamento. Sei que é caro, mas se trata de uma oportunidade única. O sangue do cordão umbilical contém células-tronco que podem salvar vidas no futuro. Simples assim. Elas podem ser usadas no tratamento de anemias e leucemia. Podem combater infecções e ajudar no tratamento de certos tipos de câncer. Estamos bastante avançados nas pesquisas que um dia podem levar à cura de doenças cardíacas, diabetes e mal de Parkinson. Ainda não chegamos lá, mas quem pode prever o que acontecerá daqui a alguns anos? Já ouviram falar dos transplantes de medula óssea?

– Por alto – falei.

– Os transplantes de sangue do cordão umbilical produzem resultados não só melhores como também mais seguros, porque não é necessário nenhum tipo de intervenção cirúrgica para a coleta do sangue. No caso dos transplantes de medula, é preciso haver uma compatibilidade HLA de 83%. Já para se usar o sangue do cordão umbilical, 67% é tudo de que precisamos. E isso já está acontecendo *agora*. Muitas vidas têm sido salvas com os transplantes de células provenientes de cordões umbilicais. Alguma dúvida até agora?

Ambos fizemos que não com a cabeça.

– Pois bem. O mais importante é o seguinte: a única oportunidade para se colher o sangue do cordão umbilical é na hora do parto. Depois não dá mais. Não será possível decidir fazer isso quando a criança já estiver com 3 anos ou na eventualidade, Deus queira que não, de um filho adoecer.

– Mas como tudo é feito, afinal? – perguntei.

– O procedimento é simples e indolor. Assim que o bebê nasce, nós colhemos o sangue do cordão umbilical, depois separamos as células-tronco e as congelamos.

– E onde essas células ficam guardadas?

– Aqui mesmo – respondeu o homem –, com toda a segurança possível. Temos vigias, geradores de energia e cofres. Como se fôssemos um banco. A opção mais procurada, e seguramente a mais recomendável no caso de vocês, é o que chamamos de "banco familiar". Em suma, vocês armazenam as células de seu bebê para uso da própria família. Mais tarde elas poderão ser usadas pela criança, por um irmão, por vocês mesmos ou outro parente: um tio, uma tia, o que for.

– Mas como vamos saber que as células colhidas serão compatíveis?

– Não há nenhuma garantia de compatibilidade, é importante que vocês saibam disso. Mas é óbvio que as chances são bem maiores entre familiares. Além disso, vocês aparentemente formam um casal interracial. É mais difícil encontrar doadores compatíveis assim, o que é um dado relevante para sua decisão. Ah, também é importante frisar que, nesse caso, as células-tronco são retiradas do sangue do cordão umbilical. O processo não tem nada a ver com toda essa controvérsia a respeito do uso de células de origem embrionária.

– Vocês não armazenam embriões aqui?

– Sim, mas isso é outro assunto. Não tem nada a ver com o que vocês estão buscando. O armazenamento de embriões é para casos de infertilidade, coisas assim. Na coleta de células do cordão umbilical, nenhum embrião é sacrificado. Só queria deixar isso bem claro.

Ele estampava no rosto um sorriso que ia de orelha a orelha.

– O senhor é médico? – perguntei.

O sorriso diminuiu ligeiramente.

– Não, mas temos médicos em nossa equipe.

– E qual é a especialização deles?

– São todos expoentes em diversas áreas.

Ele nos entregou um panfleto e apontou para os cinco médicos.

– Um geneticista para as doenças hereditárias. Um hematologista para os casos de transplante. Um ginecologista e obstetra, pioneiro na área de infertilidade. Um oncologista da área pediátrica, que atualmente pesquisa a utilização de células-tronco no tratamento do câncer infantil.

– Bem, deixe-me fazer uma pergunta hipotética.

Ele se inclinou para a frente.

– Eu armazeno o sangue do cordão umbilical de meu filho. Alguns anos depois, eu fico doente. Talvez ainda não haja cura para essa doença, mas estou disposto a tentar um tratamento em fase experimental. Nesse caso, posso usar o sangue que armazenei?

– O sangue é seu, Sr. Kadison. Pode ser usado da maneira que quiser.

Eu não fazia a menor ideia de como prosseguir. Olhei para Esperanza, mas ela não tinha nenhuma contribuição a dar.

– Posso falar com algum dos seus médicos? – perguntei.

– Há alguma pergunta que não fui capaz de responder?

Resolvi partir para um caminho diferente.

– Por acaso o senhor tem um cliente chamado Rick Collins?

– Como?

– Rick Collins. É um amigo meu. Foi ele quem recomendou vocês. Só queria ter certeza de que ele é mesmo seu cliente.

– Essa informação é confidencial. O senhor há de compreender. Se alguém perguntasse sobre o senhor, minha resposta seria a mesma.

Mais um beco sem saída.

– Já ouviu falar de uma fundação chamada Salvem os Anjos? – perguntei.

Ele fechou a cara.

– Ouviu?

– Por quê?

– É só uma pergunta.

– Bem, já expliquei todo o procedimento – disse ele, levantando-se. – Não deixem de ler esses panfletos. Espero que escolham o CryoHope. E boa sorte ao casal.

◆◆◆

Quando chegamos à rua, falei:

– Você viu a pressa do cara?

– Vi.

– Foi Win quem levantou essa bola, de que talvez o sangue encontrado na cena do crime fosse de um cordão umbilical.

– Isso explicaria muita coisa – disse Esperanza.

– Sei lá, ainda estou confuso. Digamos que Rick Collins tenha mesmo guardado o sangue da filha, Miriam. Mas e depois? Depois veio aqui, mandou... sei lá, que descongelassem o sangue, o levou para Paris e deixou cair no chão quando foi assassinado, é isso?

– Não.

– Então o quê?

– Está faltando alguma coisa. Um elo na corrente, talvez mais de um. É possível que Rick tenha mandado o sangue congelado para Paris. Talvez estivesse participando de algum programa experimental qualquer, testes com humanos ou qualquer outra coisa proibida pelo governo americano. Não sei, mas... Será que isso é menos plausível que a menina ter sobrevivido ao acidente e sumido do mapa durante 10 anos?

– Você viu a cara do fulano quando mencionamos a Salvem os Anjos?

– Nada mais natural. Esse pessoal é radicalmente contra o aborto e as pesquisas com células-tronco embrionárias. Você viu como ele fez questão de bater nessa tecla? De que o sangue do cordão umbilical não tem nada a ver com toda essa confusão?

Refleti um instante.

– Seja como for, precisamos dar uma investigada na tal fundação.

– Ninguém atende o telefone por lá – disse Esperanza.

– Você tem o endereço?

– Fica em Nova Jersey – disse ela. – Mas...

– Mas o quê?

– Estamos andando em círculos, Myron. Até agora não descobrimos nada. Acho que já é hora de cairmos na real. Nossos clientes não merecem isso. Demos nossa palavra de que trabalharíamos em defesa dos interesses deles. Mas não é isso que estamos fazendo aqui.

Permaneci mudo.

– Você é o melhor agente do mundo – prosseguiu ela. – Também sou boa no que faço. Muito boa. Deixo você no chinelo em uma mesa de negociações e sou muito mais capaz de fazer nossos clientes ganharem dinheiro. Mas eles nos procuram porque confiam em você, porque querem alguém que cuide bem deles. E nisso você é excelente.

Esperanza deu de ombros e aguardou o que eu tinha a dizer.

– É, eu entendo – falei. – Geralmente entro nessas confusões para proteger os clientes. Mas desta vez a coisa é maior. Bem maior. Você quer que eu dedique mais tempo aos nossos interesses pessoais. Eu entendo. Mas preciso ir até o fim dessa história.

– Você tem complexo de herói – disse ela.

– Tenho, é? Mentira.

– Por causa disso você às vezes se arrisca às cegas. E é sempre melhor saber para onde se está indo.

– Neste momento estou indo para Nova Jersey – falei. – E você, para o escritório.

– Posso ir junto, se você quiser.

– Não preciso de babá.

– Que pena, porque já estou no cargo. É o seguinte: nós vamos juntos ver qual é a dessa Fundação Salvem os Anjos. Se dermos com os burros n'água mais uma vez, voltamos para o escritório e trabalhamos a noite inteira. Fechado?

– Fechado.

29

Um beco sem saída e tanto.

Seguindo o GPS do carro, chegamos a um prédio comercial em Ho-Ho-Kus, Nova Jersey, no fim de uma rua sem saída. Ao nosso redor, uma oficina mecânica, uma escola de caratê chamada Garra de Águia e um estúdio fotográfico cafona de doer em cuja fachada se lia: OPHICINA DE PHOTOGRAPHIAS ALBIN LARAMIE ASSOCIADOS. Ao passarmos por ela, apontei para a vitrine e disse:

– Se é uma oficina, isso significa que essas fotos foram consertadas? Imagine só como eram antes.

As fotografias de casamentos eram tão granuladas que às vezes ficava difícil distinguir o noivo da noiva. Também havia mulheres em poses sensuais, quase todas de biquíni. As fotos de bebês embrulhados em camisolões antigos tentavam reproduzir um clima vitoriano em diferentes tons de sépia – chegava a dar medo. Sempre que vejo fotos reais de bebês daquela época, não consigo deixar de pensar: "Seja lá quem for essa criança, hoje ela está morta e enterrada." Talvez eu seja mais mórbido que a maioria, mas que tipo de pessoa pode gostar de fotos assim?

Entramos no saguão do prédio e examinamos o quadro que mostrava os números de cada sala. A Salvem os Anjos ficava na 3B. Subimos, mas a porta estava trancada. Nela se via o espaço desbotado onde antes houvera uma plaquinha.

A sala mais próxima era um escritório de contabilidade chamado Bruno e Associados. Perguntei à recepcionista o que havia acontecido a seus vizinhos.

– Ah, faz meses que eles saíram daqui – disse ela.

Uma plaquinha no balcão informava o nome da moça: Minerva. Fiquei imaginando que talvez fosse sobrenome.

– Foi logo depois que arrombaram a sala deles.

Arqueando uma das sobrancelhas, debrucei-me no balcão e disse:

– Arrombaram a sala deles?

Sou ótimo nos interrogatórios incisivos.

– É. Levaram tudo. Deve ter sido... – Minerva começou a dizer. Então fez uma careta e berrou: – Bob, quando foi que invadiram a sala aqui ao lado mesmo?

– Há três meses.

E isso foi tudo o que conseguimos com Minerva e Bob. Nos filmes, os detetives sempre perguntam se o locatário deixou um novo endereço para encaminhamento da correspondência. Nunca vi ninguém fazer isso na vida real. Voltamos ao corredor e mais uma vez encaramos a porta da sala vizinha. Ela não tinha nada a declarar.

– Pronto para voltar ao trabalho? – perguntou Esperanza.

Concordei. Voltamos à rua. Eu ainda tentava me acostumar ao sol ofuscante quando ouvi Esperanza dizer:

– Ora, vejam só...

– Que foi?

Ela apontou para um carro do outro lado da rua.

– Dá uma olhada no adesivo do para-choque de trás.

Era um modelo bastante comum: oval, com fundo branco e as iniciais de uma cidade qualquer que a pessoa tenha visitado escritas em preto. Acho que a moda começou na Europa. O sujeito volta da Itália, por exemplo, e cola um ROM no para-choque do carro. Hoje em dia, quase tudo quanto é cidade tem um adesivo semelhante. É uma maneira de demonstrar orgulho cívico, sei lá.

No caso em questão, as iniciais eram HHK.

– Ho-Ho-Kus – falei.

– Exato.

Imediatamente me lembrei do código que havia encontrado na casa de Karen Tower.

– Opala em Ho-Ho-Kus. Talvez 4.712 seja o número de uma casa.

– Ou talvez "Opala" seja um sobrenome.

Mas aquela não seria a única surpresa do dia. A caminho do nosso carro, percebemos que um Cadillac Escalade havia estacionado atrás dele, bloqueando nossa saída. Um sujeito parrudo de terno marrom de gosto duvidoso veio em nossa direção. Tinha um rosto largo e anguloso e cabelos cortados rente. Lembrava um atacante de futebol americano da década de 1950.

– Sr. Bolitar?

Reconheci a voz. Já a tinha ouvido duas vezes antes. Uma quando telefonei para Berleand, e outra em Londres, segundos antes de perder a consciência.

Esperanza se interpôs no caminho como se quisesse me proteger. Pousei a mão no ombro dela, indicando que não precisava se preocupar.

– Agente especial Jones – falei.

Dois homens (agentes também, supus) desceram do Escalade. Deixaram as portas abertas e se recostaram na lataria. Ambos usavam óculos escuros.

– Você terá de vir comigo – disse Jones.

– Estou sendo preso? – perguntei.

– Ainda não. Mesmo assim, sugiro que venha comigo.

– Acho que vou esperar pela ordem de prisão – retruquei. – Aí eu levo meu advogado comigo. Sabe como é, só para fazer as coisas como manda o figurino.

Jones deu um passo à frente.

– Prefiro não fazer uma acusação formal. Mesmo sabendo dos crimes que você cometeu.

– Foi testemunha ocular, não foi?

Jones deu de ombros.

– Para onde me levou depois que apaguei? – perguntei.

Ele simulou um suspiro.

– Tenho certeza de que não sei do que você está falando. Mas não temos tempo para isso agora, nem eu nem você. Vamos dar uma voltinha, pode ser?

Ele já ia me puxar pelo braço quando Esperanza disse:

– Agente especial Jones, telefone para o senhor.

Esperanza lhe estendeu o celular. Jones franziu a testa, mas pegou o aparelho.

Olhei para Esperanza, igualmente desnorteado, mas não encontrei nenhuma pista no rosto dela.

– Alô – disse Jones.

O volume do aparelho estava alto o bastante para que ouvíssemos com clareza o outro lado da linha, de onde alguém disse:

– Cromo, estilo militar, logomarca da Gucci em alto-relevo no canto inferior esquerdo.

Era Win.

– Hein? – disse Jones.

– Estou vendo a fivela do seu cinto pela mira do meu fuzil, embora o alvo esteja uns oito centímetros abaixo – disse Win. – Talvez cinco centímetros seja mais apropriado no seu caso.

Baixei os olhos para o cinto do sujeito. Nossa! Eu não fazia a menor ideia do que fosse uma fivela de cromo em estilo militar, mas lá estava a logomarca da Gucci gravada no metal, no canto inferior esquerdo.

– Gucci? – continuou Win. – Com salário de funcionário público? Só pode ser falsificação.

Jones correu os olhos a seu redor, o celular pregado ao ouvido.

– Suponho que seja o Sr. Windsor Horne Lockwood – falou.

– Tenho certeza de que não sei do que você está falando.

– O que você quer?

– É simples. O Sr. Bolitar não vai a lugar nenhum com o senhor.

– Está ameaçando um agente federal. É um crime grave, Sr. Lockwood.

– Bem – disse Win –, estou apenas comentando o seu senso fashion. E, levando-se em conta o seu cinto preto e seus sapatos marrons, a única pessoa que está cometendo um crime aqui é você.

Jones ergueu os olhos e me encarou. Parecia estranhamente calmo para alguém com um fuzil apontado para a virilha. Olhei de relance para Esperanza, que não olhou de volta. Uma coisa era certa: Win não estava em Bangcoc coisa nenhuma. Ele havia mentido para mim.

– Não quero confusão – disse Jones, e ergueu os braços. – Portanto, tudo bem, não vou forçá-lo a vir comigo. Tenha um bom dia, Sr. Bolitar.

Ele entregou o telefone a Esperanza, deu as costas e saiu andando de volta ao carro.

– Jones? – chamei.

Imediatamente ele se virou e protegeu os olhos do sol com a mão.

– Você sabe o que aconteceu a Terese Collins?

– Sei.

– O que foi?

– Se você vier comigo, eu conto – respondeu ele.

Olhei para Esperanza, que devolveu o celular ao agente Jones. Win disse:

– Que fique bem claro. Você não vai conseguir se esconder. Sua família também não. Se acontecer algo a ele, será o fim de tudo e todos que você ama. E não, isto não é uma ameaça.

Win desligou e Jones olhou para mim.

– Gente boa, esse seu amigo – disse.

– Você nem imagina.

– Então, vamos?

Segui para o Escalade e entrei.

30

ATRAVESSAMOS A PONTE GEORGE WASHINGTON e voltamos para Manhattan. Jones apresentou seus dois companheiros sentados à frente, mas já não me lembro dos nomes. O Escalade pegou a saída para a Rua 79 e dali a pouco paramos no lado oeste do Central Park. Jones abriu a porta do carro, pegou sua maleta e disse:

– Vamos dar uma caminhada.

Desci. O sol ainda estava forte.

– O que aconteceu a Terese? – perguntei.

– Antes você precisa saber do resto.

Na verdade, não precisava, mas não fazia sentido insistir. Ele me contaria tudo na ordem em que quisesse. Jones tirou o paletó e o deixou no banco de trás do carro. Pensei que os outros dois agentes desceriam também, mas Jones deu um tapa no teto do veículo e eles arrancaram.

– Só nós dois? – falei.

– Só nós dois.

A maleta do sujeito era antiga, retangular e com segredos em ambas as trancas. Papai tinha uma idêntica na época de sua fábrica em Newark. Servia para carregar contratos, contas e canetas, além de um pequeno gravador.

Jones entrou no parque na altura da Rua 67. Passamos pelo Tavern on the Green. Mal se viam as luzinhas nas árvores. Apertei o passo e, alcançando o agente, falei:

– Isto está parecendo filme de espionagem.

– É só precaução. Talvez desnecessária. Mas, no ramo em que trabalho, é melhor pecar pelo excesso.

Achei aquilo um tanto melodramático, mas, como antes, julguei melhor não criar caso. De uma hora para outra Jones havia assumido um ar sombrio, reflexivo, sabe-se lá por quê. Agora observava as pessoas a seu redor: os corredores, os patinadores, os ciclistas, as mamães com seus carrinhos de bebê estilosos.

– Sei que isso pode parecer piegas – falou –, mas essa gente corre, patina, trabalha, namora, ri e se diverte sem fazer a menor ideia de como tudo isso é frágil.

– Já entendi – interrompi. – E você, agente especial Jones, é a resignada sentinela que protege a todos, que sacrifica a própria vida para que os cidadãos possam dormir em paz, certo?

Ele abriu um sorriso e disse:

– É, acho que mereci ouvir isso.

– Que foi que aconteceu a Terese?

Jones continuou andando.

– Quando estávamos em Londres – falei –, você me levou sob custódia.

– Sim.

– E depois?

Ele deu de ombros.

– Depois, não sei. Há muitas hierarquias. Passei você a um agente de outro departamento. Meu trabalho já havia sido feito.

– Muito conveniente do ponto de vista moral.

Jones fez uma careta, mas seguiu adiante.

– O que você sabe sobre Mohammad Matar? – perguntou.

– Só o que li nos jornais – respondi. – Ao que parece, era um cara do mal.

– Mais que do mal. Era um extremista com formação acadêmica sólida e que fazia outros terroristas borrarem as calças de medo. Matar adorava a tortura. Acreditava que o único modo de eliminar os infiéis era se infiltrando e vivendo no meio deles. Fundou uma organização terrorista chamada Morte Verde. O lema deles é: "*Al-sabr wal-sayf sawf yudammir al-kafirun.*"

Um tremor percorreu meu corpo.

"*Al-sabr wal-sayf.*"

– O que isso significa? – perguntei.

– "A paciência e a espada extinguirão os infiéis."

Sacudi a cabeça em uma tentativa de organizar os pensamentos.

– Mohammad Matar passou quase a vida inteira no Ocidente. Foi criado principalmente na Espanha, mas também passou algum tempo na França e na Inglaterra. Dr. Morte é mais que um apelido: ele se formou em medicina pela Universidade de Georgetown, depois fez a residência aqui, em Nova York. Passou 12 anos nos Estados Unidos, sempre trocando de nome. Adivinha em que dia ele deixou o país?

– Não estou no clima para adivinhações.

– No dia 10 de setembro de 2001.

Ambos ficamos mudos por um tempo e, quase instintivamente, tomamos a direção sul. Não, dali não conseguiríamos avistar as torres, mesmo que elas ainda estivessem de pé. Mas pensar nelas era uma forma de mostrar nosso respeito pelas pessoas que perderam suas vidas.

– Quer dizer que ele estava envolvido naquilo? – falei.

– Envolvido? Difícil dizer. Mas Mohammad Matar sabia de tudo. Não foi mera coincidência ele ter saído do país um dia antes. Segundo uma testemunha, ele estava no Pink Pony no início de setembro. Já ouviu falar desse lugar?

– Não é a boate de striptease em que os terroristas foram vistos antes do dia 11?

Jones fez que sim com a cabeça. Um grupo atravessou nosso caminho. Crianças entre 10 e 12 anos com camisas verdes com a insígnia da escola pregada ao bolso. Uma professora puxava a fila e outra cuidava da retaguarda.

– Você matou um líder terrorista importante – disse Jones. – Faz ideia do que os seguidores dele fariam a você caso descobrissem a verdade?

– Foi por isso que levaram os louros pela morte dele?

– Foi por isso que omitimos seu nome.

– Fico muito agradecido.

– Está sendo irônico?

Nem eu mesmo sabia dizer.

– Se continuar aprontando por aí, a verdade vai acabar vindo à tona. Qualquer hora dessas você tropeça em uma colmeia e um enxame de jihadistas sai atrás de você.

– Vamos supor que eu não tenha medo deles.

– Então é um débil mental.

– O que aconteceu a Terese?

Paramos diante de um banco. Jones apoiou um dos pés no assento e usou a coxa como base para abrir a maleta. Vasculhou o conteúdo e dali a pouco disse:

– Um dia antes de matar Mohammad, você escavou o túmulo de Miriam Collins durante a noite para realizar um teste de DNA, certo?

– Você quer o quê? Uma confissão?

Jones balançou a cabeça.

– Você não está entendendo – disse.

– Entendendo o quê?

– Nós confiscamos o material. Com certeza você já sabe disso.

Permaneci calado.

Jones retirou um envelope pardo da maleta.

– Aqui estão os resultados do teste que você queria.

Ergui o braço para pegar o envelope e por um instante Jones hesitou em entregá-lo, como se cogitasse voltar atrás. Mas tanto ele quanto eu sabíamos. Era para isso que eu estava ali. Por fim ele entregou o envelope. Abri. Na folha de rosto havia uma foto da amostra óssea que Win e eu havíamos colhido naquela noite. Virei a página, mas Jones já havia retomado a caminhada.

– Os exames foram conclusivos. O esqueleto naquele túmulo pertencia mesmo a Miriam Collins. O teste de DNA aponta Rick Collins como pai e Terese Collins como mãe. Além disso, o osso da amostra era condizente com o tamanho e o desenvolvimento de uma menina de 7 anos.

Li o relatório. Jones continuou andando.

– Isto aqui pode ser falso – falei.

– Pode – concordou ele.

– Como você explica o sangue encontrado na cena do crime em Paris?

– Você acabou de levantar uma hipótese interessante.

– Que é?

– Talvez os resultados tenham sido forjados.

Parei.

– Você acabou de dizer que talvez tenhamos fabricado estes resultados. No entanto... não seria mais lógico que os *franceses* tivessem feito isso?

– Berleand?

Ele deu de ombros.

– E por que ele faria uma coisa dessas?

– Por que *eu* faria? Seja como for, você não precisa confiar na minha palavra. O material que vocês colheram naquele cemitério também está nesta maleta. Assim que terminarmos nossa conversa, posso devolvê-lo para que você providencie um novo exame, se quiser.

A essa altura eu já estava tonto. Jones continuava sua caminhada. A hipótese dele não era de todo absurda. Caso Berleand tivesse mentido, tudo se encaixaria. Afinal, pensando racionalmente, o que seria mais plausível? Que Miriam Collins tivesse sobrevivido ao acidente e testemunhado o assassinato do pai ou que Berleand tivesse mentido sobre os resultados do exame?

– Você acabou se envolvendo nesta confusão porque queria encontrar Miriam Collins – disse Jones. – Pois já encontrou. Quanto ao resto, deixe conosco. Seja lá o que mais estiver acontecendo, você agora sabe que Miriam Collins está morta. Esta amostra óssea fornecerá todas as provas de que precisa.

Balancei a cabeça e disse:

– É fumaça demais para que não haja nenhum fogo.

– Tipo o quê? Os terroristas? Grande parte disso que você chama de "fumaça" pode ser atribuída ao próprio Rick Collins, que tentou se infiltrar na célula deles.

– E a garota de cabelos louros?

– O que tem ela?

– Vocês a capturaram em Londres?

– Não. Ela já havia fugido quando chegamos. Sabemos que você a viu. Temos uma testemunha, um vizinho de Mario Contuzzi, que afirma ter visto você correndo atrás dela.

– Quem era a moça, afinal?

– Uma integrante da célula.

– Uma adolescente loura? – exclamei. – *Jihadista?*

– Claro. Essas células costumam ser bem variadas: estrangeiros que tiveram os direitos civis cassados, árabes de todo tipo e, sim, um ou outro ocidental com alguns parafusos a menos. Sabemos que os grupos terroristas vêm tentando recrutar um número cada vez maior de ocidentais brancos, sobretudo mulheres. Por um motivo muito simples: uma lourinha bonitinha pode ir a lugares que um marmanjo árabe não pode. É comum essas garotas terem questões psicológicas muito mal resolvidas. Sabe como é: há jovens que resolvem fazer filmes pornôs, outras vão para a cama com terroristas.

Eu não sabia ao certo se acreditava naquilo.

Jones abriu um sorriso discreto, depois disse:

– O que mais o preocupa? Pode se abrir comigo.

– Muitas coisas – falei.

Ele balançou a cabeça.

– Não, Myron. A esta altura tudo se resume a uma coisa só, não é? Você está se perguntando sobre o acidente de carro.

– A versão oficial é falsa – falei. – Conversei com Karen Tower antes do assassinato dela. E com Nigel Manderson também. O acidente não aconteceu do modo que eles disseram.

– É essa a sua fumaça?

– É.

– Então, se eu soprar essa fumaça, você esquece tudo isso?

– Estavam escondendo algo sobre aquela noite.

– Então, se eu soprar essa fumaça, você esquece tudo isso? – repetiu ele.

– Suponho que sim – respondi.

– Pois bem. Vamos avaliar algumas hipóteses.

Jones continuava caminhando.

– O acidente de 10 anos atrás. Você decerto está achando que...

Ele estacou e se virou para mim.

– Não, diga você o que está achando. Na sua opinião, o que eles podiam estar escondendo?

Não respondi.

– O carro bateu. Quanto a isso não há dúvida, certo? Terese foi levada para o hospital. Nisso você também acredita, suponho. Portanto, na sua opinião, o que deu errado? Você acha que... me ajude aqui, Myron... você acha que houve uma trama envolvendo a melhor amiga de Terese Collins e pelo menos um ou dois policiais para que, por um estranho motivo, a menina fosse raptada e criada em um cativeiro qualquer durante todo esse tempo. Mas... e depois?

Permaneci calado.

– Na sua cabeça, também participo dessa conspiração, já que estou mentindo sobre os resultados do exame de DNA. Só que agora você poderá comprovar por conta própria que não estou.

– Eles estavam escondendo algo – falei.

– Sim, estavam – disse Jones.

Esperei que ele explicasse. A essa altura já havíamos alcançado o carrossel do parque.

– Em grande parte o acidente aconteceu do modo que lhe contaram. Um caminhão fechou o carro da Sra. Collins na A-40, ela deu um puxão no volante e... bem, foi aí que a coisa desandou. Você também já sabe dos antecedentes. A Sra. Collins estava em casa. Recebeu um telefonema para ir até a emissora e apresentar o noticiário do horário nobre. Não havia planejado sair naquela noite. Portanto, até certo ponto, acho compreensível que...

– Que...?

– Há um ditado popular grego que diz que o corcunda nunca enxerga a própria corcova.

– O que isso tem a ver com Terese?

– Talvez nada. Esse ditado fala dos nossos erros. Não hesitamos em apontar os erros dos outros. Quanto aos nossos, no entanto... Também não sabemos avaliar nossas próprias qualidades, sobretudo quando há uma bela recompensa à nossa frente.

– Você não está falando coisa com coisa.

– Claro que estou. Você quer saber o que eles estavam escondendo. Mas não é óbvio? A morte da filha não teria sido castigo suficiente para Terese Collins? Não sei dizer se eles estavam preocupados com as consequências legais ou apenas com a culpa que aquela mãe teria de carregar. Acontece que Terese Collins estava alcoolizada naquela noite. Teria evitado o acidente se estivesse sóbria? Não sei. Ninguém sabe. O motorista do caminhão também estava errado, mas se ela tivesse reagido com mais rapidez...

Tentei digerir aquilo.

– Terese estava bêbada?

– O exame de sangue indica que sim, que ela estava acima do limite permitido.

– Então é isso que eles estavam escondendo?

– É.

Dizem que é possível farejar uma mentira. Mas a verdade também tem seu cheiro.

– Quem sabia disso? – perguntei.

– O marido. Karen Tower também. Guardaram segredo porque temiam que a verdade pudesse destruir a Sra. Collins.

Era bem possível que eles não tivessem conseguido evitar isso, pensei. E senti um aperto no peito tão logo me dei conta de outra verdade: Terese provavelmente sabia. Mesmo que não tão claramente, sabia da própria culpa. Qualquer mãe ficaria arrasada com uma tragédia assim, mas 10 anos já haviam se passado e lá estava ela, ainda tentando se redimir.

O que Terese tinha dito em Paris? Que não queria reconstruir seu mundo. Ela sabia. Talvez inconscientemente. Mas sabia.

Parei onde estava.

– O que aconteceu a Terese?

– Então, Myron, a fumaça foi embora?

– O que aconteceu a ela? – insisti.

Jones se virou e, encarando-me, disse:

– Preciso ter certeza de que você vai deixar tudo isso de lado, está bem? Não sou a favor dessa história de que os fins justificam os meios. Conheço todos os argumentos contra a tortura e concordo com eles. Mas o buraco dessa questão é bem mais embaixo. Digamos que você prenda um terrorista que já tenha matado milhares de pessoas e que ele tenha escondido uma bomba que poderá matar milhões de crianças. Você não cobriria o sujeito de porrada até arrancar a informação dele para salvar essas vidas? Claro que sim. Mesmo que fossem só 10 crianças, não centenas ou milhares. A pessoa que não for capaz de entender uma coisa dessas... Bem, eu ficaria com os dois pés atrás. Ela também é extremista.

– Aonde você quer chegar?

– Quero que você retome sua vida – disse Jones, agora com certa delicadeza, quase em tom de súplica. – Sei que você desconfia de mim. Mas não gosto nem um pouco do que aconteceu a você. Por isso estou lhe contando tudo isso. Estou protegido por todos os lados. Jones nem é meu nome verdadeiro e estamos neste parque porque não tenho endereço fixo. Até para seu amigo Win seria quase impossível me localizar. Conheço sua vida pelo avesso. Conheço seu passado. Sei que teve um problema no joelho e tentou seguir em frente. Não é comum ter uma segunda chance e é exatamente isso que estou lhe oferecendo agora.

Ele correu os olhos pelo horizonte.

– Você precisa virar mais essa página. Tocar a vida adiante. Para seu próprio bem – acrescentou ele. Depois apontou o queixo para determinada direção e concluiu: – E o dela também.

Por um momento tive medo de ver. Mas por fim olhei na direção que ele apontava, os olhos dardejando à procura do que seria. Então fiquei paralisado. Com a mão trêmula, cobri a boca. Eu fazia o possível para manter as pernas firmes enquanto meu peito ameaçava explodir.

Porque do outro lado de um gramado, com os olhos úmidos e, como sempre, linda de morrer, estava Terese.

31

NO ATAQUE EM LONDRES TERESE havia sido atingida no pescoço.

Eu novamente repousava a cabeça naqueles ombros adoráveis, beijando-os devagar, quando vi a cicatriz. Não, Terese não havia sido dopada e arrastada para um buraco negro. Fora levada a um hospital nas imediações de Londres, depois embarcara para Nova York. Sofrera ferimentos bem mais graves que os meus. Ainda sentia muitas dores e se movia com dificuldade.

Agora estávamos no apartamento de Win no edifício Dakota, no meu quarto, abraçados e olhando para o alto. Terese apoiava a cabeça em meu peito. Eu podia sentir meu coração batendo contra o corpo dela.

– Você acreditou no que Jones disse? – perguntei.

– Acreditei.

Deslizei a mão por suas costas e puxei-a para mais perto. Ela estremeceu um pouco. Eu não queria perdê-la de vista nunca mais.

– Até certo ponto, eu sabia que estava me iludindo – disse ela. – Nossa, como eu queria aquilo! Era uma oportunidade de redenção, entende? Como se minha filhinha desaparecida estivesse viva em algum lugar e eu tivesse a chance de resgatá-la.

Eu entendia o que ela estava sentindo.

– Então, o que vamos fazer agora? – perguntei.

– Agora só quero ficar quietinha aqui, com você, e deixar rolar. Pode ser?

– Claro.

Permaneci com os olhos grudados no teto durante mais um tempo, mas depois, como não consigo simplesmente deixar um assunto de lado, falei:

– Quando Miriam nasceu, você e Rick congelaram o sangue do cordão umbilical dela?

– Não.

Mais um tiro n'água.

– Você ainda quer fazer o teste de DNA, só para ter certeza? – perguntei.

– Não sei. O que você acha?

– Acho que devemos fazer.

– Tudo bem, então.

– Você terá de fornecer uma amostra do seu DNA – falei. – Para comparação. Não temos o DNA do Rick, mas se pudermos confirmar que a filha é sua... Quer dizer, suponho que você só tenha dado à luz uma vez.

Silêncio.

– Terese?

– Só dei à luz uma vez – disse ela.

Mais silêncio.

– Myron?

– Diga.

– Não posso mais ter filhos.

Permaneci calado.

– Foi um milagre Miriam ter nascido. Mas logo depois do parto, precisei fazer uma histerectomia de urgência, porque o médico descobriu alguns miomas. Não posso mais ter filhos.

Fechei os olhos. Queria dizer algo para consolá-la, mas tudo o que me vinha à cabeça parecia paternalista ou inútil. Então puxei-a um pouco mais para perto. Não queria pensar no futuro. Queria apenas ficar ali, abraçando-a.

Mais uma vez me lembrei do ditado iídiche: "O homem planeja e Deus ri."

Percebi que ela tentava se desvencilhar do meu abraço. Puxei-a de volta.

– Ainda é cedo demais para essa conversa? – perguntou ela.

Pensei um instante.

– Provavelmente, tarde demais.

– E isso significa que...?

– Que neste momento – falei – só quero ficar quietinho aqui, com você, e deixar rolar.

◆◆◆

Terese já estava dormindo quando ouvi alguém destrancar a porta do apartamento. Olhei para o relógio da mesinha de cabeceira: uma da manhã.

Vesti um roupão e fui para a sala. Win e Mee acabavam de chegar.

– Olá, Myron – disse Mee, com um breve aceno.

– Olá, Mee.

Ela passou para a sala ao lado e, tão logo ficamos sozinhos, Win disse:

– Quando o assunto é sexo, gosto de *Mee* saciar primeiro.

Apenas olhei para ele.

– E o melhor de tudo é que não preciso de muito para *Mee* satisfazer.

– Por favor, pare com isso – falei.

Win deu um passo à frente e me abraçou com força.

– Você está bem? – perguntou.

– Estou ótimo.

– Quer saber de uma coisa curiosa?

– O quê?

– Nunca ficamos tanto tempo longe um do outro desde os tempos da Duke.

Fiz que sim com a cabeça, esperei que o abraço afrouxasse e olhei para Win.

– Você mentiu sobre Bangcoc – falei.

– Menti coisa nenhuma. Acho mesmo que o nome da cidade é engraçado.

Só balancei a cabeça. Então fomos para outro cômodo do apartamento, uma sala em estilo Luís-não-sei-das-quantas, com madeiras pesadas, esculturas rebuscadas e bustos de homens usando perucas. Sentamos nas poltronas de couro diante da lareira de mármore. Win arremessou uma caixinha de achocolatado na minha direção e se serviu de uísque de um decanter de cristal.

– Preferiria café – disse –, mas não quero *Mee* excitar demais.

– Aposto que seu estoque de trocadilhos já está acabando.

– Deus queira que sim.

– Por que você mentiu sobre Bangcoc?

– O que você acha? – devolveu ele.

A resposta era óbvia. Senti uma onda de vergonha me dominar novamente.

– Entreguei você, não entreguei?

– Entregou.

– Desculpe – falei.

– Não tem nada de que se desculpar.

– Pensei que... sei lá, pensei que fosse mais forte.

Win bebeu um gole do uísque, depois disse:

– Você é a pessoa mais forte que eu conheço.

Esperei um instante, mas não pude me conter:

– Pensei que você fosse dizer "a sua força *Mee* impressiona".

– Mas é aquela comissária de bordo que *Mee* impressiona.

Seguiu-se um silêncio tranquilo. Depois de um tempo, Win perguntou:

– Você já consegue se lembrar de alguma coisa?

– Muito vagamente.

– Vai precisar de ajuda com isso.

– Eu sei.

– A amostra de osso ainda está com você, não é?

Fiz que sim com a cabeça.

– Caso o teste de DNA confirme o que o tal agente Jones disse, vamos pôr um ponto final nessa história?

– Jones me deu algumas respostas, quase todas.

– Mas...

– Na verdade, são muitos "mas".

– Sou todo ouvidos.

– Liguei para o número que Berleand me passou – falei. – Ninguém atendeu.

– Isso não chega a constituir um "mas".

– Você conhece a teoria dele sobre o grupo de Mohammad Matar?

– Que o grupo continuará ativo mesmo com a morte do líder? Conheço.

– Se isso for verdade, muita gente está em perigo. Não podemos simplesmente cruzar os braços.

Win balançou a cabeça algumas vezes enquanto dizia:

– É, não podemos.

– Além disso, Jones acha que os seguidores de Matar virão atrás de mim se descobrirem o que fiz. Não pretendo ficar esperando por eles, com medo da minha própria sombra.

Win gostou mais deste último argumento.

– Prefere adotar uma abordagem proativa?

– Acho que sim.

Win balançou a cabeça.

– O que mais? – perguntou ele.

Dei um gole longo no achocolatado.

– Eu vi aquela garota de cabelos louros. Vi o modo de andar. Vi o rosto.

– Ah, sim. E, como disse antes, notou semelhanças, talvez genéticas, entre ela e a deleitante Sra. Collins, certo?

Suguei mais um pouco do achocolatado da caixinha.

– Você se lembra daquelas figuras que causavam ilusões de ótica e nos deixavam intrigados quando éramos crianças? – disse Win. – Tinha uma em que era possível enxergar ao mesmo tempo uma velha e uma donzela, lembra? E também aquela do coelho e do pato.

– Não foi isso que aconteceu.

– Myron, reflita comigo. Suponha que Terese não o tivesse chamado a Paris. Suponha também que você estivesse indo a pé para o escritório e a tal moça cruzasse seu caminho. Você não iria pensar "Puxa, só pode ser a filha da Terese", iria?

– Não.

– Portanto, há uma clara influência pelas circunstâncias aqui. Está entendendo o que eu quero dizer?

– Estou.

– Por outro lado – prosseguiu ele –, isso não significa que você tenha se enganado.

– É verdade.

– Quer saber? Acho até que pode ser divertido caçar um grupo terrorista.

– Você vai nessa comigo?

– Ir co-*Mee*-go? Ainda não. Só depois que terminar este uísque.

32

É INCRÍVEL COMO NOSSA MENTE pode ao mesmo tempo ser tão atrapalhada e tão sagaz.

Nossa lógica nunca é linear. O raciocínio avança, recua, bate nas paredes, faz curvas fechadas e se perde em desvios. Qualquer coisa pode ser um elemento catalisador – e geralmente é algo que à primeira vista não tem nada a ver com o assunto em questão, algo que lança nosso pensamento para uma direção inesperada e fatalmente resulta em uma solução que a lógica linear jamais teria suposto.

Pois foi isso que aconteceu comigo. Foi assim que pude começar a juntar as peças do quebra-cabeça.

Terese abriu os olhos quando voltei ao quarto. Não comentei nada sobre minhas suspeitas a respeito da garota loura, fossem elas influenciadas pelas circunstâncias ou não. Não queria esconder nada de Terese, mas não havia motivos para tocar no assunto por enquanto. Ela estava tentando se curar. Para que mexer naquela ferida se eu ainda não tinha certeza de nada?

Terese pegou no sono novamente. Abracei-a e fechei os olhos. Só então me dei conta de como havia dormido mal desde que voltara daquele apagão de 16 dias.

Os pesadelos me acordaram de repente às três da manhã. Meu coração martelava o peito. Meus olhos lacrimejavam. Eu me lembrava apenas da sensação de ter algo me pressionando, prendendo meu corpo, algo tão pesado que chegava a bloquear a respiração. Levantei da cama. Terese ainda dormia. Baixei a cabeça e beijei-a de leve.

Havia um laptop na saleta contígua ao quarto. Acessei a internet e procurei por "Salvem os Anjos". O site surgiu na tela. Num banner abaixo do nome da fundação, lia-se em letras menores SOLUÇÕES CRISTÃS. Os textos falavam de vida, amor e Deus. Sugeriam a substituição da palavra "escolha" por "soluções" e traziam testemunhos de mulheres que haviam preferido a "solução adoção" ao "assassinato". Casais que haviam enfrentado problemas de fertilidade condenavam as "experiências cruéis" que o governo pretendia fazer com "nossos pré-nascidos", enquanto a Salvem os Anjos podia ajudar um embrião congelado a "cumprir seu destino primeiro: a vida", seguindo o preceito cristão de ajudar outros casais estéreis.

Eu conhecia esses argumentos, lembrava-me de quando Mario Contuzzi os havia mencionado, dizendo que a fundação parecia ser contra o aborto, mas que não chegava a ser radical. Eu tendia a concordar com essa posição, então continuei minha pesquisa. A missão do grupo, tal como estava escrito, era compartilhar o amor de Deus e salvar "crianças pré-nascidas". Havia uma profissão de fé descrevendo a Bíblia como "a palavra integral e inequívoca de Deus" e ressaltando o caráter sagrado da vida. Links conduziam a sites de adoção, informações legais, calendários de eventos e recursos para mães biológicas.

Cliquei em DÚVIDAS FREQUENTES e examinei todo o conteúdo sobre apoio às mães solteiras, adequação de casais estéreis ao recebimento de embriões congelados, formulários a serem preenchidos, custos e como fazer doações ou entrar para a equipe. Tudo muito impressionante. Em seguida abri GALERIA DE FOTOS e, logo na primeira página, deparei com as imagens de duas mansões bastante imponentes, usadas como abrigos para as mães solteiras. Uma delas lembrava a sede de uma fazenda do Sul dos Estados Unidos, toda branca, com colunas de mármore e salgueiros imponentes ao redor. A outra seria perfeita para um hotel: um casarão vitoriano de arquitetura rebuscada, com torres, vitrais, uma enorme varanda na frente e mansarda em ardósia. As legendas ressaltavam a confidencialidade do lugar e de seus residentes – não havia nomes ou endereços –, enquanto as fotos, de tão lindas, fariam qualquer pessoa cogitar uma produção independente.

Abri a segunda página, e foi aí que se deu o momento catalisador de lógica não linear em que a mente mostra toda a sua sagacidade.

Fotos de bebês, todas lindas, fofas e comoventes, imagens concebidas para emocionar qualquer ser humano com um mínimo de sangue nas veias.

Acontece que minha mente tem um fraco por contrastes. Se assisto a uma *stand-up comedy* ruim, logo me lembro de como Chris Rock é fenomenal. Se vejo um filme de terror sobrecarregado de efeitos especiais, logo penso em Hitchcock e seu talento para provocar arrepios com cenas em preto e branco. Pois diante daquelas fotos de tantos "anjinhos salvos" não pude deixar de recordar outras, que vira antes: os assombrosos bebês vitorianos exibidos na vitrine do estúdio fotográfico de Nova Jersey. E em seguida me veio à cabeça outra coisa que descobrira por lá: a possibilidade de que HHK fossem as iniciais de Ho-Ho--Kus, como Esperanza havia apontado.

Ah, o cérebro humano: bilhões de sinapses espocando, estalando e se misturando de modo aleatório por todos os lados. Nunca sabemos ao certo como isso funciona, mas creio que, no meu caso, a sequência tenha sido esta: Ophicina de Photographias Albin Laramie Associados, HHK, Esperanza na época em que a conheci, o acrônimo ANIL, de Associação Nossas Incríveis Lutadoras.

De repente tudo se conectou. Talvez nem tudo. Mas alguma coisa. O bastante para que eu soubesse aonde ir na manhã seguinte: à vitrine daquele estúdio cafona em Ho-Ho-Kus, também conhecido como Ophicina de Photographias Albin Laramie Associados. Ou, para quem estivesse fazendo uma anotação apressada, simplesmente OPALA.

◆◆◆

O homem do outro lado do balcão só podia ser Albin. Ele usava uma capa. Uma capa brilhosa. Como se fosse Batman ou Zorro. A barba lembrava um desenho feito no Traço Mágico e os cabelos pareciam meticulosamente desgrenhados. Seu aspecto geral anunciava aos quatro ventos que o sujeito não era apenas um fotógrafo, mas "um artista!". Quando entrei, ele falava ao telefone e franzia o rosto em uma carranca.

Adiantei-me até o balcão. Ele ergueu o dedo, sinalizando para que eu esperasse.

– Ele não entende, Leopold! Que mais posso dizer? O imbecil não sabe nada de ângulos, textura e cor. Não tem olho para a coisa!

Novamente ele ergueu o indicador para que eu esperasse mais um pouco. Quando enfim desligou o telefone, exalou um suspiro teatral e disse:

– Em que posso ajudá-lo?

– Olá – falei. – Sou Bernie Worley.

– E eu sou Albin Laramie – disse ele, levando a mão ao peito.

Apresentou-se com tanto orgulho e afetação que imediatamente me lembrei de Mandy Patinkin em *A princesa prometida*. Só faltava ele dizer que eu havia assassinado seu pai e que me preparasse para morrer.

Abri um sorriso tedioso e disse:

– Minha mulher pediu que eu buscasse umas fotos.

– O senhor trouxe o recibo?

– Perdi.

Albin franziu a testa.

– Mas tenho o número da ordem de serviço, se ajudar.

– É possível.

Ele puxou o teclado de um computador, preparou os dedos e se virou para mim.

– Pode dizer.

– Quatro, sete, um, dois.

Ele me olhou como se eu fosse a criatura mais estúpida na face da Terra:

– Isso não é um número de ordem de serviço.

– Ah. Tem certeza?

– É o número de uma sessão.

– Sessão?

Ele afastou a capa com ambas as mãos, como se fosse um pássaro prestes a levantar voo.

– Uma sessão de fotos.

O telefone tocou e ele me deu as costas, como se o assunto estivesse encerrado. Vi que corria o risco de perdê-lo. Então dei um passo para trás e encarnei meu próprio personagem. Pisquei os olhos e abri a boca em um círculo perfeito. Myron Bolitar, o Mocinho Pasmo. Albin agora me observava com curiosidade. Caprichando na expressão de perplexidade, comecei a perambular pela loja.

– Algum problema? – perguntou ele.

– Seu trabalho – falei. – É de tirar o fôlego.

A vaidade fez Albin se derreter na mesma hora. Não é comum um homem adulto se comportar assim. Exaltei seu trabalho durante cerca de 10 minutos, perguntando sobre sua inspiração e deixando que ele tagarelasse sobre matizes, estilo, luz e coisas do gênero.

208

– Marge e eu temos uma filhinha – falei, balançando a cabeça e fingindo admiração diante de uma monstruosidade vitoriana que transformava um bebezinho que seria lindo na versão careca do meu tio Morty. – Precisamos marcar uma hora para trazê-la aqui.

Albin ainda se derretia em vaidade dentro de sua capa. Nada melhor que uma capa para um pavão como ele, pensei. Discutimos preços – que, de tão altos, exigiriam que eu fizesse uma segunda hipoteca – e, prosseguindo com a encenação, falei:

– Olha, foi este o número que minha mulher me passou. O número da sessão. Ela disse que, quando eu visse as fotos, ficaria de queixo caído. Será que posso dar uma olhada? É a sessão 4.712.

Se algo nele chegou a achar estranho que eu tivesse entrado ali para buscar fotos e agora dissesse que queria ver o resultado de determinada sessão, ele não se importou.

– Claro, claro, elas estão no computador. Vou confessar uma coisa: não gosto nem um pouco de fotografia digital. No caso da sua filhinha, vou usar uma câmera antiga. A textura nem se compara.

– Maravilha.

– Apesar disso, uso uma câmera digital para armazenar na web.

Albin pressionou algumas teclas e apertou ENTER.

– Bem, não são fotos de bebê. Veja.

Ele girou o monitor na minha direção, exibindo um sem-número de imagens em miniatura. Senti um aperto no peito antes mesmo que ele clicasse sobre uma delas, ampliando-a na tela. Não havia dúvida.

Era a garota loura.

Fazendo o possível para parecer calmo, falei:

– Vou querer uma cópia.

– De que tamanho?

– Sei lá. Pode ser 20 x 30.

– Fica pronta em uma semana, contando a partir de terça.

– Preciso dela agora.

– Impossível.

– Mas seu computador está conectado a uma impressora colorida – argumentei.

– Sim, mas a qualidade das fotos impressas nunca é boa.

Não havia tempo para explicações. Tirei a carteira do bolso e disse:

– Duzentos dólares por uma impressão dessa foto.

Os olhos de Albin se estreitaram, mas só por um instante. Ele finalmente começava a desconfiar de algo, mas não era médico nem advogado, era fotógrafo. Não precisava se preocupar com a privacidade dos clientes. Entreguei as cédulas e ele se afastou rumo à impressora. Foi então que notei um campo de informações pessoais na tela. Cliquei nele.

– Algum problema? – perguntou Albin, tirando a foto da impressora.

Eu me afastei do computador, mas já tinha visto o suficiente. A garota estava registrada apenas com o nome de Carrie. O endereço?

Logo ali, do outro lado da rua. Aos cuidados da Fundação Salvem os Anjos.

◆◆◆

Albin desconhecia o sobrenome de Carrie. Quando eu o pressionei, admitiu que costumava tirar fotos para a tal fundação, mas só. Eles forneciam apenas os prenomes. Atravessei a rua levando comigo a foto impressa. A sala da Salvem os Anjos continuava fechada. Não me surpreendia. Então fui até a sala vizinha, onde funcionava o escritório de contabilidade, e mostrei a Minerva, minha recepcionista predileta, a foto de Carrie.

– Você a conhece?

Minerva ergueu os olhos, mas não disse nada.

– Ela desapareceu – falei. – Estou tentando encontrá-la.

– Você é o quê, detetive?

– Sou.

Mais simples do que explicar a verdade.

– Maneiro.

– É. O primeiro nome dela é Carrie. Nunca a viu por aqui?

– Ela trabalhava aí ao lado.

– Na Salvem os Anjos?

– Quer dizer, não trabalhava exatamente. Foi estagiária. Por algumas semanas no último verão.

– O que você pode me dizer a respeito dela?

– É uma moça bonita, não é?

Não falei nada.

– Não sabia o nome dela. Ela não era lá muito simpática. Para dizer a verdade, nenhuma das estagiárias era. Muito amor por Deus e nem tanto pelas pessoas de carne e osso, eu acho. Bem, o banheiro no fim do corredor é para uso de todas as salas. Quando a gente se via por lá, eu dava um "oi", mas ela nem respondia. Era como se não estivesse me vendo, sabe?

Agradeci a Minerva e voltei à sala 3B. Fiquei ali por um momento, encarando a porta. De novo, o cérebro humano: os pensamentos rodopiavam na cachola como pares de meias em uma secadora de roupa. Lembrei-me do site que havia visitado na véspera, pensei no nome da organização. Examinei mais uma vez a fotografia de Carrie. Os cabelos claros. O rosto bonito. Os olhos azuis, com um anel dourado em torno das pupilas. Apesar disso, vi exatamente o que Minerva queria dizer.

Não havia dúvida.

Às vezes há semelhanças tão fortes nos rostos de duas pessoas que só podem se tratar de traços genéticos – um anel dourado ao redor das pupilas, por exemplo. Outras vezes, no entanto, notamos algo mais parecido com um eco. Foi isso que vi no rosto da garota: um eco.

Um eco – e disso eu tinha certeza – da mãe dela.

De novo olhei para a porta. E de novo examinei a foto. À medida que a ficha caía, senti o sangue gelar nas veias.

Berleand não havia mentido.

Meu celular tocou. Era Win.

– Saíram os resultados do teste de DNA – disse ele.

– Já sei. Terese é a mãe. O que Jones disse era verdade.

– Exatamente.

Baixei os olhos e encarei a foto um pouco mais.

– Myron?

– Acho que entendi – falei enfim. – Acho que sei o que está acontecendo.

33

VOLTEI PARA MANHATTAN. Mais especificamente, para o prédio do CryoHope.

Não pode ser.

Esse era o pensamento que assombrava minha cabeça. Eu nem sabia direito se queria estar certo ou errado, mas, como já disse antes, se é possível farejar uma mentira, a verdade também tem seu cheiro. Quanto ao "não pode ser", novamente me lembrei de Sherlock Holmes: "Uma vez eliminado o impossível, o que sobra, por mais improvável que pareça, deve ser a verdade."

Fiquei tentado a ligar para o agente especial Jones. Agora eu tinha uma foto. A tal Carrie poderia ser uma terrorista, uma simpatizante ou, na melhor das hipóteses, talvez estivesse sendo coagida. Mas ainda era cedo para isso. Eu podia falar com Terese, discutir as possibilidades, mas isso também me parecia prematuro.

Eu precisava ter mais certezas antes de reacender – ou eliminar de vez – as esperanças dela.

O CryoHope Center tinha manobristas. Entreguei a chave do carro e entrei no prédio. Rick Collins havia procurado aquele lugar logo após descobrir que sofria da doença de Huntington, o que fazia sentido. Tratava-se de uma instituição de ponta nas pesquisas com células-tronco. Seria natural que ele tivesse procurado ali algum tipo de tratamento que pudesse salvá-lo de sua sina genética.

Mas seu destino tinha sido bem diferente.

Lembrei-me do nome de um dos médicos listados no panfleto.

– Gostaria de falar com o Dr. Sloan – disse à recepcionista.

– Seu nome?

– Myron Bolitar. Diga que é sobre Rick Collins. E uma garota chamada Carrie.

◆ ◆ ◆

Quando voltei ao saguão, Win estava na porta, recostado à parede com a desenvoltura de um Dean Martin se apresentando em um hotel-cassino de Las Vegas. A limusine o esperava do lado de fora, mas ele seguiu andando comigo.

– E então? – falou.

Contei-lhe tudo. Ele ouviu com atenção, sem me interromper com perguntas, depois disse:

– E qual será o próximo passo?

– Vou falar com Terese.

– Faz alguma ideia de como ela vai reagir?

– Nenhuma.

– Você pode esperar e pesquisar um pouco mais.

– Pesquisar o quê?

Ele tomou a foto das minhas mãos.

– A garota.

– Vamos fazer isso, mas depois. Agora preciso falar com Terese.

Meu celular tocou. A tela indicava "número desconhecido". Acionei o viva voz e atendi.

– Estava com saudade de mim?

Era Berleand.

– Você nunca mais ligou – falei.

– Se ligasse, aposto que você ia se meter de novo na investigação.

– Então por que ligou agora?

– Porque você está em uma encrenca danada – disse ele.

– Que foi que houve?

– Está no viva voz?

– Está.

– Win está aí com você?

– Sim, estou – respondeu o próprio Win.

– Então, qual é o problema agora? – perguntei.

– Interceptamos algumas conversas bastante sinistras em Paterson, Nova Jersey. O nome de Terese foi mencionado.

– O de Terese? – falei. – O meu não?

– Pode ser que sim. Havia muita interferência. Não dava para entender tudo.

– Mas você acha que eles já sabem de nós?

– Tudo indica que sim.

– Faz alguma ideia de como isso aconteceu?

– Não, nenhuma. Os agentes da equipe de Jones, os que levaram você sob custódia, são os melhores que há. Nenhum deles abriria o bico.

– Mas um deve ter aberto – falei.

– Tem certeza?

Vasculhei a memória, procurando me lembrar de todos que estavam presentes naquele dia em Londres e tentando identificar qual deles poderia ter contado aos jihadistas que eu havia matado o líder deles. Olhei de relance para o Win. Ele ergueu a fotografia de Carrie e arqueou uma sobrancelha.

Uma vez eliminado o impossível...

– Ligue para seus pais agora – disse Win. – Vamos levá-los para o condomínio Lockwood de Palm Beach. Quanto a Esperanza, vamos colocar os melhores seguranças ao lado dela. Talvez Zorra esteja disponível, ou Carl, aquele camarada da Filadélfia. Seu irmão ainda está fazendo escavações no Peru?

Fiz que sim com a cabeça.

– Então ele está seguro.

Eu sabia que Win ficaria do nosso lado, do meu e de Terese. Ele começou a dar telefonemas. Desativei o viva voz e retomei a conversa no telefone:

– Berleand?

– Diga.

– Jones sugeriu que talvez você tivesse mentido sobre o exame de DNA em Paris.

Berleand permaneceu calado.

– Sei que você disse a verdade – falei.

– Sabe como?

Mas eu já havia falado demais.

– Preciso dar uns telefonemas agora. Ligo de volta assim que puder.

Desliguei e disquei o número dos meus pais, torcendo para que papai atendesse. Mas foi mamãe, claro, quem pegou o fone.

– Oi, mãe, sou eu.

– Olá, querido.

Ela parecia cansada.

– Acabei de chegar do médico – disse ela.

– Tudo bem com a senhora?

– Isso você vai saber se entrar no meu blog hoje à noite.

– Espere aí. A senhora acabou de chegar do médico, certo?

Mamãe exalou um suspiro.

– Foi isso que acabei de dizer, não foi?

– Então. Perguntei se a senhora está bem de saúde.

– Pois é justamente esse o meu próximo tópico. Se quiser saber mais, vai ter que ler.

– Por que a senhora não me conta de uma vez?

– Nada pessoal, meu querido. É que, escrevendo no blog, não preciso ficar repetindo a mesma coisa sempre que alguém perguntar.

– A senhora faz um post em vez de falar com as pessoas?

– Para aumentar o número de acessos ao blog. Está vendo só como funciona? Você ficou todo interessado.

Senhoras e senhores, minha mãe.

– Eu nem sabia que a senhora tinha um blog.

– Claro que tenho! Sou uma mulher do meu tempo, muito atual e muito descolada. Também estou no MyFace.

Ouvi papai berrar do outro lado da linha:

– É MySpace, Ellen!

– O quê?

– O certo é MySpace!

– Ah. Achei que fosse MyFace.

– Confundiu com Facebook. Você também tem uma página lá. No Facebook e no MySpace.

– Tem certeza?

– Absoluta.

– Olha só o Bill Gates falando. De uma hora para outra, seu pai sabe tudo de internet.

– E sua mãe está bem de saúde, sim! – papai berrou de lá.

– Não conte! – protestou mamãe. – Agora ele não vai entrar no blog!

– Mãe, preciso falar com o papai. É importante.

214

Ele veio ao telefone. Expliquei o que estava acontecendo, rapidamente e com o mínimo de detalhes possível. Como sempre, ele logo entendeu. Não fez perguntas nem reclamou. Eu tinha acabado de combinar com ele que mandaria alguém buscá-los para levá-los até Palm Beach quando ouvi o bipe de uma nova ligação. Era Terese.

Despedi-me de papai e atendi.

– Estou a uns dois minutos daí – falei. – Não saia até eu chegar.

Silêncio.

– Terese?

– Ela ligou.

Terese estava chorando.

– Quem foi que ligou?

– Miriam. Acabei de falar com ela.

34

TERESE JÁ ME ESPERAVA À PORTA.

– Que foi que aconteceu? – perguntei.

Terese tremia da cabeça aos pés. Ela deu um passo à frente e eu a abracei, fechando os olhos. Sabia que aquela conversa seria devastadora. Agora estava claro por que Rick Collins a havia avisado que se preparasse. Agora fazia sentido o que ele dissera antes, que a vida de Terese mudaria para sempre com o que ele tinha a contar.

– Meu telefone tocou. Eu atendi e uma garota disse: "Mamãe?"

Tentei imaginar a cena, Terese ouvindo aquilo da boca da própria filha, acreditando tratar-se de alguém que ela amava mais que tudo na vida e que poderia ter morrido por culpa sua.

– Que mais ela falou?

– Que foi pega como refém.

– Por quem?

– Terroristas. Pediu que eu não contasse isso a ninguém.

Fiquei calado.

– Depois um homem de sotaque forte tomou o telefone e disse que ligaria mais tarde para informar as exigências.

Abracei-a ainda mais forte.

– Myron?

De algum modo conseguimos chegar até o sofá. Terese olhou para mim com esperança e – sei como isto vai soar – amor. Meu coração ruía no peito quando entreguei a ela a fotografia.

– Esta é a moça de cabelos claros que vi em Paris e Londres – falei.

Terese examinou a foto por um bom tempo sem dizer nada. Depois:

– Não estou entendendo.

Eu não sabia ao certo o que dizer. Fiquei me perguntando se ela percebia a semelhança física, se talvez já estivesse juntando as peças também.

– Myron?

– Esta é a moça que eu vi – falei novamente.

Ela balançou a cabeça, negando.

Mesmo sabendo qual seria a resposta, perguntei:

– Que foi?

– Esta aqui não é a Miriam – disse ela.

Terese novamente baixou os olhos, secando-os com a mão.

– Mas talvez, sei lá... Talvez ela tenha feito uma cirurgia plástica ou talvez tenha apenas mudado com o tempo. As pessoas mudam muito com o tempo, não mudam? Miriam tinha 7 anos quando a vi pela última vez...

Ela ergueu os olhos subitamente, tentando encontrar nos meus algum tipo de confirmação.

Mas não era isso que eu tinha para dar. O momento havia chegado. Sem mais rodeios, falei:

– Miriam está morta.

Ela empalideceu de repente e meu coração ruiu outra vez. Eu queria tomá-la nos braços, mas sabia que não seria o mais indicado. Terese ainda se debatia com a enxurrada de novas informações. Fazia o possível para manter a lucidez, mas tinha consciência da importância de tudo aquilo.

– Mas... e o telefonema?

– Seu nome foi mencionado em uma conversa que a polícia ouviu. Acho que alguém está tentando atrair você para algum tipo de armadilha.

Ela voltou os olhos para a fotografia.

– Então... tudo não passou de uma armação, é isso?

– Não.

– Mas você acabou de dizer que...

Ela se esforçava para manter o foco. Eu me perguntava qual seria a melhor maneira de contar a verdade, mas essa maneira simplesmente não existia. Portanto, Terese teria de chegar a ela por si mesma, como eu mesmo havia feito.

– Vamos voltar alguns meses no tempo – falei –, à época em que Rick descobriu que estava doente.

Ela apenas ergueu os olhos.

– Na sua opinião, qual teria sido a primeira providência dele?

– Levar o filho para fazer os exames também.

– Certo.

– E...?

– Depois disso ele procurou o CryoHope. No início achei que a ideia dele era tentar encontrar ali alguma espécie de cura.

– E não era?

– Não – falei. – Você conhece um médico chamado Everett Sloan?

– Não. Espere um pouco. Acho que já vi esse nome em um panfleto. Ele trabalha no CryoHope, não é?

– Trabalha. Foi ele quem assumiu o lugar do Dr. Aaron Cox.

Terese não disse nada.

– Acabei de saber disso – falei. – Aaron Cox foi seu obstetra, quando você e Rick tiveram a Miriam.

Terese apenas olhava para mim.

– Você e Rick enfrentaram problemas sérios de fertilidade. Você me falou da dificuldade que teve para engravidar até que descobriu o que chamou de "milagre da medicina", muito embora a prática seja bastante comum. A fertilização *in vitro*.

Ela continuou sem dizer nada, talvez porque não conseguisse.

– Por definição, na fertilização *in vitro* os óvulos são fecundados em laboratório e, mais tarde, um embrião é transferido para o útero da mãe. Você disse que tomava pergonal para estimular a ovulação, não disse? Pois bem, em quase todos os casos o processo resulta em mais de um embrião e, ao longo dos últimos 20 anos, esses embriões adicionais vêm sendo congelados. Alguns são usados nas pesquisas com células-tronco. Outros são descongelados quando os pais querem fazer uma nova tentativa. Ou então quando um deles morre e o outro quer ter mais um filho. Ou então, sei lá, se um deles precisar fazer quimioterapia e ficar estéril. Você sabe de tudo isso. Os aspectos legais são bastante complexos nos casos que envolvem divórcio e custódia e muitos embriões simplesmente são destruídos ou permanecem congelados até que o casal se decida.

Engoli em seco. A essa altura Terese decerto já estaria entendendo aonde eu queria chegar.

– O que vocês fizeram com seus embriões adicionais?

– Rick e eu já tínhamos feito quatro tentativas com fertilização *in vitro* – disse ela –, mas nenhum dos embriões se desenvolveu. Você nem imagina como era devastador. E, quando finalmente deu certo, foi uma felicidade tão grande... – disse ela, a voz desaparecendo aos poucos. Então continuou: – Foram só dois embriões adicionais. Nossa intenção era congelá-los para quando quiséssemos ter outro filho, mas depois tive o problema com os miomas e nunca mais pude engravidar. De qualquer modo, o Dr. Cox disse que os embriões não haviam sobrevivido ao processo de congelamento.

– Ele mentiu – falei.

Terese examinou mais uma vez a fotografia da moça de cabelos claros.

– Existe uma fundação chamada Salvem os Anjos. Eles se opõem a todo tipo de pesquisa com as células-tronco que utilize embriões ou qualquer procedimento que cause a destruição deles. Eles já atuam há quase duas décadas, trabalhando para que os embriões sejam, digamos, adotados. Faz sentido. De um lado, há milhares de embriões armazenados e, de outro, casais que poderiam gestá-los. Os aspectos legais são complicados. A maioria dos estados norte--americanos não permite adoção de embriões, porque, em certo sentido, a mãe adotiva não passaria de uma barriga de aluguel. A meta dessa fundação, a Salvem os Anjos, é que os embriões sejam implantados em mulheres estéreis.

Só então Terese percebeu.

– Meu Deus...

– Não sei de todos os detalhes, mas parece que um dos residentes do Dr. Cox era um grande defensor da Salvem os Anjos. Você se lembra de um tal Dr. Jiménez?

Ela fez que não com a cabeça.

– A Salvem os Anjos começou a pressionar Cox desde o início do CryoHope Center. Não sei se ele queria evitar a atenção da imprensa, se havia dinheiro em jogo ou se ele endossava mesmo a causa da fundação. Seja como for, Cox sabia que os embriões congelados dificilmente teriam alguma utilidade, então... por que não? Por que deixá-los na geladeira para sempre ou jogá-los no lixo? Portanto, ele acabou cedendo e permitindo a adoção dos embriões.

– Quer dizer que esta garota aqui... é minha filha?

– Biologicamente falando, sim.

Terese ainda não conseguia despregar os olhos do rosto na foto. Não mexia um músculo sequer.

– Seis anos atrás, quando o Dr. Sloan assumiu o posto e descobriu o que havia sido feito, ficou em uma situação difícil. De início cogitou ficar de bico calado, mas sabia que isso seria não apenas ilegal, mas também antiético. Então acabou optando por uma espécie de meio-termo. Entrou em contato com Rick e pediu permissão para que os embriões fossem adotados. Não sei o que se passou na cabeça do Rick, mas acho que, entre destruir os embriões e dar a eles uma chance de viver, ele optou pela vida.

– Mas eles não tinham de me consultar também?

– Você já tinha dado sua permissão antes, em algum momento. O Rick, não. Além disso, ninguém sabia onde você estava. Então Rick assinou a documentação. Não sei dizer se o que eles fizeram foi ilegal ou não. Mas fizeram. Sloan só estava tentando arrumar a casa. Talvez houvesse algum caso em que isso pudesse ajudar de alguma forma. E, no de Rick, podia. Quando Rick descobriu que estava com a doença de Huntington, quis informar as famílias que haviam adotado os embriões. Por isso voltou ao CryoHope. Então Sloan contou a ele toda a verdade: os embriões haviam sido implantados anos antes por intermédio da Salvem os Anjos. Não sabia quem eram os pais, então falou que solicitaria os dados à fundação. Mas acho que Rick não quis esperar.

– Acha que foi ele quem invadiu a sala da Salvem os Anjos?

– Faria sentido – falei.

Terese finalmente ergueu os olhos da fotografia.

– Então... onde ela está agora?

– Não sei.

– É minha filha.

– Biologicamente falando.

Uma expressão estranha tomou seu rosto.

– Não me venha com essa. Jeremy já estava com 14 anos quando você soube da existência dele. Mas nem por isso você deixou de recebê-lo como filho.

Primeiro pensei em dizer que meu caso era diferente, mas logo vi que ela não estava de todo errada. Mesmo sendo o pai biológico de Jeremy, nunca pude ser um pai de verdade: quando enfim o conheci, já era tarde demais para influir de algum modo na criação do garoto. Apesar disso, eu agora fazia parte de sua vida. Qual seria a diferença?

– Qual o nome dela? – perguntou Terese. – Quem a criou? Onde ela mora?

– O primeiro nome é Carrie, mas não tenho certeza. Quanto ao resto, não sei ainda.

Ela pousou a foto sobre o colo.

– Precisamos informar Jones sobre tudo isso – falei.

– Não.

– Se sua filha foi sequestrada...

– Você não acredita nisso, acredita?

– Não sei.

– Seja franco comigo, Myron. Você acha que ela está envolvida com esses monstros, que é uma dessas garotas com questões psicológicas mal resolvidas que Jones mencionou.

– Não sei. Mas se ela for inocente...

– Ela é inocente, de qualquer forma. Ela não pode ter mais que 17 anos. Se está envolvida nisso tudo de alguma forma, é porque era jovem e influenciável. Jones e os colegas dele nunca vão entender isso. Vai ser o fim para ela. Você viu o que fizeram com você.

Não argumentei.

– Não sei por que ela está com eles – disse Terese. – Talvez seja síndrome de Estocolmo, talvez ela tenha tido pais horríveis ou talvez seja só uma adolescente revoltada. Como eu mesma fui, aliás. E como! Mas nada disso tem importância. Ela é só uma menina. E é minha filha, Myron. Você entende? Não é Miriam, mas é uma segunda chance que a vida está me dando. Não posso simplesmente cruzar os braços e abandoná-la em uma situação dessas. Por favor.

Permaneci calado.

– Eu posso ajudá-la. É como se... como se fosse o destino, sabe? Rick morreu tentando salvar nossa filha. Agora é minha vez. No telefonema, disseram que a única pessoa com quem eu poderia falar era você. Myron, eu estou implorando: por favor, me ajude a salvar minha filha.

35

Aɪɴᴅᴀ ᴄᴏᴍ Tᴇʀᴇsᴇ ᴀ ᴍᴇᴜ ʟᴀᴅᴏ, liguei de volta para Berleand.

– Jones deu a entender que você mentiu – falei. – Ou, de algum modo, adulterou o teste de DNA.

– Eu sei.

– Sabe?

– Ele queria que você se afastasse do caso. E eu também queria. Por isso não retornei sua ligação.

– Mas já tinha ligado antes.

– Para alertar você, só isso. E vou alertar de novo: fique fora dessa história.

– Não posso.

Berleand suspirou. Lembrei-me de como nos conhecemos no aeroporto de Paris, dos cabelos desgrenhados dele, dos óculos de aro enorme e de nossa conversa no telhado do número 36 do Quai des Orfèvres. Eu gostava daquele sujeito.

– Myron?

– Sim.

– Da outra vez que nos falamos... Você disse que sabia que eu não havia mentido sobre o teste de DNA.

– Sim, disse.

– Deduziu isso por causa da minha cara de gente boa e do meu enorme carisma?

– Não mesmo.

– Então se explique.

Olhei de relance para Terese, depois disse:

– Antes, preciso que você me prometa uma coisa.

– Xiii...

– Tenho informações que interessam a você. E provavelmente você tem informações que interessam a mim.

– Está sugerindo uma troca?

– Isso é só o aperitivo.

– Só o aperitivo – repetiu ele. – Então, antes que eu prometa o que quer que seja, por que você não diz qual é o prato principal?

– É o seguinte: vamos unir forças, você e eu. Trabalhar juntos neste caso. Jones e o resto precisam ficar de fora.

– E os meus contatos no Mossad?

– Não. Só você e eu.

– Entendi. Não, espere aí, não entendi nada.

Terese se aproximou de modo que pudesse entreouvir a conversa.

– Caso os planos de Matar ainda estejam em andamento – falei –, vamos dar um jeito de acabar com eles. Só você e eu, mais ninguém.

– Porque...

– Porque quero deixar a garota loura de fora.

Seguiu-se uma pausa. Por fim, Berleand disse:

– Jones contou a você que examinou os ossos colhidos no túmulo de Miriam Collins, não contou?

– Contou.

– Então você sabe que os resultados deram positivos para Miriam.

– Sim, eu sei.

– Então me esclareça, porque agora fiquei confuso. Que motivos você teria para salvar a pele de alguém que pode ser uma terrorista perigosa?

– Não posso contar, a menos que você concorde com nossa aliança.

– E chutar Jones para escanteio?

– Sim.

– Porque você quer proteger uma garota que provavelmente participou dos assassinatos de Karen Tower e Mario Contuzzi, é isso?

– Provavelmente, como você mesmo disse.

– Mas é para isso que existem os tribunais de justiça.

– Não quero que ela chegue a colocar os pés em um tribunal. Você vai entender depois que eu contar o que descobri.

Berleand emudeceu novamente.

– Então, negócio fechado? – falei.

– Até certo ponto.

– Ou seja...

– Ou seja, você mais uma vez está pensando pequeno. Está preocupado com uma única pessoa. Tudo bem, tem lá seus motivos e cedo ou tarde vai acabar me contando. Acontece que o que está em jogo é a vida de milhares de pessoas. Milhares de pais e mães, de filhos e filhas. Na conversa que interceptamos, havia indícios de que algo enorme está sendo arquitetado: não só um ataque, mas uma série deles ao longo de muitos meses. Estou pouco me lixando para a vida de uma garota quando outras tantas, milhares delas, estão correndo risco.

– Então, o que você está prometendo exatamente?

– Você não me deixou terminar. Minha indiferença pela garota é a mesma em ambas as hipóteses: para mim tanto faz se ela morrer na cadeia ou sair livre de um processo judicial. Portanto, quanto à nossa aliança... tudo bem, estou de acordo com ela. Vamos tentar resolver isso sozinhos. Aliás, é mais ou menos o que tenho feito até agora. Mas, se em algum momento não dermos conta do número de adversários ou do armamento deles, eu chamo Jones de volta. Vou manter minha palavra e ajudar você a proteger a garota. Mas a prioridade será impedir que os jihadistas levem seu plano a cabo. Uma vida não vale milhares de outras.

Refleti um instante, depois disse:

– Berleand, você tem filhos?

– Não. Mas, por favor, não me venha com essa história de amor paternal. Chega a ser insultante.

Então foi ele quem parou para refletir.

– Espere aí, você está dizendo que a lourinha é filha de Terese Collins?

– De certa forma, sim.

– Explique isso melhor.

– Nosso acordo está fechado? – perguntei.

– Está. Mas com a condição que acabei de estipular. Agora diga, o que foi que você descobriu?

Então abri todo o jogo: falei das visitas que tinha feito ao prédio da Salvem os Anjos e ao estúdio de Albin Laramie, da adoção de embriões, do "mamãe" que Terese ouvira pelo telefone. Ele me interrompeu diversas vezes com perguntas. Respondi a todas da melhor forma possível. Quando terminei, ele tomou a palavra:

– Em primeiro lugar, precisamos descobrir a identidade da garota. Vamos fazer cópias da fotografia. Uma delas será enviada por e-mail a Lefebvre. Se ela for americana, talvez estivesse em Paris em um desses programas de intercâmbio. Lefebvre pode investigar.

– Tudo bem – falei.

– Você disse que ligaram para o celular de Terese?

– Sim.

– E o número de quem ligou? Provavelmente estava bloqueado, não estava? Nem precisei perguntar. Olhei para Terese e ela fez que sim com a cabeça.

– Sim, estava.

– E a que horas foi a ligação?

Novamente olhei para Terese. Ela conferiu a relação de chamadas recebidas no celular e me informou o horário.

– Ligo de volta em cinco minutos – disse Berleand, e desligou.

Win entrou na sala e disse:

– Tudo bem por aqui?

– Beleza.

– Seus pais já estão seguros. Esperanza e o escritório, também.

Assenti com a cabeça. O telefone tocou outra vez. Berleand.

– Acho que consegui algo – disse ele.

– Estou ouvindo.

– A ligação para Terese foi feita de um celular descartável comprado com dinheiro vivo em Danbury, Connecticut.

– É uma cidade bem grande.

– Talvez possamos encolhê-la um pouco. Você lembra que interceptamos a conversa de uma possível célula terrorista em Paterson, Nova Jersey?

– Sim, claro.

– Muitos desses contatos foram feitos do exterior ou para o exterior. Alguns, no entanto, foram feitos por aqui mesmo, nos Estados Unidos. Você sabia que os criminosos muitas vezes se comunicam por e-mail?

– Faz sentido.

– Porque os e-mails são relativamente anônimos. Essas pessoas usam contas criadas em provedores gratuitos. O que muitas não sabem é que hoje podemos descobrir onde essas contas foram criadas, o que não costuma servir para muita coisa. Geralmente tudo é feito em computadores públicos: uma biblioteca, um cibercafé, lugares assim.

– E neste caso?

– Trata-se de uma conta de e-mail criada há oito meses na Biblioteca Mark Twain, em Redding, Connecticut, que fica a uns 15 quilômetros de Danbury.

Pensei nisso um instante.

– É, aí tem coisa.

– Também acho. E não é só isso. Essa biblioteca atende uma escola de ensino médio chamada Carver Academy. Com sorte, sua "Carrie" estuda lá.

– Você consegue descobrir isso?

– Estou esperando uma ligação. Enquanto isso, podíamos dar um pulo em Redding e mostrar a fotografia da garota. Fica a mais ou menos uma hora e meia daqui.

– Quer que eu vá dirigindo?

– Acho melhor – disse Berleand.

36

NÃO FOI FÁCIL, MAS CONSEGUI convencer Terese a ficar, para o caso de precisarmos de algo na cidade. Prometi que ligaria imediatamente se descobríssemos qualquer coisa. Ela concordou, mesmo a contragosto. Não seria recomendável irmos todos juntos, usar todas as fichas em uma aposta só. Win ficaria por perto para proteger Terese, mas sobretudo porque assim os dois poderiam investigar outras questões. A mais importante delas provavelmente seria a Salvem os Anjos. Se localizássemos os arquivos da fundação, poderíamos descobrir o nome completo e o endereço de Carrie, bem como as coordenadas de seus pais adotivos, substitutos ou seja lá qual fosse o termo adequado.

Durante a viagem, Berleand perguntou:

– Você já foi casado alguma vez?

– Não. E você?

Ele sorriu e disse:

– Quatro vezes.

– Uau.

– Todos terminaram em divórcio. Mas não me arrependo nem um pouco de nenhum deles.

– E as suas ex-mulheres? Será que pensam o mesmo?

– Duvido muito. Mas agora somos amigos. Não tenho muito talento para manter mulheres, só para conquistá-las.

Eu sorri.

– Você não me parece o tipo – falei.

– Porque não sou boa-pinta?

Apenas dei de ombros.

– As pessoas superestimam a aparência – retrucou ele. – Sabe qual é meu trunfo?

– Não me diga. É o seu senso de humor, não é? Segundo as revistas femininas, o senso de humor é a qualidade mais desejável em um homem.

– Ah, claro. E a conta bancária não tem importância nenhuma.

– Então não é o humor?

– Sou um cara bastante engraçado – disse Berleand. – Mas não é isso.

– Então é o quê? – perguntei.

– Já lhe disse uma vez.

– Diga de novo.

– É o carisma. Meu carisma é quase sobrenatural.

Sorri e disse:

– Bem, não sou eu quem vai contrariá-lo.

Redding revelou-se bem mais bucólica do que eu havia imaginado, uma cidadezinha pacata e despretensiosa da Nova Inglaterra, com antiquários à beira da estrada, fazendas centenárias e a arquitetura colonial do centro fazendo contraponto às mansões pretensiosas do subúrbio.

À porta de um prédio modesto, uma placa informava: BIBLIOTECA MARK TWAIN e, em letras menores: DOAÇÃO DE SAMUEL L. CLEMENS. Achei aquilo interessante, mas não estávamos ali para fazer turismo. Fomos direto para a mesa da bibliotecária.

Apesar do oceano que separava Berleand de sua jurisdição, deixei que conduzisse a conversa, pois ainda era ele quem tinha um distintivo para exibir.

– Olá – disse ele à bibliotecária Paige Wesson, como informava uma plaquinha.

Ela ergueu os olhos com uma expressão de cansaço, como se Berleand estivesse devolvendo um livro muito depois do prazo de entrega e dando uma desculpa esfarrapada que ela já escutara um milhão de vezes.

– Estamos procurando por esta moça. Ela está desaparecida. Por acaso a senhora a viu por aqui?

Berleand segurava a carteira de policial em uma das mãos e, na outra, a foto de Carrie. A bibliotecária examinou a carteira primeiro.

– O senhor é de Paris – disse.

– Sim, sou.

– E isto aqui se parece com Paris?

– Nem de longe – concordou Berleand. – Mas o caso tem implicações internacionais. A garota foi vista pela última vez na minha jurisdição, em uma situação de perigo. Acreditamos que tenha usado os computadores desta biblioteca.

Ela pegou a foto.

– Não, acho que não a vi.

– Tem certeza?

– Não, não tenho certeza de nada. Olhem a seu redor.

Olhamos. Quase todas as mesas estavam ocupadas por adolescentes.

– Esta biblioteca recebe dezenas de estudantes todos os dias – disse ela. – Não estou dizendo que esta moça nunca esteve aqui, apenas que não a conheço.

– A senhora poderia consultar seu computador para ver se há alguma Carrie inscrita como usuária da biblioteca?

– O senhor trouxe uma ordem judicial? – respondeu Paige.

– Poderíamos consultar o histórico de acessos dos últimos oito meses?

– Repetindo: o senhor trouxe uma ordem judicial?

Berleand apenas sorriu e disse:

– Um bom dia para a senhora.

– Para o senhor também.

Já íamos saindo quando meu celular tocou. Era Esperanza.

– Consegui falar com uma pessoa da Carver Academy – disse ela. – Não há nenhuma Carrie matriculada por lá.

– Droga! – exclamei.

Agradeci a iniciativa dela, desliguei e passei a informação a Berleand.

– Alguma sugestão? – perguntou ele.

– E se a gente se separasse e mostrasse a foto aos adolescentes que estão aqui?

Corri os olhos pelo salão e avistei uma mesa distante com três garotos. Dois deles usavam jaquetas de atleta com o nome bordado na frente e mangas de couro falso, do mesmo estilo das que eu um dia usei na Livingston High. O terceiro era o típico mauricinho: queixo bem delineado, ossos angulosos, camisa polo, calças cáqui caras. Decidi começar por eles.

Mostrei-lhes a foto.

– Conhecem? – perguntei.

Foi o mauricinho quem respondeu:

– Acho que o nome dela é Carrie.

Bingo.

– Alguém sabe qual é o sobrenome?

Os três fizeram que não.

– Ela é da escola de vocês?

– Não – disse o mauricinho. – Mas deve morar na cidade. Está sempre por aí.

– Gostosa pra caramba – interveio um dos de jaqueta.

– Aquela bundinha... – acrescentou o mauricinho.

Franzi a testa. *Dois projetos de Win.*

Quando Berleand olhou em minha direção, fiz sinal para que ele se aproximasse.

– Vocês sabem dizer onde ela mora? – perguntei.

– Não. Mas o Kenbo já traçou.

– Quem?

– Ken Borman. Já traçou ela.

– "Traçou"? – repetiu Berleand, confuso.

Olhei para ele, que por fim entendeu:

– Ah. Traçou.

– Onde podemos encontrar esse tal de Kenbo? – perguntei.

– Está malhando na academia da escola.

Eles indicaram o caminho. Seguimos para lá.

37

Eu ESPERAVA QUE KENBO fosse maior.

Qualquer um que ouvisse o apelido do rapaz e soubesse que ele havia "traçado" uma lourinha gostosa e agora estava malhando imaginaria um desses garotões marombados de academia. Mas não foi o que encontrei. Os braços de Kenbo eram dois caniços e sua pele era muito branca. O cabelo caía como uma cortina espessa no rosto do rapaz, cobrindo um dos olhos. Os fios eram tão retos e negros que só poderiam ter ficado assim com tintura e ferro quente. Suas unhas estavam pintadas de preto. No meu tempo, chamávamos esse visual de gótico.

Assim que viu a fotografia, ele arregalou os olhos – ou pelo menos o olho que estava exposto. O medo ficou estampado em seu rosto.

– Você a conhece – falei.

Kenbo ficou de pé, recuou alguns passos, nos deu as costas e partiu em disparada.

Olhei para Berleand, que disse:

– Você não está achando que vou sair correndo atrás dele, está?

Então lá fui eu. Kenbo agora estava do lado de fora, correndo feito louco pela propriedade relativamente ampla da Carver Academy. O local onde eu havia levado o tiro ainda doía, mas nada que me impedisse de correr. Eu via poucos alunos ao redor e nenhum professor, mas com certeza alguém chamaria a polícia. Aquilo não ia acabar bem.

– Espere! – berrei.

Kenbo não esperou. Deu uma guinada para a esquerda e sumiu atrás de um prédio de tijolinhos. O rapaz estava usando um modelo de calça que era moda entre os adolescentes. Isso me dava certa vantagem. A cintura era larga demais e a toda hora ele precisava puxá-la para cima. Apertei o passo e diminuí a distância entre nós. Senti uma pontada no joelho, lembrete da minha velha contusão, mas ainda assim consegui saltar uma cerca de arame. Kenbo agora atravessava um campo de grama artificial. Não me dei o trabalho de chamá-lo novamente, porque só desperdiçaria tempo e energia. Ele corria para os limites da propriedade da escola, para longe de qualquer testemunha, e isso era bom.

Quando chegamos à clareira de um bosque próximo, saltei na direção das pernas do garoto e as agarrei com uma precisão que mataria de inveja qualquer zagueiro de futebol americano profissional. Kenbo foi ao chão, um tombo bem maior do que eu planejara, e começou uma saraivada de chutes tentando se desvencilhar.

– Não vou machucar você! – gritei.

– Vá embora! Me deixe em paz!

Então montei sobre o peito do rapaz e imobilizei seus braços, como se aquilo fosse uma brincadeira entre irmãos.

– Calma, rapaz. Calma.

– Saia de cima de mim!

– Só estou tentando localizar aquela garota.

– Eu não sei de nada!

– Ken...

– Saia de cima de mim!

– Prometa que não vai correr.

– Me solte! Por favor!

Eu estava imobilizando um estudante assustado e indefeso. Depois disso, que mais me restava fazer? Afogar um gatinho? Saí de cima dele e disse:

– Estou tentando ajudar sua amiga.

Ken se sentou no gramado. Havia lágrimas em seus olhos. Ele as enxugou com o antebraço e escondeu o rosto.

– Ken?

– Que foi?

– Essa garota está desaparecida, provavelmente correndo perigo.

Ele olhou para mim.

– Estou tentando encontrá-la.

– Você não a conhece?

Fiz que não com a cabeça. Berleand finalmente surgia ao longe.

– Vocês são da polícia?

– Ele é. Estou fazendo isso por motivos pessoais.

– Que motivos?

– Estou tentando ajudar...

Não havia outro modo de dizer isto.

– Estou tentando ajudar a mãe biológica a encontrá-la. Carrie desapareceu e talvez esteja em uma grande enrascada.

– Mas não estou entendendo. Por que vocês vieram atrás de mim?

– Seus colegas contaram que você e Carrie andaram saindo juntos.

Kenbo baixou a cabeça outra vez.

– Na verdade, mais que apenas saindo.

– E daí? – retrucou ele.

– Queremos saber qual é o nome completo dela.

– Nem isso vocês sabem?

– Ela está em perigo, Ken.

Berleand ainda ofegava por causa da corrida. Levou a mão ao bolso (achei que fosse pegar uma caneta para fazer anotações) e puxou um cigarro. Muito útil diante das circunstâncias.

– Carrie Steward – disse o garoto.

Olhei para Berleand. Ele assentiu com a cabeça e, chiando, falou:

– Vou passar a informação.

Então pegou o celular e saiu andando com o aparelho no alto, em busca de sinal.

– Por que você saiu correndo? – perguntei.

– Eu menti – disse Kenbo. – Menti para os meus amigos, entendeu? Disse que transei com ela, mas não transei.

Esperei.

– A gente se conheceu na biblioteca. Ela era uma gata, sabe? Vivia com outras duas louras e elas sempre ficavam me encarando, como aquelas garotas de *Colheita maldita*. Dava até medo. Fiquei uns três dias só observando, aí esperei até ela ficar sozinha e fui falar com ela. Primeiro ela nem me deu ideia. Tudo bem, eu já tinha levado gelo antes, mas nunca daquele jeito, de arrepiar. Mas aí eu pensei: o que é que eu tenho a perder? Então continuei puxando papo. Peguei o iPod, perguntei que tipo de música ela curtia e ela falou que não gostava de música. Só podia ser mentira. Então coloquei Blue October para ela ouvir. O rosto dela mudou na mesma hora. O poder da música, cara.

Ele se calou de repente. Olhei à minha volta. Berleand falava ao telefone. Digitei rapidamente "Carrie Steward" e mandei por mensagem de texto para Esperanza e Terese. Elas poderiam começar a pesquisar também. Eu esperava que algum funcionário da escola aparecesse a qualquer instante, mas ainda não via sinal de ninguém. Ken e eu agora estávamos sentados no gramado, voltados para os prédios da escola. O sol começava a baixar, colorindo o céu de um laranja escuro.

– Então, o que aconteceu depois? – perguntei.

– Começamos a conversar. Ela falou que se chamava Carrie e quis ouvir outras músicas. Mas ficava sempre olhando para os lados, como se não quisesse que as amigas vissem que ela estava comigo. Fiquei me sentindo mal pra caramba. Parecia que ela estava com vergonha de mim. Mas tem gente na cidade que torce o nariz para os alunos da minha escola, então achei que fosse isso. Pelo menos no início. Depois desse dia a gente se encontrou outras vezes. Ela aparecia na biblioteca com as amigas e a gente se mandava pelos fundos. Depois ficava lá, conversando e ouvindo música. Um dia falei de uma banda que ia tocar em Norwalk e perguntei se ela queria ir comigo. A garota ficou pálida, parecia estar morrendo de medo. Aí eu falei que não tinha problema se ela não quisesse ir e ela disse que ia dar um jeito. Mas, quando eu me ofereci para buscar a menina em casa, ela pirou, cara. Pirou mesmo.

Começava a esfriar. Berleand terminou suas ligações. Olhou na nossa direção, refletiu um instante e decidiu continuar afastado.

– E depois?

– Aí ela falou para eu parar o carro no fim da Duck Run Road e disse que iria me encontrar lá às nove. Cheguei alguns minutos antes e estava escuro pra caramba. Nenhum poste de luz, nada. Então fiquei ali, esperando. Quando deu nove e quinze, ouvi um barulho e de repente alguém abriu a porta do carro e me deu um soco na boca.

Ken parou um segundo para enxugar as lágrimas que haviam ressurgido.

– Perdi dois dentes – disse ele, apontando para as falhas. – Depois me puxaram para fora do carro e começaram a me chutar. Não sei quantos eram. Uns quatro ou cinco, sei lá. Tentei proteger a cabeça, mas só ficava pensando que ia morrer. Depois me viraram de barriga para baixo e me imobilizaram. Não dava para ver o rosto de ninguém. E eu nem queria ver. Aí um deles puxou uma faca, colocou na minha cara e disse: "Ela não quer ver você nunca mais, entendeu? E, se contar a alguém o que aconteceu aqui, sua família morre."

Ken e eu ficamos sentados quietos por um tempo. Olhei para Berleand e ele fez que não com a cabeça. Nenhuma informação sobre Carrie Steward.

– Então foi isso – disse Ken. – Nunca mais vi a Carrie. Nem as amigas dela. Foi como se elas tivessem evaporado.

– Você contou a alguém sobre isso?

Ele negou com a cabeça.

– Como explicou os ferimentos?

– Falei que tinha me metido em uma briga depois do show. Você não vai contar pra ninguém, vai?

– Não, fique tranquilo – falei. – Mas precisamos encontrá-la, Ken. Você não faz nenhuma ideia de onde ela possa estar?

Ele ficou calado.

– Ken?

– Perguntei onde ela morava, mas ela não disse.

Esperei.

– Mas um dia...

Ele respirou fundo.

– Um dia segui a Carrie depois que ela saiu da biblioteca.

Ken desviou o olhar.

– Então você sabe onde ela mora.

– Talvez sim. Sei lá. Acho que não.

– Pode me levar até onde ela foi nesse dia?

– Posso explicar onde é – disse ele –, mas não vou lá. Tudo o que eu quero agora é ir pra casa.

38

A CORRENTE QUE BLOQUEAVA o caminho também sustentava uma placa em que se lia PROPRIEDADE PARTICULAR.

Seguimos em frente e estacionamos perto da esquina. Não se via nada além de plantações e bosques. Nossas diversas fontes ainda não haviam descoberto nada a respeito de Carrie Steward. Talvez fosse um pseudônimo, mas todos estavam pesquisando. Até que Esperanza ligou e disse:

– Tenho algo que talvez possa interessar.

– Diga.

– Você mencionou um certo Dr. Jiménez, o residente que trabalhava com o Dr. Cox no início do CryoHope Center, certo?

– Certo.

– Jiménez também tem ligação com a Salvem os Anjos. Compareceu a um retiro que eles promoveram 16 anos atrás. Vou ver se consigo descobrir mais sobre ele. Talvez ele possa nos dar alguma informação sobre a adoção dos embriões.

– Ótimo, faça isso.

– Você acha que Carrie pode ser apelido?

– Sei lá. Talvez de Caroline.

– Vou dar uma pesquisada. Ligo de volta assim que descobrir algo.

– Mais uma coisa – falei.

Passei a ela o nome das ruas do cruzamento mais próximo.

– Dê uma olhada no Google e veja o que aparece.

– Só um instante. Bem, não há nada que indique nomes de moradores. Parece que você está em uma propriedade rural ou algo assim. Não faço a menor ideia de quem seja o dono. Quer que eu tente descobrir?

– Por favor.

– A gente se fala mais tarde.

Assim que desliguei, Berleand disse:

– Veja aquilo ali.

Ele indicava uma árvore de onde uma câmera era apontada para a entrada da propriedade.

– Segurança de mais para uma fazenda.

– Ken falou desse acesso. Disse que Carrie tinha seguido a pé por aqui.

– Se entrarmos, vamos ser vistos.

– Se é que essa câmera é de verdade mesmo. De repente é só para assustar.

– Não – disse Berleand. – Se fosse uma câmera falsa, estaria mais à vista.

Ele tinha razão.

– Mas acho que a gente devia entrar assim mesmo.

– É invasão de propriedade – lembrou Berleand.

– E daí? Não podemos ficar aqui de braços cruzados, certo? Deve ter uma casa mais adiante.

Então tive uma ideia.

– Espere só um segundo.

Liguei de volta para Esperanza.

– Ainda está com o computador ligado?

– Estou.

– Abra o Google Maps e digite o endereço que passei antes.

Som de digitação rápida.

– Pronto – disse ela.

– Coloque na opção de fotos por satélite e dê um zoom.

– Espere aí... Espere aí... Pronto.

– O que apareceu na estradinha à direita da rodovia?

– Muitas árvores, depois o telhado de uma casa grande, provavelmente a sede da fazenda. A uns 200 metros de onde vocês estão, não mais que isso. É só ela.

– Valeu.

Desliguei.

– Tem uma casa.

Berleand tirou os óculos, limpou as lentes, ergueu-as contra a luz, limpou de novo.

– O que você acha que vamos encontrar lá? – disse.

– Quer saber a verdade?

– De preferência.

– Não faço a menor ideia – respondi.

– Acha que Carrie Steward pode estar lá?

– Só há um jeito de descobrir.

◆◆◆

Com a corrente bloqueando o caminho, a opção era seguir a pé. Liguei para Win e coloquei-o a par de tudo, para o caso de alguma coisa sair errado. Ele checou mais uma vez a segurança de Terese e decidiu ir nos encontrar. Berleand e eu havíamos resolvido que o melhor a fazer era simplesmente caminhar até a casa e tocar a campainha.

Ainda estava claro, mas já era fim de tarde. Saltamos a corrente, passamos pela câmera de segurança e fomos em frente pelo caminho cercado de árvores. Ao que parecia, metade delas trazia placas de ENTRADA PROIBIDA grampeadas no tronco. A estrada era de terra, porém bem conservada, com alguns trechos de cascalho. Berleand fez uma careta e foi andando como se não quisesse pisar no chão. A toda hora limpava as mãos na calça e umedecia os lábios.

– Não gosto nada disso – falou.

– Não gosta de quê?

– Poeira, mato, insetos. Tudo muito sujo.

– Ah, tá – falei. – E aquela boate de striptease era um exemplo de higiene.

– Alto lá. Aquele clube oferecia relax de alto nível para executivos. Você não leu a placa?

233

Mais adiante, avistei uma cerca viva e, do outro lado dela, a uma distância razoável, uma mansarda de ardósia.

Um alarme tocou na minha cabeça. Apertei o passo.

– Myron?

Atrás de nós, o barulho de uma corrente caindo no chão e um veículo avançando. Segui em frente, na esperança de ver melhor o que havia adiante. Olhei de relance para trás quando um carro da polícia nos alcançou. Berleand parou. Eu, não.

– Senhor, está invadindo uma propriedade particular.

Dobrei a curva à minha frente. Uma cerca protegia toda a casa. Mais segurança. Mas agora, de onde estava, eu podia ver a mansão de frente.

– Parado aí! O senhor já foi longe demais.

Não parei. Na fachada da mansão, uma placa confirmava a suspeita que eu tivera ao avistar aquele telhado. O lugar que seria perfeito para um hotel: um casarão vitoriano de arquitetura rebuscada, com torres, vitrais, uma enorme varanda na frente e mansarda em ardósia.

Eu tinha visto aquela casa no site da Salvem os Anjos.

Era um dos abrigos para mães solteiras.

◆ ◆ ◆

Dois policiais saltaram do carro.

Ambos eram jovens, muito bombados, e caminhavam com o suíngue arrogante dos policiais. Usavam chapéus da guarda florestal. Sempre achei esses chapéus um tanto ridículos – e que deviam atrapalhar bastante o trabalho dos policiais –, mas não fiz nenhum comentário.

– Podemos ajudá-los em alguma coisa, senhores? – disse um deles.

De acordo com a indicação em seu uniforme, tratava-se do policial Taylor. Era maior que o outro, as mangas da camisa apertando como torniquetes os bíceps inchados.

Berleand mostrou-lhe a fotografia e disse:

– Estamos à procura desta garota.

Taylor pegou a foto, examinou-a rapidamente e passou-a ao colega, Erickson.

– E você é...? – perguntou.

– Capitão Berleand, da Brigade Criminelle de Paris.

Berleand passou seu distintivo e o documento de identificação a Taylor, que os segurou com as pontas dos dedos, como se fossem um saco de bosta de cachorro fresca. Avaliou os documentos por um instante e depois, apontando o queixo na minha direção, disse:

– E seu amigo, quem é?

– Myron Bolitar – respondi, acenando para eles. – Muito prazer.

– Qual é seu envolvimento neste caso, Sr. Bolitar?

Eu já ia dizendo que se tratava de uma longa história, mas então me dei conta de que não era tão longa assim.

– A garota que estamos procurando talvez seja filha da minha namorada.

– Talvez? – disse Taylor, e então se virou para Berleand. – Então, inspetor Clouseau, pode me dizer o que está acontecendo aqui?

– "Inspetor Clouseau" – repetiu Berleand. – Muito engraçado. Porque sou francês, não é?

Taylor apenas o encarou.

– Estou trabalhando em um caso de terrorismo internacional – esclareceu Berleand.

– Está, é?

– Estou. O nome dessa garota surgiu durante a investigação. Acreditamos que ela mora aqui.

– Tem um mandado?

– O tempo urge.

– Pelo visto, não tem.

Taylor exalou um suspiro e olhou para Erickson, que continuou a mascar seu chiclete, sem nada acrescentar. Depois se virou para mim e disse:

– Isso é verdade, Sr. Bolitar?

– É – respondi.

– Quer dizer então que a suposta filha de sua namorada de algum modo está envolvida em um caso de terrorismo internacional?

– Sim.

Ele coçou o rosto. Tentei calcular a idade deles: provavelmente ainda na casa dos 20, embora ambos parecessem adolescentes. Quando foi que os policiais começaram a ficar tão jovens assim?

– Vocês sabem o que é este lugar? – perguntou Taylor.

Berleand balançou a cabeça, ao mesmo tempo que respondi:

– Um abrigo para mães solteiras.

Taylor balançou a cabeça e apontou para mim:

– Isto é uma informação confidencial.

– Eu sei.

– Mas o senhor está certo. Então deve saber que privacidade é assunto importante aqui.

– Sim, nós sabemos.

– Se um lugar como este não puder ser um santuário para essas moças, que lugar poderia? Elas vêm aqui justamente para ficar longe dos curiosos.

– Eu entendo.

– E o senhor tem certeza de que a suposta filha da sua namorada não está aí só porque está grávida?

Pensando bem, a pergunta tinha fundamento.

– Isto é irrelevante, como o capitão Berleand pode confirmar. Estamos falando de um complô terrorista. Se a garota está grávida ou não, isso não faz a menor diferença.

– As pessoas que administram este lugar nunca causaram problemas.

– Suponho que não.

– Além disso, estamos nos Estados Unidos. Se não foram convidados, não têm o direito de entrar em uma propriedade particular sem ordem judicial.

– Sim, eu entendo – falei e, olhando de volta para a mansão, perguntei: – Foram eles que chamaram vocês?

Taylor franziu a testa. Achei que fosse dizer que aquilo não era da minha conta. Em vez disso, olhou para a mansão e disse:

– Estranho. Não foram eles. Geralmente chamam, quando os moleques vêm espiar ou coisas assim. Desta vez foi Paige Wesson, da biblioteca, quem ligou. Além disso, alguém viu um de vocês perseguindo um garoto na Carver Academy.

Taylor continuava a contemplar a casa como se ela tivesse acabado de se materializar ali.

– Por favor, ouçam – interveio Berleand. – Este caso é muito importante.

– Ainda assim, estamos nos Estados Unidos – repetiu Taylor. – Se eles não querem recebê-los, vocês vão ter de respeitar. Portanto...

Ele olhou para Erickson.

– Acha que tem algum problema se a gente bater na porta e mostrar a foto a eles?

Erickson pensou um pouco, depois fez que não com a cabeça.

– Vocês dois, fiquem aqui.

Eles passaram por nós, abriram o portão e foram em direção à casa. Ouvi um barulho de motor por perto. Olhei para trás. Nada. Talvez um carro tivesse passado na rodovia. O sol já havia se posto e começava a escurecer. Olhei para a mansão. Nenhum movimento por lá desde que havíamos chegado.

Barulho de carro novamente. Desta vez parecia vir em direção à casa. Olhei, mas novamente não vi nada. Berleand se aproximou.

– Você não está com uma sensação ruim? – disse ele.

– Boa é que não é.

– Acho que devíamos ligar para o Jones.

Taylor e Erickson já haviam alcançado os degraus da varanda quando meu celular tocou. Era Esperanza.

– Encontrei uma coisa que você precisa ver – disse ela.

– O quê?

– Lembra que falei que o Dr. Jiménez tinha participado de um retiro da Salvem os Anjos?

– Lembro.

– Descobri o nome de outras pessoas que também participaram. Dei uma olhada no Facebook delas e acabei encontrando fotos do tal retiro. Estou mandando uma para você agora. É de um grupo de pessoas. O Dr. Jiménez é o da direita.

– Ótimo, vou liberar a linha.

Desliguei e o BlackBerry começou a vibrar. Abri o e-mail de Esperanza e cliquei no anexo. A foto foi surgindo aos poucos. Berleand espiava atrás de mim.

Taylor e Erickson já estavam à porta da mansão. Taylor tocou a campainha e um adolescente louro atendeu. Não estávamos perto o suficiente para ouvir. O policial disse algo e o garoto respondeu.

Por fim o download se completou. A tela era pequena; portanto, os rostos também. Dei um zoom, movi o cursor para a direita e dei zoom de novo. A imagem se ampliou, mas ficou granulada. Tentei ajustar a nitidez. Uma ampulheta surgiu na tela e a imagem aos poucos foi se definindo.

Olhei novamente para a porta do casarão vitoriano. Taylor deu um passo à frente como se quisesse entrar. O garoto ergueu a mão. Taylor olhou para Erickson com uma expressão de surpresa. Foi a vez de Erickson se pronunciar. Parecia irritado. O garoto aparentemente se assustou. O ajuste de nitidez ainda estava sendo processado. Dei alguns passos na direção da casa.

O ajuste se completou. Olhei para a tela e finalmente vi o rosto do Dr. Jiménez. Quase deixei o aparelho cair. Era um choque, mas, pensando no que Jones tinha dito, as coisas começavam a fazer sentido. Um sentido tenebroso.

O médico (muito inteligente um homem de pele morena usar o nome e talvez os documentos de um espanhol) era ninguém menos que Mohammad Matar.

Antes que eu pudesse digerir o que tudo aquilo significava, o garoto à porta berrou:

– Vocês não podem entrar!

– Filho – disse Erickson –, saia do nosso caminho.

– Não!

A resposta não pareceu agradar a Erickson, que afastou os braços como se fosse empurrar o pirralho para o lado. Foi quando o garoto puxou uma faca e, antes que alguém pudesse fazer qualquer coisa, ergueu-a acima da cabeça e cravou-a fundo no peito do policial.

Essa não.

Enfiei o celular no bolso e corri na direção da porta. Mas um estalo súbito fez com que eu parasse.

Um tiro.

Erickson havia sido atingido. Com a faca ainda no peito, ele girou o tronco e foi ao chão. Taylor ainda tentou sacar sua arma, mas não teve chance. Outros disparos quebraram o silêncio do início da noite. O corpo de Taylor se arqueou em um primeiro espasmo, depois em outro e despencou sobre o do companheiro.

De repente o barulho de motores voltou, um carro em disparada pela estrada de terra, outro vindo de trás da casa. Procurei Berleand. Ele corria na minha direção.

– Vá para a mata! – berrei.

O som de pneus derrapando em uma parada brusca. Mais tiros.

Corri para a escuridão das árvores, afastando-me tanto do casarão quanto da estrada. Se conseguíssemos chegar à mata, poderíamos nos esconder. Um carro avançou, os faróis à nossa procura. Balas zuniam aleatoriamente. Não me virei para ver de onde elas vinham. Assim que encontrei uma pedra maior, mergulhei atrás dela. Olhei para trás. Berleand ainda corria.

Mais disparos. E Berleand foi ao chão.

Saí de trás da pedra, mas Berleand estava longe demais. Dois homens correram na direção dele. Três outros, todos armados, saltaram de um jipe e foram ao encontro dos companheiros, atirando a esmo na mata. Uma das balas atravessou a árvore atrás de mim. Joguei-me no chão a tempo de escapar de mais uma saraivada de tiros.

Alguns segundos de silêncio e depois:

– Você! Saia daí!

O homem tinha sotaque do Oriente Médio. Espiei sem me levantar. A noite avançava rapidamente e eu já não conseguia enxergar com nitidez, mas pude ver que pelo menos dois dos homens tinham pele morena, cabelos castanhos e barbas compridas. Outros usavam lenços verdes no pescoço, de modo que pudessem puxá-los para cobrir o rosto se fosse preciso. Gritavam uns com os outros em uma língua que eu não compreendia, mas que só podia ser árabe.

Que diabos estava acontecendo?

– Apareça ou seu amigo vai sofrer!

Esse certamente era o líder do bando. Ladrou algumas ordens e apontou para a direita, depois para a esquerda. Dois homens se separaram e vieram na minha direção. Outro voltou ao carro e usou os faróis para iluminar a mata. Deitado com o rosto contra a terra, eu sentia o coração martelar no peito.

Eu não estava armado. Idiota! Como eu era idiota!

Levei a mão ao bolso e tentei encontrar o telefone.

– Última chance! Vou começar pelos joelhos do seu amigo – berrou o líder.

– Não dê ouvidos a ele! – gritou Berleand em seguida.

Meus dedos tocaram o aparelho no mesmo instante em que um único disparo estalou no silêncio da noite.

Ouvi um grito de Berleand.

– Saia já daí! – ordenou o líder.

Finalmente encontrei a tecla de discagem rápida e liguei para Win. Berleand agora gemia. Fechei os olhos com força, tentando bloquear minhas emoções. Precisava pensar.

– Não dê ouvidos a ele! – repetiu Berleand, agora com a voz trêmula, como se estivesse chorando.

– O outro joelho!

E um segundo disparo.

Berleand urrou de dor, um som que lancinou meu âmago e fez minhas entranhas se contraírem. Eu não podia desistir. Se me entregasse, tanto eu quanto Berleand seríamos mortos. A essa altura Win decerto já teria ouvido o que se passava. Ligaria para Jones e para a polícia. A ajuda logo estaria a caminho.

Berleand chorava.

Dali a pouco, com a voz bem mais fraca, disse mais uma vez:

– Não... dê ouvidos... a ele!

Ouvi os homens na mata, não muito longe de mim. Eu não tinha escolha. Precisava fazer alguma coisa. Olhei para o casarão vitoriano à minha direita e algo parecido com um plano começou a surgir em minha cabeça. Apertei os dedos contra uma pedra grande.

– Tenho uma faca! – anunciou o líder. – Vou arrancar os olhos dele!

Foi então que percebi um movimento na casa. Vi por uma das janelas. Sabendo que não teria muito tempo, fiquei de pé e flexionei os joelhos, pronto para entrar em ação.

Então arremessei a pedra o mais longe possível na direção contrária à da casa. Ouvi o baque quando ela aterrissou na copa de uma árvore.

O líder virou o rosto para o lugar de onde viera o ruído. Os dois homens na mata se precipitaram para lá, disparando suas armas. O jipe manobrou de modo que os faróis os iluminassem.

Pelo menos era isso que eu esperava estar acontecendo.

Eu não havia ficado lá para ver. Arremessara a pedra e partira em disparada pela mata rumo à lateral da casa. Agora me afastava dos gemidos de Berleand e dos homens que tentavam me matar. A escuridão se adensara e eu quase não via onde pisava, mas continuava correndo. Os galhos fustigavam meu rosto. Eu os ignorava, ciente dos poucos segundos que teria para agir. Sabia que agora tudo se resumia ao tempo, mas tinha a impressão de estar demorando demais para alcançar a casa.

Sem interromper a corrida, peguei outra pedra.

– Vou arrancar o primeiro olho agora! – berrou o líder.

Ouvi Berleand gritar um pavoroso "Não!" e depois soltar um urro de agonia.

Não havia mais tempo.

Então, aproveitando o impulso da corrida e puxando o braço em um movimento tão forte que quase o deslocou, arremessei a pedra contra a casa. Ela desenhou um arco na escuridão e, por um instante, achei que fosse aterrissar próximo a uma bela janela panorâmica na lateral direita do prédio.

Mas não.

Acertou em cheio a vidraça, reduzindo-a a uma pilha de estilhaços. Instalou-se o pânico. Era o que eu queria. Então dei meia-volta e, embrenhando-me mais uma vez na mata, voltei pelo caminho de antes enquanto os homens armados corriam para o casarão. Virei o rosto a tempo de ver dois adolescentes de cabelos claros, um rapaz e uma moça, correndo para a janela quebrada. Talvez a moça fosse Carrie, mas não havia tempo para conferir. Os homens gritaram algo em árabe. Não vi o que aconteceu depois. Precisava tirar proveito do tumulto para surpreender o líder por trás.

O jipe parou e o motorista desceu do carro, correndo com os outros em direção à janela quebrada. Era esta a função principal de todos ali: proteger a casa. Eu havia invadido o terreno deles. Espalhados, eles agora tentavam se reorganizar em meio à confusão.

Correndo contra o relógio, eu de alguma forma chegara sem me fazer notar a um novo esconderijo, mais perto do líder. Ele agora estava a uns 50 ou 60 metros de mim, de costas, olhando para o casarão.

Quanto tempo levaria até que a polícia chegasse?

Mais do que poderíamos esperar.

O líder berrava ordens. Berleand jazia aos pés dele. Imóvel. E, o que era pior, mudo. Não gemia nem chorava.

Eu precisava chegar até ele.

Mas não sabia como. Assim que saísse da mata, ficaria completamente vulnerável. No entanto, que mais eu poderia fazer?

Lancei-me na direção dele.

Ainda me encontrava a uns 40 metros de distância quando, alertado por alguém, ele se virou para mim. Apesar da corrida frenética, tudo a meu redor parecia se mover em câmera lenta. O líder também usava um lenço verde no pescoço, como os bandidos dos filmes de faroeste. Ostentava uma barba espessa. Era mais alto que os outros, talvez 1,90m, e mais forte também. Empunhava uma faca em uma das mãos e, na outra, uma pistola.

Apontou a arma para mim. Meu primeiro pensamento foi me lançar ao chão ou dar uma guinada, qualquer coisa para desviar do tiro, mas logo percebi que nada disso adiantaria naquelas circunstâncias. Talvez ele errasse o primeiro disparo, mas eu já estaria exposto e dificilmente ele erraria o segundo. Além disso, o truque da vidraça quebrada já dera o que tinha que dar e os outros homens, que agora corriam de volta para o chefe, também atirariam em mim.

Só me restava esperar que o líder de algum modo entrasse em pânico e errasse o alvo.

Encarei seus olhos. Eles demonstravam a calma que um homem só alcança quando tem a certeza de estar fazendo o que se espera dele. Eu estava perdido, sem dúvida. Ele não erraria o tiro. Foi então que, quando ele estava prestes a puxar o gatilho, soltou um grito de dor e olhou para baixo.

Berleand havia cravado os dentes na perna dele, como se fosse um *rottweiler* raivoso.

O homem baixou a arma para a cabeça de Berleand. A descarga de adrenalina me impulsionou. Voei na direção do agressor, os braços estendidos para a frente. No entanto, antes que pudesse alcançá-lo, veio o disparo. Vi o coice da pistola. O corpo de Berleand deu seu último espasmo no momento em que me lancei contra o líder, atropelando-o. Enquanto caíamos, joguei o antebraço contra seu nariz, que explodiu como um balão cheio de água quando chegamos ao chão, todo o peso do meu corpo sobre ele. Meu rosto ficou molhado com o sangue quente. O homem urrou de dor, mas continuava pronto para a briga. Eu também. Desviei a tempo de uma cabeçada. Em seguida ele tentou me prender em um abraço de urso. Foi seu grande erro. Assim que começou a apertar, puxei rapidamente os braços. Ele ficou vulnerável. Não hesitei. Pensei em todo o sofrimento que o filho da mãe havia causado a meu amigo Berleand.

Era hora de acabar com aquilo.

Meu alvo não eram os olhos, nem o nariz, nem qualquer outra parte mole que eu pudesse atingir para mutilá-lo ou incapacitá-lo. Na base da garganta, logo acima da caixa torácica, há uma pequena área oca em que a traqueia fica desprotegida. Foi justamente nesse ponto que, usando dois dedos e o polegar como as garras de um animal, fui comprimindo a garganta do sujeito. E foi também como um animal que comecei a rugir enquanto puxava aquela traqueia, observando o homem que morria nas minhas mãos.

Peguei a arma de sua mão inerte.

Os outros corriam na nossa direção. Ainda não haviam atirado por medo de acertar seu líder. Rolei até o corpo à minha direita.

– Berleand?

Mas ele estava morto. Já não havia dúvida. Os enormes óculos de nerd mal se equilibravam no rosto frágil e amolecido. Minha vontade era chorar. Desistir de tudo, abraçá-lo e chorar.

Os homens já estavam perto. Ergui a cabeça. Eles não podiam me enxergar direito, mas a luz que vinha do casarão delineava suas silhuetas. Ergui a arma e atirei. Um deles caiu. Virei para a esquerda e puxei o gatilho novamente. Outro foi ao chão.

Começaram a atirar de volta, então rolei até o líder e usei o cadáver como escudo. Atirei uma terceira vez e mais um homem tombou.

Sirenes.

Com o tronco abaixado, corri para o casarão. Carros de polícia se aproximavam a toda a velocidade. Ouvi um helicóptero, talvez mais de um. Disparos. Eles cuidariam da situação. O que eu queria naquele momento era entrar na casa.

Passei por Taylor. Morto. A porta ainda estava aberta. O corpo de Erickson jazia à frente dela, na varanda, a faca cravada no peito. Pulei por cima dele para dentro da sala.

Silêncio.

Isso não era nada bom.

Ainda com a arma na mão, protegi minhas costas contra a parede e segui avançando. O lugar precisava de reformas. O papel de parede descascava em diversos pontos. A luz fora deixada acesa. De relance, vi alguém correr por perto. Ouvi passos descendo uma escada. Tinha que haver outro pavimento. Um porão.

Do lado de fora, os disparos continuavam. Alguém com um megafone, talvez Jones, ordenava que os homens se rendessem. Provavelmente o melhor a fazer fosse esperar. Afinal, seria quase impossível que eu conseguisse tirar Carrie dali. O mais indicado seria ficar onde estava e vigiar a porta para que ninguém entrasse ou saísse do casarão. Sim, essa teria sido a estratégia mais inteligente: esperar pelo desfecho da história.

E eu poderia ter feito exatamente isso. E nunca teria entrado naquele porão caso o menino de cabelos claros não tivesse tentado correr para lá.

"Menino" não é bem a palavra adequada. Ele tinha uns 17 ou 18 anos, não era muito mais jovem que os homens morenos que eu havia matado ainda há pouco sem hesitar. Mas, quando esse adolescente de calça cáqui e camisa social partiu para as escadas com uma arma em punho, não atirei imediatamente.

– Parado! – gritei. – Largue a arma!

O garoto se virou, assustado. Seu rosto era a máscara da morte. Então ele ergueu a arma e mirou em mim. Eu me joguei no chão, rolei para a esquerda e me ergui já pronto para atirar também. Não queria matá-lo, só incapacitá-lo. Então baixei a mira para a perna dele e disparei. Ele deu um grito e caiu. Mas ainda tinha a arma na mão e a máscara da morte no rosto. Mirou em mim novamente.

Foi quando me lancei da sala para o corredor e me vi de frente para a porta do porão.

O rapaz havia sido atingido na perna. Não conseguiria me seguir. Então respirei fundo e, com a mão livre, abri a porta.

Escuridão total.

Com a arma encostada ao peito, me esgueirei contra a parede a fim de me tornar um alvo menos fácil. Cruzei a porta lentamente, movendo os pés com cuidado para sentir o caminho. Procurei por um interruptor de luz, mas não encontrei. Ainda me esgueirando, fui descendo a escada devagar, firmando os pés em cada degrau antes de seguir para o próximo. Eu me perguntava quantas balas ainda restariam no tambor. Não fazia a menor ideia.

Sussurros lá embaixo.

Alguém se escondia na escuridão. Mais de uma pessoa, provavelmente. Os disparos já haviam cessado do lado de fora. Eu não tinha dúvidas de que Jones e sua equipe haviam dominado a situação. De novo pensei em fazer a coisa certa: voltar ao andar de cima e esperar por reforços.

Mas não foi o que fiz.

Por fim alcancei o último degrau. E senti os pelos da nuca se eriçarem quando ouvi o som de pessoas se movendo. Com a mão livre, tateei a parede até encontrar o interruptor de luz, ou, mais precisamente, os interruptores. Três, um ao lado do outro. Então firmei a arma, respirei fundo e os empurrei ao mesmo tempo.

Mais tarde eu me lembraria de outros detalhes: as paredes grafitadas com dizeres em árabe; as bandeiras verdes com o crescente coberto de sangue; os pôsteres dos mártires da causa, preparados para combate com metralhadoras ao ombro. Mais tarde eu me lembraria também das fotos de Mohammad Matar em diversos estágios de sua vida; uma delas havia sido tirada na época em que ele trabalhava como residente de medicina sob o nome de Jiménez.

Mas naquele momento tudo isso não passava de um grande pano de fundo.

Pois ali, em um dos cantos do porão, vi algo que fez meu coração parar. Pisquei, tentando enxergar melhor, mas ainda assim não acreditei no que via, embora tudo fizesse o mais perfeito sentido.

Um grupo de adolescentes e crianças se comprimia contra uma mulher grávida coberta por uma burca negra. Todos tinham olhos muito azuis, que me fulminavam. De repente começaram a fazer um barulho, como se estivessem rosnando em uníssono, e só então me dei conta do que se tratava. Aquelas mesmas palavras, repetidas incessantemente:

– *Al-sabr wal-sayf.*

Recuei alguns passos, perplexo.

– *Al-sabr wal-sayf.*

Em meu cérebro, as sinapses voltaram a espocar. Os cabelos claros. Os olhos azuis. CryoHope. Mohammad Matar na pele do Dr. Jiménez. Paciência. Espada. Paciência.

Precisei reprimir um grito quando tudo se encaixou na minha cabeça. A Salvem os Anjos não havia usado os embriões para ajudar casais com problemas de fertilidade, e sim para criar uma arma infalível para os terroristas, que permitiria que eles se infiltrassem no Ocidente e dessem início a um jihad de proporções globais.

A paciência e a espada extinguirão os infiéis.

Os pares de olhos azuis foram se aproximando de mim, alheios à arma que eu trazia na mão. Alguns prosseguiam com o mantra. Outros soltavam gritos estridentes. Outros tantos, aterrorizados, se abrigavam atrás da grávida de burca. Comecei a subir de volta a escada, apressado, e uma voz conhecida me chamou do andar de cima:

– Bolitar! Bolitar!

Então dei as costas para aquela monstruosidade concebida no inferno e segui em disparada pelos degraus que ainda me separavam da porta, que atravessei com um salto e fechei o mais rápido que pude. Como se isso ajudasse de alguma forma. Como se pudesse fazer com que as coisas mudassem.

Jones estava lá, acompanhado de homens com coletes à prova de bala. Percebendo minha expressão de terror, ele perguntou:

– O que houve? O que tem lá embaixo?

Mas não consegui articular as palavras para responder. Corri para fora, na direção de Berleand, e me joguei ao lado de seu corpo inerte, na esperança de que, de alguma forma, eu tivesse me confundido e ele ainda estivesse vivo. Mas aquele desgraçado carismático, meu amigo, estava mesmo morto. Abracei-o por um segundo, talvez dois. Não mais que isso.

Eu ainda tinha uma missão a cumprir. Berleand teria sido o primeiro a me lembrar disso se pudesse.

◆◆◆

Eu precisava encontrar Carrie.

Enquanto corria de volta ao casarão, liguei para Terese. Ninguém atendeu.

Rapidamente me juntei ao grupo que dava busca no interior da casa. Jones e sua equipe já se encontravam no porão. Os adolescentes e crianças estavam sendo conduzidos para o andar de cima. Olhei para seus rostos tão cheios de ódio. Nenhum deles era o de Carrie. Encontramos mais duas mulheres usando burcas pretas. Ambas estavam grávidas. Enquanto os jovens eram levados para fora, Jones olhou para mim com uma expressão de horror e descrença. Balancei a cabeça, endossando sua perplexidade. Aquelas mulheres não eram mães. Eram incubadoras, chocadeiras de embriões.

Vasculhamos todos os armários e gavetas. Encontramos manuais de treinamento, vídeos, laptops, um horror atrás do outro. Mas nada de Carrie.

Tentei ligar para Terese outra vez. De novo, ninguém atendeu. Nem no celular, nem no telefone fixo do apartamento de Manhattan.

Segui trôpego para fora da casa. Win havia chegado. Esperava por mim na varanda. Assim que o vi, perguntei:

– Terese?

Ele balançou a cabeça:

– Ela se foi.

De novo.

39

Província de Cabinda
Angola, África
Três semanas depois

FAZ MAIS DE OITO HORAS QUE ESTAMOS dentro de uma picape, percorrendo a mais insólita das paisagens. Faz seis que não avistamos uma única pessoa ou qualquer construção. Já estive em áreas remotas antes, mas em nenhuma que ao menos se comparasse a esta.

Quando finalmente chegamos ao casebre, o motorista estaciona e desliga o motor. Desce para abrir minha porta, me entrega uma mochila e mostra o caminho que tenho de seguir a pé. Diz que no casebre há um telefone, que eu ligue quando quiser que ele vá me buscar.

Agradeço e sigo pelo caminho.

Seis quilômetros adiante, avisto a clareira.

Terese está lá. De costas para mim. Quando voltei ao apartamento de Win naquela noite, ela havia partido, deixando um bilhete: "Te amo demais."

E só.

Ela agora está com os cabelos pretos. É melhor para mantê-la incógnita, imagino. Mulheres louras costumam chamar muita atenção, sobretudo aqui. Gosto dela assim. Observo-a caminhar e não consigo deixar de sorrir. A cabeça ereta, os ombros jogados para trás, a postura perfeita. De repente me lembro das imagens daquela câmera de segurança, do modo de caminhar de Carrie, tão elegante e seguro quanto o da mãe.

Terese está acompanhada de três mulheres negras usando trajes multicoloridos. Sigo na direção delas. Ao me ver, uma das mulheres cochicha algo. Terese, curiosa, se vira para olhar. Ao pousar os olhos em mim, seu rosto se ilumina – e acho que o meu também. Ela larga no chão o cesto que vinha carregando e corre a meu encontro. Sem hesitar. E corro para alcançá-la também. Ela me abraça forte e diz:

– Nossa, como senti a sua falta...

Retribuo o abraço, e só. Não quero dizer nada. Pelo menos não agora. Quero apenas me derreter nesse abraço, desaparecer nele, passar o resto da vida em seu calor. No fundo da alma sei que meu lugar é ali, nos braços dela, e por alguns instantes me contento só com essa paz.

Por fim pergunto:

– Onde está Carrie?

Terese me toma pela mão e me conduz até um canto da clareira. Aponta para o campo, depois para outra clareira menor a uns 100 metros de distância. Lá está Carrie, sentada ao lado de duas moças negras mais ou menos de sua idade. Parecem fazer algum trabalho. Descascam ou colhem hortaliças, sei lá. As moças negras estão rindo. Carrie, não.

Ela agora também está morena.

Viro o rosto para Terese, para aqueles olhos azuis com um anel dourado em torno das pupilas. A filha tem os mesmos olhos. Mesmos olhos, mesmo jeito seguro de andar. Um eco que a genética reproduzia. Que mais ela teria herdado da mãe?

– Tive de fugir – disse Terese. – Você precisa entender. Ela é minha filha.

– Eu sei.

– Eu precisava salvá-la.

Concordo com a cabeça.

– Naquele primeiro telefonema, ela deixou o número do celular dela, não deixou?

– Deixou.

– Você podia ter me contado.

– Eu sei. Mas ouvi o que Berleand disse. Pode ser que minha filha não valha a vida de milhares de pessoas para os outros, mas vale para mim.

Fico emocionado ao ouvir o nome de Berleand. Não sei bem o que dizer a seguir. Sombreio o rosto com a mão e olho de volta para Carrie.

– Você faz ideia de como foi a vida dela até aqui? – pergunto.

Terese não se vira para mim, sequer pisca.

– Ela foi criada por terroristas – diz.

– Pior que isso. Mohammad Matar fez sua residência médica no Columbia--Presbyterian, justo na época em que a fertilização *in vitro* e a armazenagem de embriões atingiram o auge. Ele viu ali uma oportunidade para levar adiante um golpe avassalador. A paciência e a espada. Aquela fundação, a Salvem os Anjos, era na verdade uma facção de radicais terroristas que se apresentavam como cristãos em luta contra o aborto. Mohammad mentiu e coagiu para conseguir embriões e usou muçulmanas simpatizantes da causa como barrigas de aluguel. A função delas era carregar os embriões no ventre até que nascessem. Depois, ele e seus seguidores criavam as crianças e as doutrinavam desde o primeiro dia de vida para se tornarem terroristas. Era tudo o que elas recebiam. Carrie não tinha permissão para ter amigos, por exemplo. Não conheceu o amor, nem mesmo quando bebê. Nunca soube o que é carinho. Ninguém a abraçava, ninguém a consolava quando tinha pesadelos. Ela e os outros eram instruídos diariamente a matar os infiéis, mais nada. Eram criados como armas humanas, programados para se infiltrarem na sociedade e ficar a postos até a guerra santa final. Imagine só. Mohammad Matar escolhia embriões de pais louros e de olhos azuis. Assim poderia espalhar suas armas humanas sem que elas fossem notadas. Quem suspeitaria?

Olho para Terese esperando que ela esboce algum tipo de reação, que vacile. Mas não. Ela apenas diz:

– O que aconteceu às outras crianças?

– Algumas foram mortas. Outras estão sob custódia.

Ela começa a descer a colina.

– Você acha que, só porque Carrie não recebeu amor antes, nunca vai saber o que é esse sentimento?

– Não foi isso que eu disse.

– Mas foi o que pareceu.

– Só estou narrando os fatos.

– Você tem amigos com filhos, não tem?

– Claro.

– Qual é a primeira coisa que eles dizem sobre o temperamento dos filhos? Que cada um é assim ou assado, certo? Como se todo mundo já nascesse de um jeito e não mudasse mais. A natureza vencendo a cultura. Os pais tentam orientá-los, apontar o caminho certo, mas, no fim, não podem fazer mais do que zelar por eles. Há crianças que têm infâncias ruins e se transformam em adultos carinhosos e outras que viram sociopatas. Você com certeza tem amigos que criaram os filhos de maneira idêntica e, apesar disso, um é extrovertido e o outro, tímido, ou um é pão-duro e o outro é esbanjador. Os pais logo descobrem que sua influência só vai até certo ponto.

– Ela nunca recebeu nenhum tipo de amor, Terese.

– Mas agora recebe.

– Você não sabe o que ela é capaz de fazer.

– Não sei o que ninguém é capaz de fazer.

– Isso não é resposta.

– O que você quer que eu faça? Ela é minha filha. Vou cuidar dela, porque é isso que os pais fazem. E vou protegê-la. De qualquer modo, você está enganado. Lembra-se daquele garoto, Ken Borman, que você conheceu na Carver Academy?

Faço que sim com a cabeça.

– Carrie gostava dele. Apesar do inferno que era obrigada a enfrentar todos os dias, conseguiu estabelecer um vínculo emocional com o garoto. Não sei como, mas conseguiu. Depois tentou fugir. Por isso foi levada para Paris com Mohammad Matar, para ser treinada novamente.

– Ela estava presente quando Rick foi assassinado?

– Estava.

– Encontraram o sangue dela na cena do crime.

– Carrie contou que tentou defender o pai.

– Você acredita nisso?

Terese sorri para mim, depois diz:

– Eu perdi uma filha. Faria qualquer coisa, *qualquer coisa*, para tê-la de volta. Dá para entender isso? Se você me contasse que Miriam havia sobrevivido e por algum motivo se transformado em uma criatura abominável, isso não mudaria nada do que eu sinto.

248

– Carrie não é a Miriam.

– Mas também é minha filha. Não vou desistir dela.

Carrie fica de pé e começa a descer a colina. Ela para e olha na nossa direção. Terese sorri e acena para a filha, que acena de volta. Talvez esteja sorrindo também, mas não tenho certeza. Como também não tenho certeza de que Terese esteja cometendo um erro. Mas a dúvida paira no ar. Ainda me lembro do adolescente de cabelos claros descendo a escada pronto para atirar em mim e de como vacilei naquele momento. Natureza *versus* cultura. Se, além de criadas por Mohammad Matar, aquelas crianças – inclusive Carrie – fossem filhas biológicas dele, ninguém hesitaria em matá-las. Quer dizer que a genética muda tudo? Só pelo fato de a pessoa ter cabelos claros e olhos azuis?

Sei lá. Estou cansado demais para pensar nisso.

Carrie nunca recebeu amor. E agora receberia. O que teria acontecido se eu ou você tivéssemos passado pelo que ela passou? Seria melhor que acabassem conosco, como se fôssemos uma mercadoria com defeito? Ou o lado bom da natureza humana prevaleceria no final?

– Myron?

Olho para o rosto lindo de Terese.

– Eu jamais desistiria de um filho seu – diz ela. – Por favor, não desista da minha filha.

Não sei o que dizer. Tomo seu rosto nas minhas mãos, beijo sua testa e, de olhos fechados, mantenho os lábios ali, sentindo os braços que me apertam a cintura.

– Se cuida – digo enfim.

Eu me afasto e ela chora. Mas preciso voltar.

– Eu não precisava ter vindo para Angola.

Eu paro e me viro para ela.

– Poderia ter ido para Mianmar – diz Terese. – Ou para o Laos ou qualquer outro lugar onde você nunca me encontraria.

– Então por que veio para cá?

– Porque queria que você me encontrasse.

Agora eu choro também.

– Por favor, não vá – diz ela.

Estou exausto. Não consigo mais dormir. Assim que fecho os olhos, os rostos dos que morreram voltam à minha mente e uma infinidade de gélidos olhos azuis me encara. Meu sono é só pesadelos e, quando acordo, estou sozinho.

Terese caminha na minha direção.

– Por favor, fique comigo. Só esta noite.

Quero dizer algo, mas não consigo. As lágrimas aumentam. Terese me puxa e me abraça e preciso de toda a força que ainda me resta para não desabar. Deixo a cabeça cair nos ombros dela. Terese corre os dedos por meus cabelos, tentando me acalentar:

– Pronto, pronto. Já passou.

E, seguro naquele abraço, eu acredito nela.

◆◆◆

Nesse mesmo dia, em algum lugar dos Estados Unidos, um ônibus alugado estaciona diante de um monumento nacional apinhado de turistas. Nele vai um grupo de adolescentes de 16 anos que estão no terceiro dia de uma excursão. O sol está forte e o céu, azul.

As portas do ônibus se abrem e o grupo começa a descer, trocando risinhos e mascando chicletes.

O último a saltar é um garoto de cabelos claros.

Tem os olhos azuis, com um anel dourado em torno das pupilas.

E, embora carregue nas costas uma mochila pesada, atravessa a multidão com a cabeça ereta e os ombros jogados para trás, a postura perfeita.

CONHEÇA OUTROS TÍTULOS DO AUTOR

Até o fim

O detetive Nap Dumas nunca mais foi o mesmo após o último ano do colégio, quando seu irmão Leo e a namorada, Diana, foram encontrados mortos nos trilhos da ferrovia. Além disso, Maura, o amor da sua vida, terminou com ele e desapareceu sem justificativa.

Por quinze anos, o detetive procurou a ex-namorada e buscou a verdadeira razão por trás da morte do irmão. Agora, parece que finalmente há uma pista.

As digitais de Maura surgem no carro de um suposto assassino e Nap embarca em uma jornada por explicações, que apenas levam a mais perguntas: sobre a mulher que amava, os amigos de infância que pensava conhecer, a base militar próxima à sua antiga casa.

Em meio às investigações, Nap percebe que as mortes de Leo e Diana são ainda mais sombrias e sinistras do que ele ousava imaginar.

Não conte a ninguém

Há oito anos, enquanto comemoravam o aniversário de seu primeiro beijo, o Dr. David Beck e sua esposa, Elizabeth, sofreram um terrível ataque. Ele foi golpeado e caiu no lago, inconsciente. Ela foi raptada e brutalmente assassinada por um serial killer.

O caso volta à tona quando a polícia encontra dois corpos enterrados perto do local do crime, junto com o taco de beisebol usado para nocautear David. Ao mesmo tempo, o médico recebe um misterioso e-mail que aparentemente só pode ter sido enviado por sua esposa.

Esses acontecimentos fazem ressurgir inúmeras perguntas sem resposta: como David conseguiu sair do lago? Elizabeth está viva? Por que ela demorou tanto para entrar em contato com o marido?

Na mira do FBI como principal suspeito da morte da esposa e caçado por um perigosíssimo assassino de aluguel, David contará apenas com o apoio de sua melhor amiga, da sua advogada e de um traficante de drogas para descobrir toda a verdade e provar sua inocência.

Confie em mim

Preocupados com o comportamento cada vez mais distante de seu filho Adam – principalmente depois do suicídio de seu melhor amigo, Spencer –, o Dr. Mike Baye e sua esposa, Tia, decidem instalar um programa de monitoração no computador do garoto.

Os primeiros relatórios não revelam nada importante. Porém, quando eles já começavam a se sentir mais tranquilos, uma estranha mensagem muda completamente o rumo dos acontecimentos: "Fica de bico calado que a gente se safa."

Perto dali, a mãe de Spencer, Betsy, encontra uma foto que levanta suspeitas sobre as circunstâncias da morte de seu filho. Ao contrário do que todos pensavam, ele não estava sozinho naquela noite fatídica. Teria sido mesmo suicídio?

Para tornar o caso ainda mais estranho, Adam combina ir a um jogo com o pai, mas desaparece misteriosamente. Acreditando que o garoto está correndo grande perigo, Mike não medirá esforços para encontrá-lo.

Quando duas mulheres são assassinadas, uma série de acontecimentos faz com que a vida de todas essas pessoas se cruzem de forma trágica, violenta e inesperada.

Confie em mim é um suspense eletrizante que aborda assuntos atuais como a facilidade de acesso a informações na era da internet e questiona os limites no relacionamento entre pais e filhos.

Desaparecido para sempre

No leito de morte, a mãe de Will Klein lhe faz uma revelação: seu irmão mais velho, Ken, desaparecido há 11 anos e acusado do assassinato de sua vizinha Julie Miller, está vivo. Embora a polícia o considere um fugitivo, a família sempre acreditou em sua inocência.

Quando resolve investigar melhor o caso, Will sofre outro grande choque: sua namorada, Sheila – que sempre manteve seu passado em segredo –, desaparece e as impressões digitais dela são encontradas na cena de um crime no Novo México. Será que essas tragédias têm algo em comum?

Para tornar tudo ainda mais estranho e perturbador, ele passa a ser perseguido por um psicopata implacável que ressurge enigmaticamente do seu passado.

Enquanto procura compreender esses acontecimentos com a ajuda de seu amigo Squares, um iogue ex-partidário do nazismo, e de Katy, a irmã mais nova de Julie, Will descobre que a verdade nem sempre é o que parece ser – e raramente é o que gostaríamos.

Desaparecido para sempre é um thriller denso, avassalador e surpreendente cujas revelações e descobertas se sucedem num turbilhão de emoções e não cessam até a última página.

Alta tensão

Uma mensagem anônima deixada no Facebook da ex-estrela do tênis Suzze T. põe em dúvida a paternidade de seu filho. Grávida de oito meses, ela pede a ajuda de seu agente e amigo Myron Bolitar para descobrir o responsável por essa intriga e trazer de volta seu marido, o astro do rock Lex Ryder, que saiu de casa depois de ler o texto.

Descobrir o paradeiro de Lex não é tarefa difícil para um ex-agente do FBI. Mas, na mesma boate onde o encontra, Myron é surpreendido ao ver Kitty, a mulher que fugiu com seu irmão, Brad, e o afastou para sempre da família.

Tentando ajudar a amiga e reencontrar o irmão mais novo, Myron se vê preso numa rede de segredos obscuros que põe em risco as pessoas que ele mais ama.

Em *Alta tensão*, Harlan Coben mais uma vez consegue construir uma trama envolvente, que fala de fama, ganância e rivalidade, e surpreende por seu toque humano.

CONHEÇA OS LIVROS DE HARLAN COBEN

Até o fim
A grande ilusão
Não fale com estranhos
Que falta você me faz
O inocente
Fique comigo
Desaparecido para sempre
Cilada
Confie em mim
Seis anos depois
Não conte a ninguém

COLEÇÃO MYRON BOLITAR
Quebra de confiança
Jogada mortal
Sem deixar rastros
O preço da vitória
Um passo em falso
Detalhe final
O medo mais profundo
A promessa
Quando ela se foi
Alta tensão
Volta para casa

Para saber mais sobre os títulos e autores da Editora Arqueiro, visite o nosso site. Além de informações sobre os próximos lançamentos, você terá acesso a conteúdos exclusivos e poderá participar de promoções e sorteios.

editoraarqueiro.com.br